Sie sind die Ikonen der Frankfurter Travestie-Szene und einander spinnefeind: Rita Peperoni und Babsi Botox.
Zunächst ahnt niemand, dass schon bald der letzte Vorhang für sie fallen wird. Als Folge unglückseliger Unfälle oder womöglich durch geplanten Mord?
Kriminalkommissar Lauber und Marion Rühl, Reporterin vom Frankfurter Express, liefern sich bei der Aufklärung der rätselhaften Ereignisse einen Wettlauf à la Hase und Igel durch die Grauzonen der schlagzeilenträchtigen Main-Metropolen-'Society'.

Sibylle Nicolai ist Schauspielerin, TV-Moderatorin und Autorin. Sie lebt in Frankfurt/M. Zu ihren bisherigen Veröffentlichungen zählen das Koch- und Lesebuch »99 rote Rezepte«, der Politroman »Wer wählt, wird Millionär«, zahlreiche Hörspiele sowie die Komödie »Die Revolte von Rumpelstilzchen & Co. oder Die Vergrimmbesserer«.

Mehr über Sibylle Nicolai unter: www.sibylle-nicolai.de

Sibylle Nicolai

Pneumatischer Busen & 'n Bembel voll Baileys

Frankfurter Kriminalroman

Eventuelle entfernte Ähnlichkeiten mit real existierenden Personen sind - wenn überhaupt - rein zufällig

Impressum
CharlesVerlag, Mathias Müller & Marcel Dax GbR, Frankfurt am Main,

www.charlesverlag.de
Druck: Booksfactory
ISBN 978-3-940387-61-5

1. Auflage 2018

Bibliographische Information der Deutschen Nationalbibliothek
Die Deutsche Nationalbibliothek verzeichnet diese Publikation in der Deutschen Nationalbibliographie; detaillierte bibliographische Daten sind im Internet unterhttp://dnb.dbb.de abrufbar

Die Protagonisten

Rita Peperoni (Kurt Schuster) 64. Langer, dünner Lulatsch und schlappmäulig-leutselige Marlene Dietrich-Doublette mit Arthrose in den Knien.

Verpartnert mit:

Lola Fox (Roman Hold), 49. Schminkwunder mit verblüffender Verwandlungspalette und permanent hohem Nervositätspegel. Hat neuerdings Figurprobleme.
Gemeinsam Stars der Travestie-Bühne »*Ritas World*« im Gewerbegebiet von Frankfurt-Fechenheim.

Ensemblemitglieder:

Chouchou (Mischa Kalnikow, gebürtiger Ukrainer), 24. Reizvolles Flittchen.
Soeren Schröter, 32. Gelernter Schaufensterdekorateur, 'Mädchen' für Alles, speziell fürs Grobe. Erinnert optisch an den jungen Alain Delon.

*

Babsi Botox (Manfred 'Manni' Nattermann), 48. 'Kugelblitz' und explosives Lästermaul. Körpergröße: 1,68 m, Gewicht: plus/minus 100 Kilo. Im Gegensatz zu Rita Peperoni selbstdarstellerischer Einzelkämpfer.

Sein Lebensgefährte:

Lutz Thorwald, 41. Gelernter Elektroinstallateur. Wortkarger Fitness-Freak, Babsi in unverbrüchlicher Liebe ergeben.

Zusammen mit:

Kostja Winter, 25, Garderobier, und **Dirk Freese**, 21, Barkeeper, betreiben sie das »*Transania*« im Stadtteil Preungesheim nahe der Justizvollzugsanstalt.

*

Achim, Dennis, Chris u. v. a. Friends & Followers von Babsi.

*

Marion Rühl, 50. Reporterin beim *Frankfurter Express*. Alleinstehende Kettenraucherin.

*

Die »Promis« der Frankfurter Szene:

Hanni, Heidi und Henni, One-Hit-Wonders des vergangenen Jahrtausends und trotz ihres Gesamtalters von 216 Jahren noch immer als »Die Müller-Mädels« (Spitzname: 'Drei-Faltigkeit') auf jeder lokalen Fête schrill präsent.

Will Wüstenhagen, 61. Hypochonder. Hat als einstiger Star im Regional-TV wahrlich bessere Zeiten gesehen. Hadert wehleidig mit seiner abschüssigen Popularitätskurve und dem desaströsen Ergebnis seines Facelifts.

Rena Ravel (bürgerlich: Renate Ramm), Alter ungewiss, weil Hyaluron-Ganzkörper-unterspritzt. Kennt jeden und ist überall dabei.

Oliver Mutz, 38. Selbstdarsteller. Will unbedingt Oberbürgermeister werden.

Sissi Blum, seit Jahren 29. Fotomodell. Kämpft mit allen Mitteln um mediale Aufmerksamkeit.

Rudi Knoll, Präsident des Fassenachts-Vereins Kalbacher Käwwern, und Frau.

Gerhard Sander, Direktor der Boulevard-Bühne Bockenheim, und Gattin Ilona.

Gianluca di Meo, 25. Fußball-Adonis von Harmonie Frankfurt.

Volker Kapell, 43. Sich knallhart selbst vermarktender Krimiautor. Sein aktueller Reißer: »Aufzug zum Bankrott«.

Pamela Rink, 36. Seriendarstellerin in der Telenovela »Schrei nach Liebe«.

*

Die Ermittler:

Kriminaloberkommissar Lauber, 62. Verknautschter Griesgram mit Schalk im Nacken.

Kommissar Rosentreter, 44. Unfreiwilliger Junggeselle. Von Kopf bis Fuß pfanniknödelfarben.

Kommissarin Lieberknecht und Kommissar Zech

Tanja Klaucke, 33. Sekretärin von Hauptkommissar Lauber. Empathische Hübschheit.

*

Freitag, 30. Dezember 2011, 20.14 Uhr.

Rita's World, Ferdinand-Porsche-Straße, Fechenheim

»Diesen Refrain, Ihr Süßen, widme ich unserer ganz speziellen Freundin B. B. aus P. - neuerdings auch Küchenfee«, juchzte Lola Fox alias Tina Turner, schüttelte exaltiert den gesträhnten Haarmopp, der sich über ihrem Gesichtsgemälde türmte, zwinkerte hinüber zum Vip-Tisch und fädelte sich wieder ein in das noch immer laufende Playback von *Simply the best*:

»Du bist voll die Pest,
du gibst mir noch den Rest,
wie du mich dauerstresst,
bist du der Hä-ärtetest. - Und jetzt Alle!«

»Du bist voll die Pest«, trompetete Hanni von den Müller-Mädels. Das Frettchen, das zu einem kleinen Fellknäuel eingerollt in ihrem Schoß lag, war diese Art von Ausbruch offenbar gewohnt. Es hob nur kurz das Köpfchen, dann döste es weiter.

Jetzt stimmten auch Hannis Drillingsschwestern Heidi und Henni mit ein und wippten mit ihren karottenfarbenen Kunsthaarzöpfen. Es war nicht zu überhören, dass summasummarum 216 Lebensjahre an den Stimmbändern *ihrer Drei-Faltigkeit* nicht spurlos vorüber gegangen waren.

Will Wüstenhagen, dessen große Zeit als Star des TV-Senders *Kanal Hessen* auch der Vergangenheit angehörte, grinste schief und begann ebenfalls, wenn auch etwas schräg, mit zu singen.

Hätte Lola sich das nicht verkneifen können? fragte sich Marion Rühl. Sie war heute Abend ausnahmsweise mal privat und nicht als Klatschkolumnistin für den *Frankfurter Express* in *Rita's World* und schaute die anderen Vier am Promi-Tisch an.

Rudi Knoll, Präsident der Kalbacher Käwwern, bemerkte

aus dem Augenwinkel, dass sie ihn musterte, und gab vor, in den Anblick seines Bierglases vertieft zu sein. Seine Gattin guckte irritiert durch ihre Brillengläser.

Gerhard Sander, der Direktor der Boulevard-Bühne Bockenheim schnipste feixend mit den Fingern im Takt. Seine Frau Ilona nestelte in ihrer Handtasche.

Das zahlende Publikum in Ritas plüschigem Fechenheimer Travestie-Panoptikum wirkte etwas überfordert. Dieser Appell zum Mitsingen war ein Insidergag, den außer den neun Ehrengästen am Tisch rechts vorn keiner verstand. Doch mit der Verständlichkeit haperte es bislang in dieser Show ohnehin ein bisschen, da Lola schon seit ihrer Begrüßungs-Conférence ein nahezu zungenbrecherisches Tempo vorlegte.

Unter Lolas Perücke herrscht mal wieder Adrenalinalarm, dachte Marion, nur weil sie meint, für ein paar Frankfurter C-Promis eine Sonder-Einlage geben zu müssen. Sie kannte Lola und Rita seit Jahren, fand sie liebenswert in ihrer überspannten Art und warb für *Rita's World*, wann immer im *Express* ein Plätzchen frei war. Seit Lola jedoch keine Gelegenheit mehr ausließ, gegen Babsi Botox zu stänkern, hatte ihre Zuneigung einen kleinen Knacks bekommen.

Der Song war zu Ende. Vor Lolas Reklamelächeln für Zahn-Bleaching wallte der nachtblaue, mit fluoreszierenden Sternchen übersäte Vorhang zusammen. Der Applaus der Zuschauer war enden wollend. Nur die Müller-Mädels trommelten mit ihren Händen auf die Tischplatte, dass die Gläser tanzten, und quietschten vor Vergnügen: »Da capo!«

Als der Vorhang sich wieder öffnete, hatte im Zentrum der Bühne Chouchou Position bezogen. Auf dem Kopf trug sie eine mit Flaumfedern dekorierte Bademütze. Ihr zartgliedriges Körperchen steckte in einem schwanenweißen Trikot, die Körpermitte war umwölkt von einem weißen Tutu, und in Busenhöhe zeichneten sich zwei mandarinenkleine falsche

Brüstchen ab. Chouchou breitete graziös ihre weiß bedressten Arme aus, an denen flügelgleich weiße Schwungfedern zitterten, und aus den beiden Lautsprechern neben der Bühne ertönte die Musik zum *Tanz der vier kleinen Schwäne* von Tschaikowski.

Chouchou ging ins Plié, dann ins Développé - und erst jetzt wurden die Zuschauer gewahr, dass sie an ihren Füßen schwarze Gummi-Schwimmflossen trug.

Zur gleichen Zeit in der Wohnung von Babsi Botox und Lutz Thorwald, Rat-Beil-Straße

Der Plastikbecher knisterte in Achims Hand. Die weißen Rillen hatten sich zu Wellen verformt. Das 'A' seines Namens, den Achim mit Filzstift auf den Becher gemalt hatte, hinterließ bereits einen Abdruck auf seinem Daumen. Er hätte den Becher gern abgestellt. Aber wo?

Jeden Fleck, der in dieser 3-Zimmer-Wohnung zum Sitzen oder Anlehnen taugte, hatten rund 40 Geladene für sich rekrutiert. Die anderen zirka 180 Gäste standen dicht wie die Kolben in einem Maisfeld in Flur, Wohn- und Esszimmer herum. Nur die Raucher unter ihnen trotzten in engem Schulterschluss der Dezemberkälte auf dem Balkon mit Blick auf den Hauptfriedhof.

Wenn ihm sein Becher abhanden kam, das wusste Achim von Babsis B-Days der vergangenen Jahre, konnte er nur noch Bier aus der Flasche trinken. Beim Gastgeber einen neuen zum Nachtanken des auf dem Balkon deponierten Weins zu erbetteln, war aussichtslos.

Zum einen weil Babsi sich stets hinter der Theke seiner von 'Frühbuchern' übervölkerten Küche verschanzte, und kein Gast, der ein paar Minuten zu spät eintrudelte, ihn vor Mitternacht zu Gesicht bekam. Zum anderen weil er - laut Personalausweis: Manfred Nattermann - seit er vor einem halben Jahrzehnt beschlossen hatte, von jedem 30. auf den 31.

Dezember den Jahrestag seiner Babsi-Botox-Werdung zu feiern, die Parole ausgegeben hatte: Ein Becher pro Pappnase reicht!

Und so bekam jeder schon an der Wohnungstür nebst Becher den obligatorischen Filzstift von Lutz, Babsis Männe, in die Hand gedrückt, um das Plastikteil mit seinem Namen oder einem persönlichen Kürzel unverwechselbar zu machen.

»Die Jacken und Mäntel«, pflegte Lutz mit stoischer Miene hinzu zu fügen, »schmeißt ihr aufs Bett im Schlafzimmer. Hier gleich rechts neben dem Klo.«

20.29 Uhr. Rita's World

»Ich mach mir gleich vor Lachen in die Hose«, flüsterte ein graumelierter Zuschauer in Jeans und Karohemd der fülligen Blondine an seiner Seite zu. Die gluckste in sich hinein. In Ritas Tollitäten-Tempel gackerte, wieherte und meckerte es wie auf dem Bio-Bauernhof.

Dabei mühte Flossenfüßler Chouchou sich rechtschaffen, die klassische Schwanensee-Choreographie nachzuempfinden. Was sie dabei mit ihren grazilen Ärmchen veranstaltete, hätte einer Primaballerina durchaus zur Ehre gereicht. Nur südlich ihres Tutu herrschte das vollendete Chaos. Allerliebst lächelnd holperte und stolperte sie durch ihr Tänzchen. Verhakte, verhedderte, verknotete sich mit ihren auf dem Bühnenboden schmatzenden Gummilatschen. Schwankte, wackelte, drohte zu straucheln. Fing sich wieder und setzte erneut an zu Arabesque, Chassé, Ballotté oder Assemblé, während eine Schmuckfeder nach der anderen von ihren Ärmchen segelte - und landete exakt mit dem Schlussakkord unsanft auf dem Po.

»Pardauz, da isses auf'n Purzel gebürzelt... äh... Bürzel gepurzelt, unser Schwanheimer Schwänche«, flötete Lola, stöckelte aus der linken Gasse kommend auf die Bühne und pflückte einige der Federn auf.

»Und in der Mauser isses auch noch, unser komisches Vögelche. Betätigt ihr jetzt bitte eure Flossen, Freunde, und spendet Chouchou einen donnernden Applaus!«

Sie hatte sich von Tina Turner in Sonya Kraus verwandelt und trug nun eine blonde Langhaarperücke und ein tollkühn dekolletiertes pinkfarbenes Abendkleid.

Das Publikum johlte und pfiff begeistert.

Chouchou hatte sich inzwischen wieder hoch gerappelt, lächelte süß, knickste unbeholfen und watschelte, begleitet von frenetischem Applaus, zerrupft von dannen.

»Ach, diese blühende Jugend.« Lola sah ihr schmachtend hinterher und seufzte. »Ich bin unter meinem Fummel komplett eingewickelt in Frischhaltefolie und fühl mich trotzdem wie 'n Presssack kurz vorm Verfallsdatum. Tja, wir Blondinen neigen halt dazu, in die Breite zu gehen - in die Tiefe gehen können wir ja nicht, gell?« Lola grinste in Richtung der blonden Zuschauerin neben dem Karohemd-Mann.

»Warum schüttet eine Blondine 'n Eimer Wasser über ihren PC?« Lola gickelte. »Weil sie surfen will.« Sie musterte ihr Opfer: »Du machst das doch so, oder? Wie heißt du?«

»Rosi«, piepste die Zuschauerin verdruckst.

»Ah, von der Rosi muss ich euch was erzählen, Freunde!« plapperte Lola. »Die Rosi hat Urlaub gemacht am Nil, ist mit ihrem Leihwagen ins Schleudern geraten und im Fluss gelandet. Und sofort sind drei Krokodile auf sie zu geschwommen. Aber die Rosi hat sich ganz doll gefreut und gejubelt: Wow, Rettungsboote von *Lacoste*!«

20.45 Uhr. Wohnung von Babsi und Lutz

»Wie auch immer du heißt, kennst du hier irgendwen?« fragte Achim ein smarter, solarium-gebräunter Knabe. Er trug eine sorgfältig mit Hair Wax modellierte Frisur.

»'N paar«, antwortete Achim und sah in zwei blaue Augen, die von ungewöhnlich langen, dunklen Wimpern bewaldet waren.

»Es gibt so 'n festen Kern, der jedes Jahr hier aufkreuzt. Zum Beispiel das verwelkte Pärchen da vorn. Das sind die Wohnungsnachbarn. Die sind immer eingeladen, damit sie sich nicht über den Krach beschweren können. Und wenn du nach rechts guckst, siehst du Dirk und Kostja. Die arbeiten backstage im Transania. Außerdem meine ich mitgekriegt zu haben, dass auch Oliver Mutz kurz vorbei geschaut hat.«

»Der metrosexuelle OB-Kandidat?«

»Ja. Für 'ne Hete ist der ziemlich hip. Ist aber, glaub ich, schon wieder weg. Und vorhin hab ich im Stau an der Küchentür auch noch Rena Ravel gesehen....«

»Rena who?«

»Die ist doch dauernd in der Zeitung. Ist so 'ne Party-Ikone, turnt auf jeder Fête in Frankfurt rum. Markenzeichen Leolook - von Schälchen bis Schühchen.«

»Ähä. - Also mir kommt das hier 'n bisschen vor wie 'n Flashmob«, rätselte der Hübsche. »Babsi hab ich den ganzen Abend noch nicht entdeckt. Ich kenn ihn auch gar nicht persönlich. Du schon, oder?«

»Ja, ja. Sogar noch aus der Zeit, als er Kassierer war bei *Schlecker*.«

»Kassierer bei *Schlecker*? Echt?!« Achims Gegenüber klimperte ungläubig mit den Wimpern.

»Da war er aber noch der Manni, war mindestens zwanzig Kilo leichter und trotzdem schon das Vollweib unter den *Schlecker*-Frauen.«

»Das gibt's nicht. Wie lang ist 'n das her?«

»Äh, ich schätze, so zehn, elf Jahre«, überlegte Achim.
»Wahnsinn. - Tja, und passiert hier heut noch irgendwas?«
»Klar. Wie immer kurz vor zwölf legt Lutz - das ist der Freund von Babsi. Der hat das Empfangskommité gemacht, als du rein gekommen bist - «
»Ach, der blässliche Macker mit den Muckis? Der ist aber 'n bisschen komisch, oder?«
»Nö, der steht nur nicht so auf das ganze Bohai. Ich hab immer das Gefühl, er hätt den Babsi lieber für sich allein.« Untenrum, ging Achim durch den Kopf, hält der Schnuckel leider nicht, was er oben verspricht. Hat 'n Hintern wie 'ne Frau.
»Wo war ich stehn geblieben?« fuhr er fort »Ach, so. Kurz vor zwölf legt Lutz Babsis CD *Tucken-Tango im Transitbereich* auf. Das ist für alle das Signal, sich aufzustellen, damit sie Babsi die Honneurs machen können. Babsi steht dann immer hinten im Wohnzimmer, und die Schlange zieht sich vom Balkon, durchs Esszimmer über den Flur bis vor zu ihm.«
»Und was macht und sagt man dann so?«
»Ei, du machst 'ne Verbeugung oder so 'ne Art Hofknicks und sagst ihm, dass du ihn toll findest.«

21.05 Uhr. Rita's World

»Wen hat die Lola denn vorhin gemeint mit 'B. B. aus P.'?« fragte Frau Knoll ihren Mann in der Pause.
Marion und die anderen Ehrengäste hatten sich im Foyer von *Rita's World* an der von einem bordeauxroten Taftvolant ummäntelten Bar versammelt, über der ein Geschwader pummeliger Engelchen baumelte.
»Ei, den Babsi Botox aus Preungesheim«, antwortete Rudi Knoll. »Den kennst du doch. Der tritt doch auch immer im Fummel auf.«

Hinter Knolls Rücken fingerte Will Wüstenhagen an seinem semmelblond gefärbten Resthaar herum und schilderte Anteilnahme heischend Theaterdirektor Sander und dessen Gattin die aktuelle Befindlichkeit seiner Gallenblase.

»Ist das dieser Babsi«, dämmerte es Frau Knoll, »der sich schon ein paar Mal bei den *Fidele Bernemer* als Faschingsprinzessin beworben hat?«

»Ja. Der Kugelblitz. Der hat doch 'n eigenen Laden. In der Homburger Landstraße, glaub ich. Nicht weit von der Justizvollzugsanstalt. *Transania* heißt der Schuppen, wenn ich mich nicht irre.«

»Das hat sich aber so angehört, als wär die Lola ziemlich sauer auf ihn.«

Rudi Knoll senkte die Stimme und flüsterte: »Tuntenkrieg, vermute ich.«

»Und wieso hat sie dann auch noch was von Küchenfee gesagt?«

»Weil dieser Mister Wichtig letzthin beim *Perfekten Promi Dinner* mitgemacht hat«, mischte sich jetzt Hanni ein.

»Wann soll das gewesen sein?« Frau Knoll rückte skeptisch ihre Brille zurecht. »Das guck ich doch immer.«

»Es ist ja noch nicht gesendet worden«, beeilte sich Heidi zu erklären.

»Woher wissen Sie das dann?« Frau Knoll bemühte sich nicht zu verhehlen, dass sie den quirligen Müller-Mädels mit den rotweiß geringelten Strümpfen unterm lila Hängerkleidchen nicht eben grün war.

»Weil Marion über die Dreharbeiten berichtet hat.« Henni schüttelte verständnislos den Kopf über soviel Uninformiertheit. »Lesen Sie denn nicht den *Frankfurter Express*?«

»Doch«, warf Frau Knoll beleidigt zurück. »Aber nicht, wenn ich bei unserm Sohn in Koblenz bin.«

»Als wir beim *Promi Dinner* waren«, wandte Heidi sich jetzt vorwurfsvoll an Marion, »hast du erst drüber geschrieben, als sie's schon ausgestrahlt hatten. Dabei waren wir der Knaller!«

»Wir haben beim Kochen die ganze Zeit gesungen *Kunibert, Kunibert, komm an meinen Küchenherd*«, trällerte Hanni.

»O, Gott, das hab ich gesehen.« Frau Knoll verdrehte die Augen. »Wann waren Sie mit dem Lied in der Hitparade? 1950?«

»Ihr habt mich ja viel zu spät informiert«, verteidigte sich Marion. »Babsi hat sofort angerufen, als er eingewechselt worden ist.«

»Eingewechselt!?« fragte Henni erregt.

»Na, ja, er war doch so 'ne Art Notbesetzung. Eigentlich sollte ja Sieglinde Trebing mitmachen.«

»Ah. Die ehemalige Fernsehansagerin!« Frau Knoll zeigte auf den barocken Bilderrahmen an der Wand hinter der Bar, in dem alle Promis von Indira über Jenny Elvers-Elbertzhagen bis zu Markus Schenkenberg verewigt waren, die sich jemals in *Rita's World* verirrt hatten. »Da hängt sie doch.«

»Genau. Aber einen Tag vor Drehbeginn ist sie daheim beim Wohnungputzen auf dem feuchten Boden ausgerutscht und hat sich 'ne Platzwunde am Kopf zugezogen. Da hat die Produktion händeringend nach Ersatz gesucht, und irgendwie sind sie auf Babsi gekommen.«

»Der mischt aber auch überall mit«, zischte Heidi.

Tick, Trick und Track, die Frettchen der Drei, waren auf einem Barhocker zwischengelagert und dämmerten vor sich hin.

»Ich muss ihm aber attestieren«, gluckste Marion, »er hat die Tischrunde echt gerockt.«

»Wer waren denn die anderen?« wollte Frau Knoll wissen.

»Diese Pamela… äh... Dingenskirchen, die die Intrigantin spielt in *Schrei nach Liebe*, dann der Schiebermützen-Typ, der diese Krimis schreibt, bei denen es immer um Finanzhaie und Obdachlose und so was geht, und Gianluca di Meo, dieser Star-Kicker von *Harmonie Frankfurt*. Das stand aber alles schon im *Express*«, patzte Henni sie an.

»Was du aber nicht geschrieben hast, Marion«, hakte Hanni nach, »ist, ob Babsi überhaupt kochen kann.«

»Kann er nicht«, kicherte Marion. »Doch er hat sein ungenießbares Essen erst als Cindy aus Marzahn und dann als Beth Ditto so abgefahren serviert, dass alle sowieso keinen Bissen runter gekriegt haben vor Lachen.«

»Was gab's denn?« fragte Frau Knoll.

»Erst 'ne Spargelsuppe aus der Tüte mit Fruchtgummi-Lutscher als Einlage. Dann bunte Nudeln in Penisform mit Tomatenketchup. Und als Nachtisch *Lachsack*. Das war 'ne Minibanane mit zwei Kugeln Erdbeereis.«

Frau Knoll verzog den Mund: »Pfui Deibel!«

»Der zweite Teil vom Programm ist angerichtet!« unterbrach Soeren Schröter, Ritas Mädchen für alles, das Palaver und klatschte in die Hände. In seinem roten Anzug mit dem kurzen Jäckchen sah er aus wie eine Mischung aus Liftboy und Platzanweiser im Zirkus. »Darf ich die Herr- und Damenschaften höflichst bitten!«

21.30 Uhr. Wohnung von Babsi und Lutz

»Bin gespannt wie Schlüppergummi, wann Gianluca kommt.« Babsi warf einen Blick auf die Küchenuhr in Form eines Spiegeleis, die an der Wand hing. »Der leckerste It-Boy der Bundesliga und mein aktueller Knallbonbon!«

Eingekreist von etwa einem Dutzend seiner Hardcore-Jünger, throhnte Babsi wie ein Buddha hinter seiner Küchentheke und nippte an einem Glas *Baileys*. Sein schwarzes Kapuzensweatshirt, auf dem in neongrünen Lettern *Strapsodie in Blue* prangte, der Titel seines laufenden Programms, wölbte sich über seinem Kugelbauch. »Hat eigentlich schon einer den Volker gesehn? Den hab ich nämlich auch eingeladen.«

»Welchen Volker?« fragte René.

»Ei, der war doch auch mit mir beim *Promi Dinner* und hat mir vor laufender Kamera versprochen, dass ich in seinem nächsten Krimi drin bin. Wär das nicht geil: Ich als Meuchelmörderin?«

»Ach, du meinst den Volker Kapell?« erriet Dennis. »Der diesen Banker-Thriller geschrieben hat *Aufzug zum Bankrott*. Der ist doch grad, hab ich gehört oder gelesen, in Ri - «

»Schnauze!« fauchte Babsi und funkelte ihn gefährlich an.

»ga! Kann aber auch Vilnius sein. - Sag mal, haste se noch alle? Was fetzt 'n mich so an. Ich bin 'n Wunschkind!«

»Du weißt ganz genau...« Babsis Blick flackerte bedrohlich. Die rotblonden Löckchen auf seinem runden Schädel bebten.

»Gar nix weiß ich!« Dennis zuckte mit den Achseln und schaute verständnislos zu Chris.

»Äääh... Ich geh mal gucken«, fiel Chris ein, und er begann, Richtung Küchenausgang zu drängeln, »ob im Esszimmer noch eins von deinen Mettwurstbrötchen rum liegt, Babsi. Die müssten jetzt schön matschig sein. Lasst mich mal durch! - Komm mit«, raunte er Dennis zu.

»Pass auf, Mensch!«, mahnte er diesen, als sie sich bis ins Esszimmer durch gekämpft hatten. »Du darfst bei Babsi nichts sagen, was nach *Rita* oder *Fechenheim* klingt. Dann geht er an die Decke!«

»Ich hab Riga gesagt.«

»Ist doch egal. Auch Rigatoni, Rhinozeros, Riesenrad, Riesling, Rizinus oder Riesterrente - alles tabu!«

»Das ist ja komplett bekloppt!«

»Ja. Aber Babsi hasst halt die Rita und ihren Fechenheimer Clan wie Pest und Cholera.«

»Seit wann denn?«

»Ach, das hat sich irgendwie in diesem Jahr so hoch geschaukelt. Deshalb sag auch bloß nie so Wörter wie Fächer, fesch oder Fashion, wenn er dabei ist. Sonst kriegst du entweder gleich eine gescheuert, oder die Stimmung ist den ganzen Abend im Keller.«

»Mei Nerve!« stöhnte Dennis.

»Ah!« Chris hielt das Thema für beendet. »Da ist ja Lutz.«

Unbewegten Gesichts versuchte sich Lutz soeben mit einer Packung Zigaretten in der Hand gen Balkon durch zu schlängeln.

»Na, Junge«, rief Chris ihm zu. »Leidest du mal wieder vor dich hin?«

»Nö, wieso?« nölte Lutz, wandte sich ab und prallte gegen Rena Ravel.

»Hey, gib doch acht!« beschwerte die sich. »Jetzt hast du meine Tasche runter gerissen. Tritt nicht auch noch drauf! Das ist meine teure *Louis-Vuitton*-Clutch!«

»Sorry«, brummelte Lutz, tauchte zu Boden, fischte aus dem Wald von Beinen, der ihn umgab, Renas Täschchen und drückte es ihr in die Hand. »Ist übrigens 'n Fake, dein Louis Karton.« Damit schob er weiter via Balkontür.

»So ein Stoffel«, schmollte Rena.

Dennis schüttelte den Kopf: »Der macht mal wieder voll einen auf Spaßbremse.«

»Lutz stinkt's, und irgendwie kann ich das verstehn«, meinte Chris. »Er liebt den Babsi über alles und reißt sich für ihn den Hintern auf. Aber Babsi zieht nur noch sein eigenes Ding durch, ist manisch drauf fixiert, die Fechenheimer Konkurrenz platt zu machen. Und Lutz guckt in die Röhre, funktioniert halt so vor sich hin. Dabei waren die mal so 'n tolles Couple: Babsi, die Rampensau, und Lutz, der Schaumgebremste, der Babsi geerdet hat. - Ey!« protestierte er. Soeben hatte er einen fremden Ellbogen in die Rippen gekriegt. »Herrgott, hier herrscht 'n Geschubse wie im *Apple*

Store in der Fressgass, als das neue *iPhone* raus gekommen ist. Gehn wir zurück in die Küche - falls wir da überhaupt wieder rein kommen.«

»Schau mal.« Dennis deutete auf einen schütter semmelblond behaarten Hinterkopf inmitten des Getümmels im Flur. »Ist das nicht Will Wüstenhagen?«

»Wiwü?« wunderte sie Chris. »Ich hab gedacht, mit dem wär Babsi verkracht...«

21.40 Uhr. Rita's World

»Oops!...I Did It Again!«

Mit ihrem Britney-Spears-Medley hatte Chouchou die Zuschauer in Festzelt-Stimmung versetzt. Nun warf sie Kusshändchen ins Publikum, wackelte aufreizend mit ihrem Miniatur-Po und verschwand hinter einer wattig aufwallenden Trockeneis-Wolke.

Als der Nebel sich wieder zu lichten begann, gab er die Sicht frei auf das traditionelle Zentralereignis des Abends: Rita Peperoni.

Ritas hagerer Körper war eingenäht in einen Schlauch aus silbernen Pailletten. Eine circa fünf Meter-Stola aus Straußenfedern kaschierte ihr knochiges Kreuz, und blonde Kunsthaarwellen umspielten ihre herben Züge. Mit ihrer Rechten führte sie eine Zigarettenspitze von der Länge eines Schaschlikspießes an ihre pfefferschoten-roten Lippen.

»Kinder, heut Abend, da such ich mir was aus«, begann sie in sonorem Bass-Bariton und schien lasziven Blickes zu taxieren, welcher Zuschauer an den vorderen Tischen in Kürze *fällig* sein würde, »einen Mann, einen richtigen Mann!«

Ein Herrentrio halb links, von dumpfer Ahnung befallen, nahm stocksteife Haltung an und lachte verkrampft.

»Ei, doch keiner von euch!« unterbrach Rita ihren Gesang und grinste. »Ich seh ja, wie schlapp eure Schlipse hänge. Da will ich gar net wisse, wie's unner der Tischkante bei euch ausschaut. - Wisst ihr, was Mut ist? Wenn einer von euch in der Badehos in die Oper geht. Was ist Übermut? Wenn er die Badehos an der Garderobe abgibt. Und was ist Schlagfertigkeit? Wenn die Garderobiere fragt: 'Wolle se den Knirps net auch noch abgebe?' - Ah, und du, Bubche«, ohne einen Blick darauf zu verschwenden, wie die soeben Angesprochenen sich vor Verlegenheit wanden, hatte Rita jetzt einen von Akne gesprenkelten Jugendlichen im Visier, der mit seiner kleinen, farblosen Freundin Händchen haltend an einem der mittleren Tische saß. »Du brauchst auch kei Angst zu habe. Dich hab ich doch net auf 'm Kieker, Herzebebbesje. Bin ja kein Kinderschänder. - Wieso hast 'n du noch Pickel, wenn de doch e Mädche hast? Als ich so jung war wie du, warn die Pickel sofort weg, als ich angefange hab zu pimpern. - Jetzt guck net so belämmert, Kleiner. Is dei Schätzche zu bitter? Ei, da musste vorher die Orangenhaut abmache.«

Im Bruchteil einer Sekunde hatte der Teint des Pärchens zu glühen begonnen wie vollreife Tomaten.

»Kinder, die Jungs häng'n mir schon zum Halse raus«, hub Rita wieder an zu singen:

»Einen Mann, einen richtigen Mann.
Einen Mann, dem das Herz nicht in der Hose steckt,
einen Mann, der die Glut in meinem Busen weckt.
Einen Mann, der noch lieben will und kann,
einen Mann, einen richtigen Mann.« - Rita unterbrach ihren Gesang erneut:

»Was sehn denn da meine kurzsichtigen Kuhaugen? Einen vakanten Fauteuil! Hat da bis zur Pause net der Wüstenhagen gesesse? Hat er sich etwa klammheimlich verdrückt, der Feigling? Haha, Glück gehabt! Sonst hätt ich ihn heut Abend noch verzupft. Bin ja net wählerisch.« Sie begann wieder zu singen:

»Männer gibt es dünn und dick,
groß und klein und kräftig.
Andre wieder schön und stolz,
schüchtern oder heftig.
Wie er aussieht, mir egal,
Irgendeinen trifft die Wahl!« - Schon wieder geriet sie ins Schwadronieren:

»Mir ist grad eingefalle: Vielleicht hat der Wiwü ja kurz vor Ultimo noch 'n Termin für e Schönheits-OP. Dabei hat er im Sommer eigentlich noch ganz knackig ausgeschaut im sexy Fußball-Büchsje als Kessler-Zwilling nebe unsrer Lola. Habt ihr's gesehn? Unsern Tribute zur Mädels-Fußball-WM *Der Ball ist bunt*? Is auf *Kanal Hessen* gelaufen. War 'ne heiße Nummer. Mit Didi Ballisto un seine Ballerinos aus 'm Balltikum mit 'ner Choreograhie zum Ballero von Chanel. Und mit Lady Balla-Balla, die 'e ballistische Ballade über große Bälle und kleine Bällchen unner die Leut geballert hat. Zum Schieße! Ich war natürlich auch dabei. Hab als Madame Schiri kei gelbe oder rote Karte gezückt, sondern rosa Kärtche un violette Kärtche. Also, wer's verpasst hat, muss jetzt net flenne. Die Sendung gibt's auf DVD. Die könnt ihr anschließend an unserer Garderobe käuflich erwerbe. Dann nehmt ihr aber unbedingt auch gleich noch unser Bilderbuch *Die perfekte Schönheit* mit, den ultimativen Styling-Ratgeber von Damen, die es wissen müssen.«

Rita lachte in sich hinein:

»Die Lola kann heut wieder stolz auf mich sein. Ich klopp hier auf die Werbepauke, dass es nur so scheppert!«

Ohne erkennbar Luft geholt zu haben, war sie schon beim nächsten Marlene-Klassiker:

»Nimm dich in Acht vor blonden Frau'n,
die haben so etwas Gewisses!
S' ist ihnen nicht gleich anzuschau'n,
aber irgend etwas is' es.

Ein kleines Blickgeplänkel sei erlaubt dir, doch denke immer: Achtung vor dem Raubtier!
Ich bin die fesche Rita, der Liebling der Saison.
Ich trink 'n Margarita daheim uff mei'm Balkon.
Ich bin die fesche Rita, mich liebt ein jeder Mann.
Doch an mein'n steile Balkon, da kommt mir keiner ran!«

Mit großer Geste entledigte sie sich ihrer überdimensionalen Federstola.

»So, ihr Schnuckelcher, eh die alte Rita sich jetzt gleich die Stuckatur vom Gesicht schmirgelt, wünscht sie euch noch, dass ihr morsche Nacht abzischt ins Neue Jahr wie die Knallfrösch, und dass es ein lustvolles Jahr für euch wird. Und immer, wenn ihr mal wieder so richtig schön unner euerm Niveau lache wollt, seid ihr herzlich willkomme in Ritas guter Stubb. Denn ihr wisst ja: Rita hat euch lieb. - Finale!!!«

In Trommelfell erschütternder Lautstärke schallte aus den Boxen *Auf Wiedersehn, auf Wiedersehn*. Lola und Chouchou traten hinzu und flankierten Rita. Aus einer Tür seitlich der Bühne wurde eine Konfettikanone geschoben, und begleitet von einer heftigen Detonation schneite ein Schwall Flitter auf das Publikum nieder.

Während nach Ende der Show Soeren Schröter noch damit beschäftigt war, die Zuschauer nach draußen zu komplementieren, hatten die Ehrengäste bereits im Séparée hinter der Bar Platz genommen, in dem jeder Quadratzentimeter dekoriert war mit Fotos, Nippes und ausgedienten Bühnenkostümen. Marion und die Ehepaare Knoll und Sander ließen sich den für sie bereit gestellten Prosecco schmecken. Die Müller-Mädels aber hatten sich bereits aus der großen Schüssel Kartoffelsalat, die ebenfalls der Freunde des Hauses harrte, jede eine ordentliche Portion auf die Teller geschaufelt und gabelten soeben nach den Rindswürsten, als Lola in den Raum segelte. Oben herum trug sie noch Vollmaske. Unterhalb ihres Adamsapfels aber war sie schon wieder Roman Hold, gewandet in einen schwarz-seidenen, mit chinesischen Drachen bestickten Hosenanzug.

»Es ist doch immer das Gleiche!« lamentierte er. »Kaum haben wir Special Guests in der Show, ist das Publikum so was von dröge!«

»Roman, reg dich ab. Die Leute haben doch getobt!« widersprach Rudi Knoll. »Dagegen sind unsere Kappensitzungen 'ne Trauerfeier.«

»Ich war auch begeistert«, pflichtete ihm Theaterdirektor Gerhard Sander bei. »Ihr wart alle wieder zum Niederknien. Vor allem diese Chouchou. Die würde ich euch gerne weg engagieren.«

»Als was?« fragte Roman. »Die Chouchou kann ja kein Deutsch. Die heißt Mischa und kommt aus der Ukraine.«

»Ach«, wunderte sich Sander.

»Sind hier alle happy?« Soeren drapierte sich in den Türrahmen. »Bin gleich für euch da, ihr Süßen!«

»Jetzt wo die Vollzahler weg sind, darf ich hier drin doch eine rauchen, oder?« japste Marion. »Ich bin auf Turkey.«

»You 're welcome«, hauchte Soeren, drehte ab und kam im selben Moment mit einem Aschenbecher zurück, als Rita - nun wieder Kurt Schuster - zur Gästerunde stieß. Kurt sah erschöpft aus. Die dünnen, schwarz gefärbten Haare klebten auf seiner Kopfhaut. Seine knochige Gestalt steckte in einem dunkelblauen Kashmir-Pullover und farblich dazu passender Hose. Er lächelte matt:

»Schön, dass *ihr* noch da seid. Habt ihr 'ne Ahnung, wieso Wiwü getürmt ist?«

»Der war heut nicht besonders gut drauf«, meinte Marion lakonisch. »Du kennst ihn doch. Er ist halt manchmal 'n bisschen wehleidig.«

»Des bin ich langsam auch«, stöhnte Kurt und ließ sich ächzend in einen Stuhl fallen. Sein ganzes Gesicht schien nur noch aus Tränensäcken und Labialfalten zu bestehen.

»Soeren, bring mir bitte e Bier! - Kinner Gottes, war des e Jahr! Ich mach die Rita jetzt schon 35 Jahr, aber so eins hab ich noch net erlebt.«

»Wieso?« fragte Frau Knoll.

»Ei, der Preungesheimer hat uns vor sich her getriebe wie die Hase! Die Lola und de Soeren ham sich von em treibe lasse, und die alt Rita musst mit hetze. - Ja, guck net so, Lola. Du weißt, ich hab dir e paar Mal gesagt, wenn ihr mich weiter so scheucht, erbste den Lade eher als gedacht. Aber bevor du mich auf 'm Gewisse hast, bringste lieber erst den Scheiß-Babsi um! - Geb mir doch mal e Worscht und e bissje was vom Kartoffelsalat. - Also, wenn mir morsche die zwei Silvestervorstellunge hinner uns habbe, mach ich drei Kreuz, dass des Jahr rum ist!«

»Aber ihr wart doch, so weit ich das beurteilen kann, so erfolgreich wie nie«, meinte Gerhard Sander. »Wenn ich in meinem Theater so eine Auslastung hätte wie ihr.«

Luftküsschen werfend enterte soeben Chouchou das Séparée. Sie hatte sich in ein androgynes Jüngelchen verwandelt, trug waffenscheinpflichtig knackenge Jeans und ein fliederfarbenes Muscle-Shirt.

»Mischa, zieh dir was drüber!« sagte Kurt streng. »So warm isses hier net. Mir ham Winter!«

Mischa gestikulierte *Nix verstehn*!, strich sich eine hellbraune Haarsträhne aus dem schmalen Gesicht, strahlte in die Runde, schmiegte sich demonstrativ an Soeren und zwinkerte gleichzeitig kokett zu Roman hinüber. »Wiwü weg?« fragte er.

»Ja«, antwortete Kurt knapp.

Mischa schürzte seine Angelina-Jolie-Lippen und schmollte ein bisschen, um sich gleich wieder an Soeren zu kuscheln.

»Gott, ist der Bengel hübsch«, stoßseufzte Ilona Sander, die Frau des Theaterdirektors. »Sowohl als Männlein *und* als Weiblein. Also, die Natur ist so ungerecht.«

»Vor allem hat er aber eine enorme Bühnenpräsenz«, dozierte Gerhard Sander. »Du hast wirklich einen Riecher für junge Talente, Kurt. Wo kriegst du die nur immer her?«

»Ach, der Mischa is mir quasi zugelaufe«, erklärte Kurt. »Des is unser Bobbelche. Aber täusch dich net: er is e klein raffiniertes Rabenaas. Immer wenn er auf irgendwas kei Lust hat, versteht er prompt kein Brocke Deutsch mehr, unser Russki. Den hat die Lola ganz schön an die Kandare nehme müsse, bis er die zwei Nummern in de Show druff hatt. Fürs neue Programm übt sie jetzt mit em die Paris Hilton un die Sylvie van der Vaart. Aber des is 'n Kraftakt. Der Mischa is e Naturbegabung, aber stinkfaul. Außerdem müsse wir dauernd aufpasse, dass er net unner die Räder kommt.«

»Wo ist eigentlich die Kleine geblieben, die ich beim letzten Mal bei euch gesehen hab?« fiel Sander ein.

»Meinste die Schoko Crossie aus Eritrea oder die Lolly Pop aus Litauen?«

»Die bzw. den mit den Brustimplantaten.«

»Die Lolly Pop.«

»Wo ist die denn jetzt?«

»Ach, Gott.« Kurt schlug die Augen zur Zimmerdecke wie die geplagte Mutter einer Schar Schwererziehbarer. »Immer wenn die Kinner in Frankfurt-Fechenheim Erfolg habe, meine se gleich, sie müsste nach Hamburg oder Berlin. Und da gehn se dann verschütt. Weil se dann kei gute, alte Rita mehr habe, die se betüttelt.«

»Du lieber Himmel!« Marion sah auf ihre Armbanduhr. »Schon nach halb elf!« Sie drückte ihre Kippe aus und erhob sich. »Tut mir Leid, Leute, ich muss!«

»Du fährst jetzt noch zum Babsi, stimmt's?« fragte Roman frostig.

Marion zog es vor, so zu tun, als hätte sie die Frage nicht gehört. Sie bedankte sich für den tollen Abend, wünschte pauschal einen guten Rutsch, Gesundheit und Erfolg im Neuen Jahr, schnappte ihre Schultertasche und ihren Webpelz in Fuchsimitat und war schon fast zur Tür hinaus, als Mischa ihr nachrief:

»Kannst du mirrr nehmen mit?«

»Wohin?« Jetzt klang Kurt wie eine strenge Gouvernante.

»In City. Will noch lebe.«

»Du meinst, was *er*lebe? Ich sag dir, du *kannst* was erlebe, wenn de net heut Nacht noch zurück bist!«

Mischa zog ein Schnütchen und guckte frech.

»Ach.« Kurt machte eine resignierte Handbewegung.

»Zisch ab. - Aber nehm e dick Jack mit!«

Wie ein Welpe stob Mischa Marion hinterdrein.

»Boah«, schnaufte Kurt erledigt.

Soeren und Roman sahen einander vieldeutig an, während alle anderen irritiert schwiegen.

»Seid mir net bös«, unterbrach Kurt nach einer Weile die allgemeine Sendepause. »Ich geh jetzt auch. Ich bin müd. Lasst euch net störn. 'S is noch genug zum Esse und Trinke da, und ihr wisst ja: Eingelade macht net dick. Macht's euch also noch e bissje nett. Ich muss ins Bett. Mir hänge die zwei Shows morsche Abend über 'm Kopp wie e Damoklesschwert. - Nee, Soeren, lass...«

Soeren war aufgesprungen in der Absicht, Kurt heim zu geleiten.

»Des schaff ich locker allein, Bub. Die paar Schritt an de frische Luft tun mir gut.«

23.15 Uhr. Wohnung von Babsi und Lutz

»Spitzes Mündchen machen und was Schönes dabei denken. Stößerchen!«

Babsi hielt unverändert Hof in seiner Küche. »Wer von euch brav Männchen macht, kriegt nachher beim Heimgehen auch meinen Erotik-Kalender 2012.«

Die Schrecksekunde, die sein Küchenkabinett kurzfristig lähmte, ließ erahnen: Keiner der Anwesenden mochte sich Babsi dringend als Aktmodell vorstellen.

»Äätsch«, feixte Babsi, »reingefallen, ihr Spackos! Nee, dieses Jahr gibt's 'ne Schneekugel. Mittendrin ich. Von vorn betrachtet als Kaiserin Sissi und von hinten als König Ludwig II. Und der Schnee ist natürlich golden. Wie bei der Karl-Lagerfeld-Kugel. Remember: Dezenz ist Schwäche!«

»Wie viele Silvestershows machst du eigentlich morgen?« fragte Robby.

»Eine. Zwei machen doch nur die, die's nötig haben. Ich fang um halb zehn an und mach durch bis zwölf.« Babsis Augen glitzerten angriffslustig. »Und als letzten Act vor Mitternacht gönn ich mir was echt Wolllüstiges: einen enthemmten Steptanz frei nach Michael Flatley, bei dem ich ein lachhaftes Häufchen Peperoni zu Staub trete!«

»Getrocknete?« fragte Dennis naiv.

»Logo, alte, vertrocknete. Sonst hat's ja keinen Bezug.«

In der Kängurutasche seines Sweatshirts meldete sich sein Handy mit *I am what I am*. Babsi pfriemelte es hervor, und sein Gesichtsausdruck veränderte sich schlagartig.

»Ich geh mal ins Treppenhaus. Hier versteht man ja nix«, war das Letzte, was seine Kumpels von ihm hörten, bevor er verschwand.

Kurz darauf hatte sich Marion von draußen kommend in die Küche vorgearbeitet.

»Hi. Du suchst den Babsi, gell? Der ist gleich wieder da«, erklärte ihr René. »Er telefoniert nur grad.«

»Ich weiß«, antwortete Marion, »hab ihn im Treppenhaus gesehen.«

23.45 Uhr. Rita's World

»Du bist ein Schatz, Soeren!« zirpte Hanni und nahm die Plastiktüte in Empfang, in die Soeren eine Gefrierbox mit dem Rest des Kartoffelsalats und zwei Bockwürste gepackt hatte. »Da schlagen Tick, Trick und Track Purzelbaum, wenn sie das kriegen!«

»Das vertilgt sie doch garantiert selbst«, wisperte Frau Knoll ihrem Mann zu.

»Aaah«, zwitscherte Heidi. «Hättest du eventuell auch noch 'n Fläschchen Prosecco übrig? Dann stoßen wir morgen Nacht um 24.00 Uhr auf Euch an!«

»Du meine Güte, ist das peinlich!« flüsterte Frau Knoll.

»Wir können morgen Abend aber auch noch mal vorbei kommen«, flötete Henni. »Dann habt ihr noch ein Highlight in der Show. Wir schenken euch das Potpourri, das wir in der Spielbank Bad Pyrmont gemacht haben!«

»Wann? In der Adenauer-Ära?« lachte Lola/Roman. »Nee, das ist wirklich sehr lieb, aber vielen Dank.«

»Wir haben unsere Lieder alle noch drauf. Wir - «

»Tja«, schob Frau Knoll sich dazwischen. »Eh das jetzt hier noch länger dauert, möchten wir nur schnell auf Wiedersehen sagen. Ich muss noch bis Kalbach fahren. Der Rudi hat ja was getrunken.«

»Ilona und ich schließen uns an«, sagte Gerhard Sander.

Es begann ein gegenseitiger Neujahrswünsche-, Küsschen- und Umarmungenaustausch. Dann waren alle Gäste in der Fechenheimer Nacht entschwunden.

»Komm, mach die Schotten dicht«, sagte Lola/Roman zu Soeren. »Aufräumen kannst du Morgen Vormittag. - Ach, Mist, ich bin ja noch geschminkt«, fiel ihm ein. »Fährst du mich rasch nach Haus?«

23.55 Uhr. Wohnung von Babsi und Lutz

»'S ist verrückt. Ich muss grad an Varanasi denken«, sinnierte eine von ihrer asymmetrischen Frisur über den Lippenstift bis zu den Leggins Auberginefarbene, die sich seit einer gefühlten Ewigkeit im Wohnzimmer als Sitzplatz eine Sofa-Armlehne teilte mit einem spillerigen Intelligenzallergiker, dessen geckenhafter dunkler Anzug ihn als Novizen auf Babsis Fete auswies, und der seit seinem Eintreffen auf dem Festgelände unentwegt Handy-Fotos schoss.

»Varanasi?« fragte er und spielte auf seinem Smartphone herum. »Ist das 'n Gleitgel?«

Die Auberginefarbene rollte genervt mit ihren dramatisch schwarz umrandeten Augen. »Das ist 'ne heilige Stadt am Ganges in Indien, du Nerd! Da herrscht 'n Pilger-Getümmel - na, ja, halt beinah so wie hier.«

»Ach was?« erwiderte der Schmächtige. »Guck mal, hab grad 'n Foto von uns auf *Facebook* gepostet.«

Neben der Stereoanlage bezog soeben Lutz Stellung. Er, dessen mimisches Repertoire seit diesem zu Ende gehenden Jahr nur noch aus zwei Gesichtsausdrücken bestand: schicksalsergeben oder mürrisch, sah seltsam gestresst aus. Dabei war die rituelle Handlung, die ihm gleich bevorstand - das Starten von Babsis *Tucken-Tango* - eine seiner leichtesten Übungen. Nun fehlte nur noch der Hauptdarsteller. Lutz sah auf seine Armbanduhr, dann etwas ratlos auf die Fernbedienung in seiner Rechten, kratzte sich mit der Linken an der Schläfe und holte tief Luft. Dann stieg er auf das kleine Podest, das er zuvor hinter der Übergardine hervor gezogen hatte, reckte den Hals und spähte über aller Köpfe hinweg Richtung Flur, ob Babsi etwa im Anmarsch war. Womöglich steckte er zwischen Küche und Wohnzimmer im Stau fest. Seit Einführung seines Babsi-Birthdays war er jedenfalls noch nie zu spät auf seinem Posten gewesen, um die Huldigungen seiner Friends und Followers entgegen zu nehmen.

»Hey, macht doch mal Platz!« herrschte Lutz die Umstehenden an. »Babsi kommt ja sonst nicht durch!«

Tatsächlich versuchten zumindest die, die seinen Ruf vernommen hatten, eine Art Gasse zu bilden. Doch kein Babsi ließ sich blicken. Lutz wurde hektisch. Er sprang von seinem Podest herunter, stürmte vom Wohnzimmer in den Flur und begann sich ohne Rücksicht auf Verluste Richtung Küche durch zu boxen.

»Babsi, komm jetzt endlich!« rief er und klang so flehentlich, dass Einige, die ihn bislang nur als scheinbar emotionslosen stummen Diener Babsis wahrgenommen hatten, irritiert aufhorchten. Gerade wollte er am Eingang zur Küche zu einem erneuten Babsi-Ruf ansetzen, als Dennis ihn sah.

»Babsi ist hier nicht«, sagte er.

»Aber es ist zwölf!« lamentierte Lutz. »Wo ist er denn?«

»Zuletzt war er im Treppenhaus und hat telefoniert«, antwortete Marion. »Wir haben gedacht, er wär von da aus direkt ins Wohnzimmer.«

»Ist er nicht!!!« Lutz drehte um, hechtete zur Wohnungstür, die den ganzen Abend lang einen Spalt offen gewesen war, riss sie auf und brüllte in den Hausflur:

»Babsiiii!!!« - Es kam keine Reaktion.

»Vielleicht ist er grad auf 'm Töpfchen«, meinte Achim und rieb seinen Oberarm, den Lutz im Vorbeistieben empfindlich touchiert hatte.

Lutz griff hinüber zur Toilettentürklinke. Die Tür war verschlossen.

»Babsi, bist du da drin?« rief er. »Mach mal 'n bisschen Dalli, es ist zwölf!« -

Keine Reaktion.

»Hey, ist was?« Jetzt polterte Lutz gegen das Türblatt. »Haste was?«

»Mach nicht so 'n Terror. Mir is schlecht«, ertönte von drinnen eine leidende Stimme. Babsis Stimme war es nicht.

»Vielleicht ist er im Schlafzimmer und wirft sich in Schale als... was weiß ich«, rätselte Kostja. »Ich könnt's nicht beschwören, aber ich bild mir ein, ich hätt ihn vorhin da rein gehen sehen.«

Lutz schubste die vor der Schlafzimmertür Stehenden zur Seite und öffnete. Im Dunkeln türmte sich auf Bett und Teppichboden wie jedes Jahr die übliche Mantel- und Jackenhalde.

»Babsi!« brüllte Lutz.

Wer in der Wohnung bisher noch nicht mitbekommen hatte, dass etwas nicht stimmte, wusste es spätestens jetzt.

»Hat er sich von seiner eigenen Fête abgesetzt?« wunderte sich einer. »Das ist ja crazy.«

»Da stehste dir stundenlang die Beine in den Bauch«, moserte ein Anderer. »Und wenn du den Gastgeber endlich zu Gesicht kriegen sollst, hat er die Kurve gekratzt. Strange.«

»Ruf ihn doch mal einer an«, schlug der Nächste vor.

»Bin schon dabei«, erklärte Marion, die aus der Küche hinzu gekommen war. »Ist aber nur die Mailbox. Das kapier ich nicht...«

Inzwischen hatte sich bis zu Esszimmer und Balkon herum gesprochen, dass der Höhepunkt der Stehparty - Babsis Audienz - in diesem Jahr offenbar flach fiel.

»Dann können wir auch gehen«, beschlossen die Ersten. Von allen Seiten hörte man Satzfetzen, die Ratlosigkeit, Frust und Unverständnis ausdrückten. Etliche trollten sich bereits.

Mit leerem Blick stand Lutz jedem im Weg.

Im dunklen Schlafzimmer begann ein heftiges Gewühle in den dort abgelegten Klamotten. Nur wer seine wärmende Hülle gleich zu Beginn des Abends strategisch günstig deponiert hatte, wurde fündig.

»Hey, mach doch mal einer Licht!« zeterte einer. »Was soll 'n die Schatzgräberei hier im Finstern!?« Irgendwer betätigte den Lichtschalter.

»Huch«, kreischte plötzlich ein Dickerchen in einem XXL-Hawaiihemd, »da liegen ja zwei Füße!«

»Was? Wo?« Achim, der gerade geglaubt hatte, am Kopfende des Bettes seine Lederjacke entdeckt zu haben, wandte sich dem Schreihals zu:

»Geh mal zur Seite!«

Der Moppelige drückte sich an die Schlafzimmerwand gegenüber dem Fußende des Bettes und starrte auf den Teppichboden, wo sich wie auf der Matratze Parkas, Daunenjacken und Lammfellwesten stapelten. Drei andere Klamottentaucher hielten ebenfalls inne und starrten verwirrt auf die Füße, die in denimblauen *Jeremy Scott* Sneakers steckten.

»Das ist Babsi!«

Achim hatte einen Gore-Tex-Anorak und einen dicken braunen Wollschal angehoben. Darunter lag Babsi, das Gesicht auf dem Boden.

»Ach je, der spielt hier den toten Mann.« Achim stupste ihn in die Seite. »Testest du schon wieder 'ne neue Performance? Komm, mach keinen Quatsch, steh auf!«

Er versuchte, Babsi auf die Seite zu drehen.

»Mensch, es reicht. Du hast alle in Aufruhr versetzt. Die Show hat funktioniert. Jetzt lass es gut sein!«

Babsi rührte sich nicht.

»Hör mal, ich weiß noch, wie du damals beim *Schlecker* den Überfall vorgetäuscht hast, nur um dich interessant zu machen.«

Da war auch schon Lutz im Schafzimmer. Er kniete neben Babsi nieder und schmiegte seinen Kopf in dessen Nacken. Erst jetzt wurden die Anderen gewahr, dass er das gleiche schwarze Sweatshirt trug wie Babsi.

»Manni, Schatz, warum hast du mir denn nichts gesagt?« flüsterte er. »Du hättst den Babsi nicht sterben lassen müssen. Ich hab - « Er stockte. Dann brabbelte er plötzlich panisch:

»Ich glaub, er... er atmet nicht mehr! - Manni atmet nicht mehr!!!«

Mit schreckgeweiteten Augen sah Lutz in die Runde, die sich mittlerweile um ihn gebildet hatte, dann brach es aus ihm heraus:

»Manni ist tot!«

»Das kann doch nicht sein!« widersprach Kostja fassungslos.

Lutz begann zu wimmern.

»Steh auf, Lutz«, sagte Chris sanft.

Lutz schluchzte jämmerlich. Chris legte die Arme um ihn und drückte ihn an sich. Lutz, der muskelbepackte Fitness-Freak schien binnen Sekunden um die Hälfte geschrumpft.

»Rat-Beil-Straße 7, erster Stock links«, ließ plötzlich Marion ihre Stimme vernehmen. »Nattermann/Thorwald steht auf dem Klingelschild, aber Haus- und Wohnungstür sind ohnehin offen. Danke. - Ja. - Bis gleich. - Der Notarzt ist im Anrollen«, informierte sie den Pulk ratlos Dreinschauender, der inzwischen den Eingang zum Schlafzimmer samt Flur komplett verstopfte. »Verteilt euch doch bitte mal wieder auf die anderen Räume«, sagte sie. »Der Arzt braucht freie Bahn!«

»Da kommt, wenn du Pech hast, gleich die Polizei mit«, raunte einer. »Das dauert dann die halbe Nacht. Ich hau ab. Meine Jacke krieg ich schon noch irgendwann.«

Der nächste, diesmal fast lautlose Exodus setzte ein.

Als wenige Minuten später der Notarzt Dr. Hilpert und kurz nach ihm zwei Polizeibeamte eintrafen, waren von ursprünglich über 200 Gästen nur noch knapp 30 vor Ort.

Zufällig kannte Marion Dr. Hilpert. Er praktizierte - bittere Ironie! - als Frauenarzt und Geburtshelfer, wenn er nicht gerade Notdienst schob. Er stellte zunächst den Tod von Manfred Nattermann fest und entdeckte bei näherer Untersuchung des Leichnams eine Einstichstelle hinter der rechten

Halsschlagader. Einer der beiden Streifenpolizisten informierte umgehend den Kriminaldauerdienst. Der Zweite hatte bereits damit begonnen, die Personalien der zwischen Küche und Esszimmer erschüttert Herumstehenden aufzunehmen.

Nur aus Lutz war absolut nichts heraus zu bekommen. Tränenüberströmt hing er an Chris, der vergebens versuchte, ihn zu beruhigen.

Marion, die sich dem Beamten inzwischen als Journalistin vorgestellt hatte, steuerte in gedämpftem Ton bei, was sie über Lutz zu sagen wusste.

In diesem Moment standen auch schon ein interessant verlebter Grauschädel in einem schlammfarbenen Burberry, Kriminaloberkommissar Lauber, und sein vergleichsweise unscheinbarer Kollege Rosentreter auf der Türschwelle. Vom Polizeipräsidium in der Adickesallee war's nur ein Katzensprung gewesen.

Nachdem er das Chaos im Schlafzimmer inspiziert hatte, sah Lauber sich in Wohnzimmer, Esszimmer und Küche um, und seine Miene wurde zunehmend grämlicher. Überall in der Wohnung lagen verdellte Pappteller mit Essensresten, Plastikbesteck und zerknüllten Papierservietten sowie Bierflaschen und Plastikbecher herum, die teils mit merkwürdigen Hieroglyphen versehen waren. Lauber blähte seine Wangen und ließ die Luft mit einem Plups entweichen.

»Leck mich am Ärmel, Rosentreter«, knarzte er. »Die Spusi springt hier gleich im Karree vor Begeisterung. Damit sind sie bedient bis Dreikönige.«

Von da an ging alles so schnell, dass der klägliche Gästerest der so tragisch geendeten Party nur noch wie in Trance mitbekam, dass wiederum wenige Minuten später die Spurensicherung in ihren Schneemänner-Overalls Einzug hielt.

Die, deren Personalien bereits erfasst waren, bat Rosentreter, den Tatort zu verlassen. Mit der Vorgabe, sich in den nächsten Tagen für eventuelle Nachfragen bereit zu halten. Wie ferngesteuert schlichen sie davon, während in der Gegenrichtung nach und nach drei Vertreter der Mordkommission einliefen.

Und dann wurde Babsi, vor etwas mehr als einer Stunde noch das pralle Leben, in eine silberfarbene Leichenbahre gebettet abtransportiert zur Gerichtsmedizin.

Wie erstarrt bildeten Dennis, Achim, Dirk, Kostja, Rena Ravel, das Dickerchen im Hawaiihemd, die Auberginefarbene, Marion sowie die Wohnungsnachbarn Spalier.

Von Weinkrämpfen geschüttelt barg Lutz sein Gesicht an Chris' Schulter.

»Ich muss Sie jetzt alle auffordern, die Wohnung zu räumen«, sagte Hauptkommissar Lauber. »Wir benötigen aber noch ihre Aussagen. Können wir das im Hausflur erledigen?«

»Ich will mich nicht in Ihre Arbeit einmischen«, raunte Marion ihm zu. »Aber bevor Babsi... also Herr Nattermann im Schlafzimmer gefunden wurde, war er im Hausflur. Vielleicht ist da...«

»Ah, ja. Danke.«

Lauber wandte sich an Rosentreter:

»Ich höre gerade, dass der Tote zuvor im Treppenhaus... Sagen sie dem Erkennungsdienst, er soll auch das Treppenhaus in die Spurensicherung einbeziehen. - Tja, dann muss ich Sie wohl alle bitten, mit ins Präsidium zu kommen!«

»Wenn das die Sache vereinfacht... äh, Sie könnten auch nebenan...«, meldete sich die Nachbarin zu Wort. »Klein ist mein Name, Heike Klein. Das weiß Ihr Kollege aber schon. Unsere Wohnung ist gleich gegenüber. Es ist zwar nicht aufgeräumt, aber...«

»Das spielt keine Rolle«, erwiderte Lauber. »Danke, Frau Klein.«

»Horst, du hast den Schlüssel. Schließ mal auf!«

Übereifrig schubste Heike Klein ihren Mann aus der Babsi/Lutz-Wohnung hinaus und wies gleichzeitig Lauber und den anderen den Weg.

»Gehen Sie drüben am besten gleich durch bis ins Wohnzimmer. Aber 'n bisschen aufpassen: da steht noch der Weihnachtsbaum, der nadelt schrecklich!«

»Entschuldigen Sie bitte die Frage«, hielt Marion den Ermittler auf. »Wenn Ihre Leute ihre Arbeit hier fürs erste erledigt haben, versiegeln sie die Wohnung doch wahrscheinlich. Was ist dann mit Herrn Thorwald,...äh, Lutz, dem Hinterbliebenen des äh... Er ist völlig fertig.«

»Tja, Hotel... würde ich vorschlagen.«

Hotel? dachte Marion entsetzt. In seinem Zustand?

»Kann ich ihn auch mit zu mir nehmen?« fragte sie. »Es muss sich doch wer um ihn kümmern.«

Samstag, 31. Dezember 2011, 10.53 Uhr.

Polizeipräsidium, 3. Stock, Adickesallee

»Tanja!« schmetterte Kommissar Lauber durch die offene Tür seines Büros im grünen Flügel des Polizeipräsidiums Richtung Vorzimmer. »Was ist die Steigerung von Supergau?«

Auf seinem Schreibtisch lag unter anderem der *Frankfurter Express* mit den ultimativen Silvester-Tipps. Als Hot Spots empfahl Klatschreporterin Marion Rühl darin besonders die Revue *New Year's Adam* in *Rita's World* und die Babsi Botox-Show *Strapsodie in Blue* im *Transania*.

»Megagau? Hypergau? Keine Ahnung.« Sekretärin Tanja Klaucke kam in ihren Overknees in Laubers Büro gestiefelt. »Wieso?«

»Weil Sie meine Frau anrufen müssen. Sagen Sie ihr bitte, die *Fledermaus* heute Abend ist gestorben.«

»Hä?«

»Silvestervorstellung in der Jahrhunderthalle«, erläuterte Lauber mit Grabesstimme und befühlte seine silbernen Bartstoppeln.

Tanja sah ihn sorgenvoll an. Eine durchwachte Nacht, und ihr Chef, dessen Gesichtslandschaft bislang von wenigen, scheinbar akkurat angeordneten, markanten Falten geprägt war, hatte ein Knautschgesicht wie Walter Matthau selig.

»Ich weiß nicht, was sie alles angezettelt hat, um an die Karten ran zu kommen«, stöhnte Lauber. »Jetzt will sie sich wahrscheinlich mal wieder scheiden lassen. Sagen Sie ihr, sie soll nichts überstürzen. In drei Jahren bin ich pensioniert. - Und dann rufen Sie bitte im Keller an, ob die Obduktion schon irgendwas ergeben hat. Der Spurensicherung machen wir besser erst mal keinen Druck. Denen qualmen ohnehin die Birnen angesichts von über 200 bekritzelten Plastikbechern und mindestens so vielen Bierflaschen. - Ach, und haben Sie noch einen Kaffee für mich?«

Ohne anzuklopfen, war Rosentreter herein gekommen. Die roten Äderchen in seinen Augen bildeten die einzige Farbe in seinem übernächtigten Gesicht.

»Tanja, ich danke Ihnen«, sagte Lauber. »Sie sehen heute aus wie ein Musketier. Sie schaffen das alles! - So, was gibt's Neues?« wandte er sich Rosentreter zu.

»Erstens: Will Wüstenhagen, den zwei der Tatortberechtigten bei der gestrigen Party gesehen haben wollen, war tatsächlich kurz da.«

»Wüstenhagen?« Lauber runzelte die Stirn. »Sie tun so, als müsste ich den kennen?«

»Na, ja. Er war mal Fernsehstar bei *Kanal Hessen*. Hat jahrelang den Schwiegersohn gespielt in dieser Endlosserie *Taunusglück*. Danach hat er noch eine eigene Talkshow gehabt. *Wüstenhagens Würstchenbude*.«

»Ah, ja. Jetzt weiß ich, wer das ist. Okay, weiter.«

»Also«, referierte Rosentreter, »er hat ausgesagt, er wäre um circa 21.45 Uhr in der Rat-Beil-Straße eingetroffen, weil er das Bedürfnis gehabt hätte, kurz vor Jahresende noch Frieden zu schließen mit Manfred Nattermann alias Babsi Botox. Im Sommer dieses Jahres ist es zum Zerwürfnis gekommen zwischen den Beiden. Da aber in der Wohnung so ein Gewimmel war, wäre er schon nach wenigen Minuten wieder gegangen, hätte ohnehin einen depressiven Schub gehabt und wäre anschließend gleich nach Hause gefahren. Er lebt allein im Ostend, Am Tiergarten. Dort hätte er nur noch kurz bei *TIMM* rein geschaut und wäre dann ins Bett gegangen.«

»Tim... Nachname?« drängelte Lauber. »Kann der das bezeugen?«

»*TIMM* ist ein schwuler TV-Kanal.«

»Scheiße«, murmelte Lauber. »Also hat er kein Alibi.«

»Nicht wirklich.«

»Okay, bleiben Sie dran. Und was ist mit dem Lebensgefährten von Nattermann, diesem... äh... Lutz Thorwald?«

»Den hat ja Marion Rühl, die Reporterin vom *Frankfurter Express*, unter ihre Fittiche genommen. Die ist ganz kooperativ. Hat erzählt, sie hat die ganze Nacht versucht, ihn zu beruhigen, aber er wäre völlig durch den Wind. Was ich bestätigen kann. Auch mir gegenüber hat er ungefähr zehn Mal ein und dasselbe gestammelt: Das war ein Auftragskiller von der Rita!«

»Holla, Holla!« Lauber runzelte angespannt die Stirn. »Heiße Spur?«

»Schön wär's«, seufzte Rosentreter. »Frau Rühl meint, da wäre absolut nichts dran. Thorwald steht unter Schock. *Die* Rita, bürgerlich Kurt Schuster, Künstlername Rita Peperoni, hat die Travestiebühne *Rita's World* in Fechenheim. Das ist die unmittelbare Konkurrenz zum *Transania*, dem Schuppen des Ermordeten. Die Beiden haben sich in letzter Zeit bis aufs Messer bekriegt. Es ging dabei um die Vorherrschaft hier in Frankfurt. Aber das war, laut Marion Rühl, eine rein verbale oder virtuelle Auseinandersetzung. Verunglimpfungen, üble Nachrede, Hetzkampagnen im Netz über *Facebook* etc. Na, ja, Mobbing eben. Frau Rühl hat ausgesagt, dass sie gestern Abend zunächst in Fechenheim war, weil sie sowohl mit dieser Rita Peperoni als auch mit Babsi Botox professionell 'befreundet' sei bzw. gewesen sei. Und sie könne sich definitiv nicht vorstellen, dass Rita respektive Kurt Schuster - «

»Das reicht Ihnen doch wohl nicht!«

Laubers Telefon klingelte.

»Einen Moment, Rosentreter. - K 11, Lauber. - Was? Leichensache in der Öffentlichkeit. Nichtnatürlicher Tod. Fremdeinwirkung. Vermutlich Mord. - In Fechenheim? - Name des Toten: Schuster, Kurt??? - Sagen Sie das noch mal!«

12.44 Uhr. Rita's World

»So schnell sieht man sich wieder. Mein Gott, ist das tragisch«, sagte Marion zu Lauber, trocknete mit einem Ende ihres Schals ihre feuchten Augen und zog gleichzeitig nervös an ihrer Zigarette.

Sie trafen an der Rückseite von *Rita's World* aufeinander, wo die Polizei inzwischen den Bereich um die Müllcontainer mit rot-weißem Band abgesperrt hatte. Es nieselte. Lauber hätte Marion auf den ersten Blick gar nicht wiedererkannt. Im Gegensatz zu vergangener Nacht war sie ungeschminkt und hatte ihren kupferfarbenen Bob unter einer Kappe mit dem Logo der *Tourismus + Congress GmbH* versteckt. Hinter der Absperrung wurde Kurt Schuster soeben auf eine Leichenbahre gehoben, wie es Marion seit nicht einmal zwölf Stunden auf makabre Weise bekannt vorkam.

»Wieso sind Sie hier?« fragte Lauber irritiert.

»Lola hat mich angerufen.«

»Aha«, nickte Lauber zerstreut, und es war zu erkennen, dass er mit dieser Information nichts anfangen konnte. »Sie entschuldigen mich.« Damit stieg er, gefolgt von Rosentreter, ächzend über die Absperrung.

Marion sah sich um. Wo waren Lola und Soeren? Sie lief zurück zum Vordereingang von *Rita's World*. Die Girlande aus künstlichem Tannengrün, bunten Glühbirnchen und Plastik-Christrosen, die über die Fassade mäanderte und gestern Nacht noch so anheimelnd geglitzert hatte, wirkte im grauen Tageslicht schäbig und falb. Die Tür war unverschlossen, und Marion ging hinein. Da sah sie Lola/Roman. Kalkweiß, wie versteinert stand er im Foyer neben dem beinahe lebensgroßen Abbild Ritas in Marlene-Dietrich-Pose. Auf einem Stuhl rechts vom Eingang zum Zuschauerraum saß Soeren in sich zusammen gesunken und hatte das Gesicht in seinen Händen vergraben.

13.00 Uhr. Café Karin, Großer Hirschgraben

Dennis löffelte apathisch den Schaum von seinem Milchkaffee und schaute auf das nasse Grau draußen vor dem Fenster. Irgendwo in der Nähe knallte ein verfrühter Silvesterböller.

»Noch elf Stunden, dann haben wir 2012«, sagte er trübsinnig. »Und dann geht laut Biene-Maja-Kalender die Welt unter. Mir ist jetzt schon danach.«

»Ich häng auch so was von in den Seilen«, seufzte Chris. »Danke, dass du dich aufgerafft hast, her zu kommen. Zuhause hatte ich das Gefühl, mir kracht die Decke auf den Kopf. Die Nacht, beziehungsweise das, was noch davon übrig war, war 'n Alptraum. Hab immerzu das Bild vor Augen gehabt, wie Babsi zwischen dem ganzen Klamottenplunder auf dem Bauch gelegen hat. Als hätte ihn einfach wer in die Altkleidersammlung geschmissen.«

»Nur wer und warum, verdammt noch mal?« grübelte Dennis. »Dass Babsi einen mit seinem brachialen Bedürfnis nach Selbstdarstellung zur Weißglut treiben konnte, haben wir ihm doch alle nicht wirklich krumm genommen. Er war halt wie 'n Dampfkochtopf. Musstest ständig damit rechnen, dass er explodiert. Aber gleich danach war er ja immer wieder ganz knuschig.«

»Du bringst mich da auf was«, überlegte Chris. »Ich glaub, was mich an Babsis Tod am meisten erschüttert, ist, dass der, der ihm das angetan hat, ihm keinen spektakulären Abgang gegönnt hat. Nur so 'n armseligen, lumpigen. Irgendein Mistkerl hat ihm brutal das Finale aufgezwungen und es gleichzeitig übel versaut. Babsi hat sich doch als Zentralgestirn begriffen, und alle, die er um sich versammelt hat, waren seine Satelliten. Er war ein Pfau und wir bestenfalls die Schwanzfedern, die er gebraucht hat, wenn er 'n Rad schlagen wollte. Und dann wird er einfach so entsorgt. Grauenhaft. - Und weißt du, was ich, ehrlich gesagt, glaube: der Einzige, der echte Tränen um ihn weint, ist Lutz. Den hab ich übrigens ein paar Mal versucht anzurufen, aber er geht nicht ran.«

13.55 Uhr. Hanauer Landstraße stadteinwärts

Marion saß am Steuer ihres vollgequalmten *KIA* und steuerte Richtung Bahnhofsviertel.

Sie fühlte sich wie gerädert. Noch ehe Kommissar Rosentreter heute früh vor ihrer Wohnungstür gestanden hatte, hatte sie, seit Stunden, den völlig zertrümmerten Lutz beschwichtigend, nicht nur parallel dazu bereits ihren Artikel über Babsis Tod skizziert, sondern auch ihren *Express*-Lokalchef per Telefon aus dem Schlaf gerissen. Der hatte nur unleidlich etwas gebrummt von *Journalisten-Feiertag* und reden könnten sie morgen in der Redaktion. Aber jetzt war ein Großteil dessen, was sie hatte schreiben wollen, ohnehin schon wieder Makulatur. Das Quälendste jedoch war, dass sie sich in gewisser Weise mitschuldig fühlte daran, dass nun auch Rita tot war.

Bevor Lauber ihr vorhin erklärt hatte, sie möge sich aus *Rita's World* verziehen, weil er mit Lola und Soeren allein reden musste, hatte Lola ihr in holprigen Sätzen geschildert, was gestern Nacht geschehen war. Nur ein paar Minuten, nachdem Marion mit Mischa davon gefahren war, hatte auch Rita die Runde verlassen, um allein heim zu gehen. Vor dem Haus musste ihr jemand aufgelauert und sie mit einem Elektroschocker oder Ähnlichem attackiert haben. Offenbar hatte Ritas Herz dem Anschlag nicht standhalten können. Der Unbekannte hatte sie daraufhin bis zu den Müllcontainern hinterm Haus gezerrt und dort liegen lassen. Erst heute Morgen beim Aufräumen hatte Soeren Ritas Leiche entdeckt und sofort Lola angerufen, die noch im Bett gewesen war. Da erst war ihr aufgefallen, dass sie Rita nicht wie gewohnt hatte schnarchen hören, als sie kurz nach Mitternacht in die gemeinsame Wohnung gekommen und an ihrem Schlafzimmer vorbei ins Bad gegangen war. Sie schliefen getrennt, weil Ritas nächtliche Geräuschemission häufig mehr Dezibel erreicht hatte als neuerdings der Fluglärm über Flörsheim.

Wenn ich gestern nicht so davon geschossen wäre, musste Marion immerzu denken, wären Rita, Mischa und ich vielleicht zu dritt nach draußen getreten. Dann hätte der Übeltäter vermutlich nicht gewagt... Aber hätte sie ihn beim Rauskommen nicht eigentlich schon sehen müssen...? IHN? Wer zum Teufel, war ER? Seit gestern ist anscheinend, wo ich gehe und stehe, ein Mörder in der Nähe, schoss ihr durch den Kopf und ihr schauderte. Lola und Soeren hatten übrigens ihre Erwähnung, dass auch Babsi tot war, mit ungläubigem Erschrecken quittiert. Dann hatte Soeren wie eine Viper gezischt:

»Da hat's wenigstens den Richtigen erwischt!«

Hinter ihr ertönte schrilles Gehupe. Ohne in den Rückspiegel zu schauen, hatte sie auf der Höhe der Baustelle des EZB-Hochhauses, das löchrig wie ein kariöser Zahn in den Himmel ragte, die Spur gewechselt und den Hintermann zur Vollbremsung gezwungen. Scheiße, dachte Marion, es fehlt noch, dass ich jetzt 'n Unfall baue.

Lutz kam ihr plötzlich wieder in den Sinn. Sie hatte ihn in ihrer Wohnung in der Münchener Straße zurück gelassen und ihn gebeten, wenn er es in seinem Zustand schaffte, noch etwas zu essen einzukaufen, bevor die Läden um 14.00 Uhr schlossen. Sie war nicht gerüstet für eine spontane Beherbergung. Das einzige, was sie stets daheim hatte, waren Kaffee und Kippen. Darüber hinaus aber war ihre Küche ein Notstandsgebiet, in dem selbst die Lebensmittelmotten Depressionen bekamen. Und ihr Kühlschrank diente lediglich zur Aufbewahrung von Nagellack, Lip Gloss und Anti Aging Cremes.

Eigentlich wäre sie schon seit gestern dienstfrei gewesen. In der *Weltstadt* Frankfurt gab's an Silvester kein Society-Event, über das sie zwingend hätte berichten müssen, und den heutigen Abend hatte sie mit ihrer Freundin Caro im Sachsenhäuser Landwehrweg verbringen wollen. Bei einem Fondue zusammen mit der anderen Hälfte ihres Quartetts unbemannter Kettenraucherinnen.

Unbemannt... Oh, Gott, im Sinne von 'nicht verehelicht' war auch das Teil von Lutz' wirren Gedankenfetzen gewesen, die ihn, bis der Morgen graute, jedes Mal wieder hatten hoch schrecken lassen, wenn sie gerade gehofft hatte, er könnte endlich eingedämmert sein.

Irgendwann im Sommer dieses Jahres, hatte er ihr unter Tränen erzählt, hatte er's in einem kühnen Moment über sich gebracht, Babsi zu fragen, ob sie nach beinahe elf gemeinsamen Jahren nicht vielleicht endlich heiraten könnten? Am 1.11.11., 11.11.11 oder am 20.11.2011? Babsi war von der Idee total elektrisiert gewesen und hatte sofort begonnen, seine Wedding-Show en détail zu inszenieren: gewandet in eine rauschende weiße Brautrobe à la Lady Di hatte er sich mit Lutz (in einem Cut aus veilchenblauem Satin) in einer von Schimmeln gezogenen weißen Kutsche vor dem Römer vorfahren sehen, erwartet von Hunderten akklamierender Fans, die Abertausende von Blütenblättern hätten streuen sollen. Auf der Römertreppe hatte er zunächst für die Menge den Greta Keller-Song *Heirat* aus *Cabaret* singen wollen, um dann mit Lutz durch einen herzförmigen Triumphbogen vor den Standesbeamten zu treten - ach, was: zu tanzen. Als Trauzeugen hatte er Will Wüstenhagen ausersehen (den zweiten Trauzeugen betreffend, hatte er noch geschwankt zwischen Oliver Mutz, Rena Ravel und einer der Müller-Mädels). Doch schon nach nicht mal einer Stunde war das ganze Szenario in sich zusammen gebrochen. Wie eine Bombe hatte die Message eingeschlagen, dass es Rita und ihrer Mischpoke gelungen war, ihre Show zur Frauenfußball-WM *Der Ball ist bunt* im Programm von *Kanal Hessen* zu platzieren. Unter Mitwirkung von Will Wüstenhagen, diesem Verräter! Babsi hatte getobt, geschäumt, gewütet und die Fechenheimer Mafia mit ihrem Paten namens Rita verflucht! Und danach nie mehr über das Thema Hochzeit gesprochen.

14.25 Uhr Ratsweg Richtung Innenstadt

»Der Hunger treibt's rein«, knotterte Lauber und biss in seinen *Super Snack Hühnchen Mediterran*. Er hatte Rosentreter gebeten, kurz an der *Aral*-Tankstelle neben der Eissporthalle zu stoppen. Ihm hing der Magen auf den Knien.

»Hoffentlich haben sie im Präsidium, bis wir kommen, alle Reserven mobilisiert«, brummte er. »Mit diesem zweiten Mordfall sind wir personell dramatisch unterbesetzt. Ich weiß bloß gar nicht, wie sie das managen sollen. Sind ja fast alle bis über den morgigen Feiertag abgetaucht, und Zech ist sogar im Skiurlaub.« Stöhnend kaute er vor sich hin.

»Dabei würde es mich nicht wundern«, überlegte Rosentreter und puhlte umständlich ein *BiFi* aus der Verpackung, »wenn wir's in beiden Fällen mit ein und demselben Mörder zu tun hätten. Nach vorläufigen Erkenntnissen ist Kurt Schuster kurz nach 23.00 Uhr verstorben. Manfred Nattermann circa gegen 24.00 Uhr. Von Fechenheim bis ins Nordend fährt man nachts nicht mal 'ne Viertelstunde. Sprich: Der Mörder hätte erst Schuster und schon kurz danach Nattermann umbringen können.«

»In dessen eigenem Schlafzimmer, während ungefähr 220 Leute in der Wohnung waren?! Mr. X läuft also nach Ihrer Theorie von Fechenheim kommend in der Rat-Beil-Straße ein, trifft Nattermann/Botox zufällig im Treppenhaus, schafft es, ohne dass es einer mitkriegt, mit ihm im Schlafzimmer zu verschwinden, wo er Nattermann niederstreckt, mit Klamotten zudeckt und dann unerkannt wieder entfleucht? Reife Leistung.«

»Ich stelle mir das so vor: er lotst Nattermann erst per Anruf von seiner Party weg, um ihn dann im Treppenhaus zu attackieren.«

»Aber gefunden hat man ihn im Schlafzimmer!«

»Vielleicht weil er fürs Erste nur leicht benommen war und sich gedacht hat, ich leg mich mal kurz hin.«

»Und dann schafft es Nattermann, durch diesen Pulk von Leuten im Flur unbemerkt ins Schlafzimmer zu kommen?«

»Na, ja, einer der Gäste hat ja gemeint, er hätte ihn gesehen.«

»Im Schlafzimmer bricht er dann zusammen, will sich noch an irgendwas festhalten und begräbt sich damit selbst unter 'ner Textillawine. - Nein, Rosentreter, das passt nicht zu diesem Babsi Botox. Wie hat einer der Befragten gesagt: Babsi war ein Narziss von geradezu monströser Geltungssucht. So einer macht doch, wenn er angegriffen und verletzt wird, ein Riesenfass auf. Zumal kurz zuvor diese Klatschreporterin eingetrudelt war. Die war doch die Garantie dafür, dass er mit dem, was ihm soeben passiert war, 'ne fette Schlagzeile kriegt.«

»Es sei denn, er *wollte* nicht, dass es einer mitbekommt, weil... Oje, jetzt wird's sehr spekulativ.« Rosentreter holte tief Luft. »Nehmen wir mal an, Nattermann/Botox hat, während er selbst big Party macht, seiner verhassten Konkurrenz Rita Peperoni einen Killer auf den Hals gehetzt und - «

»Moment, Rosentreter!« unterbrach Lauber. »Das Gerücht mit dem Auftragsmörder hat ja schon dieser Lutz... äh... Thormann in die Welt gesetzt. Allerdings genau umgekehrt.«

»Jetzt lassen Sie mich mal denken!« beharrte Rosentreter. »Der Killer hat den Job erledigt, meldet Vollzug und fordert umgehend den Rest vom ausgehandelten Honorar. Das aber will Botox ihm nicht geben ohne einen Beweis dafür, dass er die Tat wirklich ausgeführt hat. Daraufhin rastet der Killer aus und zückt die Spritze.«

»Ah, ja. In Fechenheim operiert er erst mit 'nem Taser und

jetzt plötzlich mit 'ner Spritze?«

»Ist womöglich 'n Junkie.«

»Dann müsste Nattermann ja an 'ner Überdosis - «

» - oder ein Vollprofi, der weiß, wie man für Verwirrung sorgt.«

»Was ist eigentlich mit dem Handy von Nattermann/ Botox?« fiel Lauber ein, und er wischte sich die Reste seines *Super Snacks* aus dem Mundwinkel. »Der letzte Anruf kam von Marion Rühl, und der vorletzte um 23.18 Uhr - mutmaßlich der des Mörders - war einer mit unterdrückter Rufnummer. Kriegen wir den Anrufer trotzdem raus?«

»Das muss ja schon in Arbeit sein«, meinte Rosentreter und fuhr am Polizeipräsidium vor. »Wir fragen gleich nach.«

»Ich kann's nicht begründen, aber etwas in mir sträubt sich gegen diese Auftragsmörder-Theorie«, sagte Lauber und stieg aus dem Wagen. »Wir haben's ja wohl kaum mit der organisierten Kriminalität zu tun. Andererseits erscheint es mir auch äußerst unwahrscheinlich, dass *zwei* Mörder völlig unabhängig voneinander zufällig fast zeitgleich zuschlagen.«

»Dann bleibt als dritte Möglichkeit noch ein Serientäter«, überlegte Rosentreter und stieg ebenfalls aus, »der's abgesehen hat auf Männer in Frauenkleidern.«

»Oi,oi,oi«, schnaubte Lauber. »Da mach ich mir ja jetzt schon Sorgen um unsere Jungs von der Polizeisportgruppe.«

»Hä?« Diesen Gedankensprung konnte Rosentreter nicht nachvollziehen.

»Na, wenn sie demnächst wieder auftreten als Männerballett. Bei der Inthronisation des Prinzenpaares.«

Zur gleichen Zeit in der Wohnung von Marion Rühl, Münchener Straße

Intuitiv wusste Marion es schon, als sie den Wohnungsschlüssel ins Schloss steckte: Lutz war weg. Immerhin hatte er auf ihrem Schreib-Schmink-Esstisch neben dem Schlüssel, den sie ihm gegeben hatte, einen Zettel hinterlassen:

Muss nach Hause.

Marion sackte erledigt auf ihren *IKEA*-Stuhl und schüttelte den Kopf. Hatte Lutz denn nicht kapiert, dass er daheim gar nicht rein kam? Dass dort die Schneemänner vom Erkennungsdienst vermutlich noch bis über- oder überübermorgen jeden Quadratmillimeter auf Fingerabdrücke und/oder DNA-Spuren absuchten. Wo trieb er sich denn nun rum bei diesem Mistwetter? Beinahe bereute sie inzwischen, dass sie geglaubt hatte, ihm beistehen zu können. Sie hatte keinen Schimmer von psychologischer Betreuung, geschweige denn Talent zur Seelsorgerin. Sollte sie erneut vergeblich versuchen, ihn auf dem Handy zu erreichen?

Nein, jetzt mal schön der Reihe nach, ermahnte sie sich selbst. Allem voran musste sie sich auf den Text konzentrieren, den sie für die *Express*-Montagsausgabe bis morgen zu schreiben hatte, sofern sich bis dahin nicht alle Koordinaten erneut geändert hatten. Ich muss mich auf mindestens eine Doppelseite einrichten, überlegte sie. Muss natürlich pietätvoll formulieren, aber auch den Zoff der Beiden plastisch heraus arbeiten. Titel: *Rita & Babsi - Tunten-Dämmer...* nein: *Diven-Dämmerung...* oder besser: *Der Tod von Frankfurts tuckigen*, nein, *schrillen* bzw. *schrägen Diven*. Oder *Travestie-Ikonen*? Eine *Tra-v-ödie*?

Zudem brauch ich unbedingt drei bis fünf Betroffenheits-Statements von den üblichen Frankfurter Adabeis, notierte sie sich. Also von OB-Kandidat Oliver Mutz, Will Wüstenhagen, Rena Ravel, den Müller-Mädels... Und dringend von Krimiautor Volker Kapell und Gianluca di Meo von *Harmonie Frankfurt*, die mit Babsi das *Promi Dinner* gedreht haben. Das kann *VOX* jetzt auch knicken, fiel ihr ein. Die können doch keine Sendung mit 'nem Toten ausstrahlen.

Als tobte hinter ihrer Stirn ein Disco-Lichtzerhacker, zuckten Bilder durch ihren Kopf: Babsi als Queen am Flughafen-Counter von *British Airways*, als Rosemarie Nitribitt auf dem *Express*-Sommerfest, wie Anita Ekberg in *La dolce vita* im Opernbrunnen planschend. Dazwischen immer wieder Rita als Madame Schiri, Lola als Lady Balla-Balla und beide gemeinsam als Ostend-Ladies in ihrem Programm *Piep Show* ... Das alles passte unmöglich in ein, zwei Artikel! Doch so lange beide Morde nicht aufgeklärt waren, war die Story sowieso ein Dranbleiber. *Trauer trägt das Transania.... Weltuntergang in Rita's World...*

Sie merkte, im Moment war sie nicht fähig, all den Wust, der ihr durch den Kopf geisterte, zu sortieren. Zudem musste sie ständig an Lutz denken. Am Ende war sie Schuld daran, wenn ihm auch noch etwas zustieß.

16.40 Uhr. Polizeipräsidium, 3. Stock

Der Laborbefund lag vor. Manfred Nattermanns Blutanalyse hatte ergeben: Blutalkohol: 0,87 Promille. Drogen: negativ. Todesursache (vorläufige Diagnose): Herzstillstand als Folge tödlicher Unterzuckerung durch Insulin-Injektion per Einwegspritze.

Lauber rieb sich die durchfurchte Stirn. »Diabetiker war Nattermann aber nicht, oder?« fragte er. Rosentreter schüttelte den Kopf.

»Dann ist der Täter oder die Täterin - dass es theoretisch auch eine Frau gewesen sein kann, haben wir überhaupt noch nicht in Betracht gezogen - aller Wahrscheinlich nach Diabetiker. Die haben doch immer eine Spritze griffbereit. Wissen Sie, was das bedeutet, Rosentreter?«

»Ja«, stöhnte der. Seine dünnen, stets wie mit dem Lineal gescheitelten Haare, schienen sich um die Stehplätze zu streiten.

»Wir müssen die gesamte Partybesetzung, sofern wir überhaupt alle identifizieren können, zur Blutabnahme vorladen. Mein lieber Herr Gesangsverein!«

»Jetzt aber noch mal kurz zum Mordfall Kurt Schuster.« Rosentreter klang kraftlos. Seine ganze schmalschultrige Gestalt sah aus, als hinge sie auf Halbmast. »Um die Befragung der Gäste, die Schuster gestern Abend in *Rita's World* zuletzt gesehen haben, Rudi Knoll und Gerhard Sander plus Ehefrauen kümmert sich Kommissarin Lieberknecht gleich Morgen früh. Die Frettchen-Muttis Hanni, Henni und Heidi Müller hab ich mir selbst aufgehalst.«

»Prost Neujahr«, ächzte Lauber.

Sekretärin Tanja Klaucke streckte ihren hübschen Kopf ins Zimmer. »Ich wollte nur fragen, ob Sie mich jetzt noch...«

»Nein, Tanja«, sagte Lauber. »Sie können gehen. Feiern Sie schön. Und guten Rutsch!«

»Für Sie auch«, hauchte Tanja, lächelte mitleidig und stiefelte davon.

»Wir sollten jetzt auch...«, meinte Rosentreter. »Ich glaub, Sie müssen ins Bett. Sie sehen inzwischen aus wie ihre eigene Gipsbüste.«

»Bilden Sie sich nichts ein, Rosentreter«, erwiderte Lauber. »Sie gewinnen heute auch keinen Schönheitswettbewerb mehr. Haben Sie noch was vor?«

»Ich, ähm... kauf mir vielleicht auf dem Heimweg ein Piccolo am Wasserhäuschen und schau noch 'n bisschen *Dinner for one*.«

»Also dann, ab Marsch, Marsch! Wir sehen uns im Neuen Jahr in alter Frische. - Ach, und schieben Sie mir, eh Sie gehen, doch bitte den Besucherstuhl rüber.«

Rosentreter schaute ihn verständnislos an.

»Ich...äh...leg mich hier noch 'n Eckchen aufs Ohr. - Gucken Sie nicht so konsterniert. Ich darf unter keinen Umständen vor acht zu Hause sein. Sonst schleppt mich meine Gattin doch noch in die *Fledermaus*.«

17.15 Uhr. Transania, Homburger Landstraße, Preungesheim

Marion konnte vor Müdigkeit kaum noch die Augen offen halten. Fröstelnd hockte sie in ihrem Auto und wartete vor dem *Transania*. Draußen krachte es alle naslang. Irgendwelche Krawallos schienen ihre gesamten Böllervorräte jetzt schon zu verpulvern. Wenn sie aus dem Beifahrerfenster zum *Transania* hinüber schaute, erahnte sie im Dunkeln, wie ihr von der Fassade überlebensgroß Babsi in Beth Ditto-Maske entgegen grinste. An der Eingangstür war mit Tesafilm ein Hinweiszettel befestigt:

Wegen Trauerfalls muss die heutige Silvester-Show leider entfallen. Der Eintritt wird erstattet. Tel. 0151-792661

Wie ein Radrennprofi kam soeben Kostja Winter, bis letzte Nacht noch Babsis Garderobier, heran geradelt. Mit seiner Schlumpfmütze, die er bis über die Augenbrauen gezogen hatte, hätte er auch als flüchtiger Bankräuber durchgehen können.

Marion sprang aus dem Wagen. »Toll, dass du gekommen bist«, begrüßte sie ihn. »Du hältst mich vielleicht für verrückt, aber ich muss einfach mal da rein und gucken, ob Lutz drin ist.«

»Null Problem«, sagte Kostja, zog die MP3-Stöpsel aus seinen Ohren und stellte sein Rad ab. »Ich weiß sowieso nicht, was ich mit dem Abend anfangen soll. Nachdem wir jetzt keine Vorstellung haben. - Ah, ich seh grad: er muss da sein. Da steht sein Auto.« Er deutete auf einen grauen *SKODA*

Combi. »Du parkst genau hinter ihm.« Damit schloss er die Tür auf, drückte auf den Lichtschalter, und sie gingen hinein.

Im Gegensatz zum kitschigen Interieur von *Rita's World* hatte das *Transania* den Charme eines Vorstadtbahnhof-Wartesaals. Die einzige Deko bestand aus einer großen Pinwand voller Zeitungsausschnitte und Fotos von Babsi in den unterschiedlichsten Kostüm-Exzessen. Neben der schmucklosen Bar ging's links in den ebenso schmucklosen Zuschauerraum, in dem etwa zwölf Reihen unbequemer Stühle standen.

»Ein Glück, dass du deine Telefonnummer auf den Zettel am Eingang geschrieben hast«, sagte Marion. »Sonst hätte ich ohne Ergebnis wieder heim fahren müssen.«

»Dirk und ich waren heute Mittag schon mal hier, und weil Lutz sein Handy ausgeschaltet hat, haben wir nicht gewusst, was wir machen sollen. Da hab ich gedacht, die Leute sollen halt bei mir anrufen. Bei irgendwem müssen sie ihren Frust ja ablassen, wenn sie vor verschlossener Tür stehen.« Mit einem zynischen Lächeln setzte er hinzu: «Rien ne va plus.«

»Die Garderobe von Babsi ist da hinten, oder?« fragte Marion.

»Ja, ja. Geh ruhig rein. Ich warte hier draußen.«

Marion öffnete die Tür zur Garderobe, und ihr Blick fiel sofort auf Lutz. In schummeriger Notbeleuchtung lag er, umgeben von einer geradezu orgiastischen Menge an Show-Fummeln, Perücken jeder Couleur und Busenattrappen unterschiedlicher Größenordnung, mit angezogenen Beinen auf einem schmalen Sofa und hatte Babsis voluminöses Rausch*pink*engel-Outfit an sich gedrückt.

»Oh, Lutz, du hast mich Nerven gekostet«, seufzte Marion. »Was machst du denn hier?«

»Ich will bei Manni sein«, flüsterte Lutz.

»Das kann ich ja verstehen. Aber jetzt komm bitte mit. Du kannst doch hier nicht bleiben.«

»Wo soll ich denn sonst hin?«

»Na, wenn du nicht wieder mit zu mir willst... Du hast doch Freunde? Chris zum Beispiel.«

»Das sind alles Freunde von Babsi.« Lutz begann schon wieder zu weinen. »Ich hab nur Manni gehabt, und jetzt gibt's ihn nicht mehr.« Er zog die Nase hoch.

Langsam ging Marion sein Gejammer auf den Wecker. Und ihr Bedarf an Hochwasser war seit heute Nacht fürs erste gestillt. »Nur damit du's weißt«, sagte sie, »Rita gibt's auch nicht mehr. Sie ist auch tot!«

Lutz schluchzte und sah Marion mit einem Blick an, den sie nicht zu deuten wusste. Sie war am Ende mit ihrem Latein.

»Tja, wenn du unbedingt hier bleiben willst, dann geh ich jetzt wieder. Ich hätte dir gern geholfen, aber... - Und mach bitte endlich dein Handy an. Wenn die Kripo nach dir fragt, werd ich sagen, dass du hier bist.«

»Okay«, schniefte Lutz.

Draußen lehnte Kostja am Bartresen. »Lutz war im Gegensatz zu Babsi schon immer 'n Schattenparker«, sagte er und zupfte an seinem Fusselbart. »Zu dem hat hier keiner 'n richtigen Draht gehabt. Dirk und ich haben ihn immer unseren 'Mr. Cellophane Man' genannt. Nach 'nem Song aus dem Musical *Chicago* über 'n Typen, durch den ständig alle durch gucken. Und in den letzten Monaten ist es noch schlimmer geworden. Da hat er ja fast keinen Papp mehr geredet. Jetzt ist er auch noch 'nem Schweigeorden beigetreten, haben Dirk und ich gelästert. Er nur noch geschafft wie blöd und seine Muckis trainiert.«

»Trotzdem mach ich mir Sorgen. Das ist sonst überhaupt nicht meine Art. Bin nicht der Typ Mutter Teresa oder so was«, meinte Marion sich rechtfertigen zu müssen.

»Also verhungern oder verdursten muss er hier nicht«, versuchte Kostja, sie zu beruhigen. »Wir haben gestern Morgen noch alles aufgefüllt für die Silvestershow. Es gibt Salzbrezeln und Erdnüsse. Und Dirk und ich gucken in den nächsten Tagen auch immer mal vorbei. Das kann ja hier alles nicht so bleiben. Die Hütte muss doch jetzt dicht gemacht werden, oder?«

18.45 Uhr. Rita's World

Im Séparée hinter der Bar hatten sich Ritas drei Hinterbliebene versammelt.

»Das Neue Jahr kann mir gestohlen bleiben«, sagte Lola tonlos zu Soeren und Mischa. »Aber ich möchte Ritas wegen das Alte Jahr gern in Würde zu Grabe tragen.«

»Wie das denn?« fragte Soeren entsetzt. »Ich begreif nicht, wie du so gefasst tun kannst! Ich kann mich nicht damit abfinden, dass Rita jetzt nicht mehr da sein soll. Ich denk die ganze Zeit, gleich geht die Tür auf, sie kommt rein und motzt euch an: Was hängt ihr hier noch so naturhässlich rum? Lola, fang an mit deiner Altbausanierung, zack, zack! Bei dir, Mischa, reicht e bissche russische Bauernmalerei.«

»Hör auf!« Lola kämpfte mit den Tränen. »Ich bin doch genauso verzweifelt wie du.«

»Ich bin nicht nur verzweifelt, ich platze vor Wut!« Wie ein Tiger im Käfig lief Soeren im Raum auf und ab. »Wenn mir das heimtückische Arschloch, das Rita auf 'm Gewissen hat, in die Hände kommt, ich bring ihn um! Lynchen werd ich ihn!«

»Da bin ich dabei!« bekräftigte Lola düster und starrte vor sich hin. »Wenn sie ihn überhaupt kriegen. Ich hab das Gefühl, das war 'n Psychopath, ein verbitterter Loser, der nachts unterwegs war mit dem Plan: Heut bring ich noch einen um! Und völlig zufällig war das Rita, weil sie allein - «

»Ich hab sie ja begleiten wollen!« erregte sich Soeren und beschleunigte seinen Dauerlauf.

»Ich weiß«, versuchte Lola ihn zu beschwichtigen. »Aber ich weiß auch, dass Rita sich mit ihren kaputten Knien bewegt hat wie 'n alter Mann, sobald sie wieder Kurt war und sich unbeobachtet gefühlt hat. Damit war sie natürlich das passende Opfer für so 'n feigen Hund. Der jedenfalls nicht auf Raubmord aus war, denn sie hat ja noch alles bei sich gehabt, als wir sie gefunden haben: Portemonnaie, Uhr, Schlüssel...«

»Aber wieso hat er 'n Elektroschocker benutzt?« bäumte Soeren sich auf. »Wenn das Opfer nicht grad 'n schwaches Herz hat, taugt der doch gar nicht als Mordwaffe.«

»'Ne gefrorene Gänsekeule, 'ne Strumpfhose oder 'ne Schnapsflasche auch nicht, und trotzdem sind damit schon Leute um die Ecke gebracht wor - «

»Was ich gar nicht kapiere, ist, dass du Babsi, diese Kanaille, überhaupt nicht auf 'm Schirm hast.«

»Der hat doch zeitgleich seine Selbstbeweihräucherungs-Fête abgefackelt. Und kurz danach war er auch tot.«

»Manchmal ist das Schicksal doch gerecht«, knirschte Soeren.

»Jetzt hör bitte mal auf mit diesem Rumgerenne«, bat Lola genervt. »Du machst mich ganz verrückt!«

»In Ukraine auch viel Mord wie das«, meldete sich nun Mischa zu Wort. »Fast immerrr gjeht um gepresste Schutzgjeld. Is Mafia - und ganz oft Polizija. Polizija viel kriminalnij.«

»Ja, ja. Ist gut, Mischa«, winkte Lola ab. »Wir sin in Fechenheim, net in Kiew. - So, und jetzt gehst du bitte nach vorn und schließt die Tür auf, Soeren. Die ersten Zuschauer müssen gleich kommen, und Rita wär stinksauer, wenn wir sie aussperren täten. Dann stellen wir uns an der Garderobe auf, begrüßen jeden persönlich und sagen ihm, was passiert ist. Danach können die einen, wenn sie mögen, kurz in den Zuschauerraum gehen und eine Gedenkminute für Rita abhalten. Die anderen dürfen gleich mit uns einen Gedächtnis-Schampus zur Brust nehmen. Auf Rita!«

19.44 Uhr. Wohnung von Marion Rühl

In ihrem Ablagekorb für 'Ist das eine Story, oder kann das weg?' lagen die zwei Flaschen Rioja, die dieser Modedesigner-Fuzzi ihr zu Weihnachten geschenkt hatte, weil sie ihn in einem Artikel versehentlich zwei Jahre jünger gemacht hatte, als er offiziell zugab.

Marion mochte keinen Rotwein. Genauso wenig wie die Tatsache, dass sie an diesem Silvesterabend nun einsam daheim saß in ihrem alten Schlabberpullover, ausgeleierten Leggins und Rutschfest-Socken. Aber sie hatte Caro schon am Mittag abgesagt, und die Absage jetzt wieder rückgängig zu machen und nach Sachsenhausen zu fahren, dafür war sie definitiv zu groggy. Nein, keine zehn Pferde würden sie heute noch mal nach draußen bringen.

Wenn sie aus dem Fenster schaute, sah sie den Asphalt der Münchener Straße regennass glitzern. Der Himmel weint, dachte sie in einem Anflug von Pathos. In fünfzig Lebensjahren ist das der erste letzte Abend eines Jahres, an dem ich ganz allein bin. Sollte sie diese Premiere für ein schlechtes Omen halten oder für 'mal was Neues'?

Sie schaltete den Fernsehapparat ein. In der *Abendschau* auf *Kanal Hessen* lief ein Beitrag über Bleigießen und Kaffeesatzlesen. Sie begann, in dem Papierstapel auf ihrem Tisch nach dem Werbezettel zu suchen, den sie für den Notfall-Fall aufgehoben hatte. - Ah, hier war er: *Joey's Pizza Service*. Gerade wollte sie zum Telefon greifen, um eine Pizza *Diavolo* zu bestellen, als der Nachrichtensprecher im Bild erschien.

»Gestern Nacht wurde in der Ferdinand-Porsche-Straße in Frankfurt-Fechenheim Kurt Schuster, bekannt unter dem Künstlernamen Rita Peperoni, vor seinem Travestie-Theater *Rita's World* ermordet«, sagte er. »Der Täter ist flüchtig. Die Kriminalpolizei bittet um Ihre Mithilfe, falls Sie etwas beobachtet haben. Sachdienliche Hinweise nimmt jede Polizeidienststelle entgegen.«

»Und damit wieder zurück zu unserem Silvesterprogramm!«

Die überdrehte Fröhlichkeit der trutschig frisierten Moderatorin in ihrem schlecht sitzenden Jackett, die jetzt im Bild war, schlug Marion auf den leeren Magen. Ist das eigentlich ein Trend, den Mutti Merkel etabliert hat, Sakkos zu tragen, die Besorgnis erregend über dem Busen spannen, oder gab's das vor ihrer Zeit auch schon? fragte sie sich, während die fidele Presswurst auf dem Schirm den Sendeablauf anpries:

»Um 20.15 Uhr lachen Sie mit uns über *Hessens witzigste Witze*. Es folgt um 21.00 Uhr die Sendung *Hessens schönste Schrebergärten*. Um 22.00 Uhr feiern wir mit *Hessens Landfrauen*. Und ab 23.00 Uhr schunkeln Sie mit *Kanal Hessen* ins Neue Jahr mit *Blasmusik vom Edersee*!«

Das ist ja nur im Suff zu ertragen, dachte Marion, zappte aufs *Erste* und überlegte, ob sie sich ein Bad einlaufen lassen sollte. Ich könnte mich in die Wanne legen, und da ich ja nichts anderes hab, den Rioja trinken. Auf Pizza hatte sie schon keine Lust mehr. Irgendwo in der Küche musste noch das Schraubglas mit Pesto stehen aus dem kulinarischen Gemischtwarenladen im Grüneburgweg, über dessen Neueröffnung sie geschrieben hatte. Das könnte ich auslöffeln, fiel ihr ein. Außerdem hing an der Stehlampe noch das Lebkuchenherz vom Frankfurter Oktoberfest mit der Aufschrift *Zuckerpuppe*. Das war inzwischen vermutlich steinhart. Aber meine Zähne sind ja noch in Ordnung, dachte sie.

Eben war die Tagesschau beendet, und es folgte die Neujahrsansprache der Bundeskanzlerin. In einer braven Bluse saß Angela Merkel mit einem braven Pony und Brille auf der Nase an einem Tisch und bildete wie üblich mit ihren Händen ein umgedrehtes Kartenhäuschen. Marion konnte sich nicht erinnern, sie je mit Brille gesehen zu haben. Wenn sie sonst eine Rede hielt, kam sie doch bestens ohne Sehprothese klar. Offenbar ist sie kurzsichtig und kann ihren Text auf dem Teleprompter nicht mehr erkennen, diagnostizierte sie. Das ist doch aber kein Grund, ihn so herunter zu leiern. Hat man denn als Kanzlerin niemanden, der das vorher mal mit einem übt? Und wie sie lispelte! Marion konnte sich des Verdachts nicht erwehren, dass da mal wieder ein Scherzkeks im Sender die falsche MAZ abspielte. Das war eine Merkel-Parodistin, die da zur Nation sprach. Hatte nicht auch Lola dereinst so eine Nummer drauf gehabt?

Sie schaltete das Fernsehgerät aus. Bis zwölf Uhr würde sie sowieso nicht durchhalten, da konnte sie auch gleich ins Bett gehen. Mit Ohrstöpseln, damit sie um Mitternacht nicht aus dem Schlaf geballert wurde. Mit den Milliarden, die heute Nacht wieder weltweit in Funken und Rauch aufgehen, könnte man wahrscheinlich locker ein bis zwei marode Volkswirtschaften retten, überlegte sie und schlurfte erst einmal ins Bad.

Von der Münchner tönte das Bimmeln der Straßenbahn herauf. Als sie vor acht Jahren hier eingezogen war, hatte sie die Bahn in einem melancholischen Moment *My Streetcar named Desire* getauft.

Das aber war schon lange Schnee von gestern.

Sonntag, 1. Januar 2012, 11.15 Uhr.

Wohnung von Rita und Lola, Pfortenstraße

»In den Müllcontainern und im Umfeld des Tatorts ist die Tatwaffe leider nicht gefunden worden«, sagte Rosentreter ernst. »Die Verbrennungen im Nacken des Toten aber lassen zweifelsfrei auf eine Taser-Attacke schließen, die bei Kurt Schuster zum Herzstillstand geführt hat.«

Lauber und er saßen Lola, die für sie Roman Hold war, in dessen Wohnzimmer gegenüber, das üppig möbliert war mit Repro-Möbeln im Louis-Quinze-Stil. Auf einem goldfarbenen Beistelltischchen stand eine über und über mit Schleifen in unterschiedlichen Pastelltönen geschmückte Kunststofftanne. Daneben ein Keramik-Weihnachtsmann in Korsage und Strapsen unter der offenen Kutte. Roman trug einen rosé Kashmir-Pulli und *True Religion*-Jeans. Um seinen Hals hing eine goldene Kette, in die der Name *Rita* eingearbeitet war.

»Sie wussten, dass Ihr... Lebenspartner herzkrank war?« fragte Lauber lauernd.

»Ja... äh... das heißt: nein!« antwortete Roman und zupfte nervös an einem Arrangement aus pinkfarbenen Seidenblumen, das den Couchtisch schmückte. »Rita... also Kurt war in letzter Zeit nicht mehr so vital wie früher. Das hatte aber hauptsächlich mit seiner Arthrose zu tun. Obendrein war das vergangene Jahr ziemlich stressig. Wir hatten neben unserem laufenden Programm jede Menge zusätzlicher Auftritte, Charity-Events, haben diese Fußball-TV-Show gestemmt, außerdem noch das 30-jährige Jubiläum von *Rita's World* gefeiert und unseren Schmink-Ratgeber promotet. Rita hat sich oft beklagt: ich kann nicht mehr, das geht mir auf die Pumpe! Aber ich bin überhaupt nicht auf die Idee gekommen, dass tatsächlich mit ihrem Herzen was nicht in Ordnung war. Sie war ja auch nie deshalb beim Arzt.«

»Wir haben die Ehepaare Knoll und Sander sowie die drei Müller-Damen, die den vorgestrigen Abend bei Ihnen verbracht haben, befragt«, sagte Lauber streng. »Sie konnten sich übereinstimmend erinnern, dass Rita Schus - «

»Kurt«, soufflierte Rosentreter.

»Was? Ach, so, ja. *Kurt* Schuster sinngemäß gesagt haben soll: Jag mich nicht so, Lola, sonst trittst du dein Erbe schneller an als nötig. - War Ihnen daran gelegen, das Theater selbst zu übernehmen?«

»Woraus besteht das gesamte Erbe?« schoss Rosentreter aus der Hüfte. Sein Blick streifte einen bis auf die Zipfelmütze splitternackten Gartenzwerg, der auf der Anrichte stand.

»Oh, Gott!« Roman schlug die Hände vors Gesicht. Auf seinen Fingernägeln schimmerten noch Spuren roten Nagellacks. »Sie denken doch nicht...? Kurt und ich sind über dreißig Jahre zusammen gewesen. Seit 2002 waren wir ein amtlich beglaubigtes Ehepaar. Die Eigentumswohnung hier haben wir gemeinsam abbezahlt. Wir haben das Geschäft zusammen geführt, ein gemeinsames Privatkonto und auch noch ein bisschen was auf der hohen Kante. Kurt... also Rita hat das alles gemanagt. Sie war nicht nur ein Ordnungsfreak. Sie hat ja auch bei der Sparkasse gearbeitet in ihrem ersten Beruf. Mir jetzt zu unterstellen, ich könnte erpicht gewesen sein auf ihr Erbe - das ist unsäglich!«

»Was ist mit einer Lebensversicherung?« gab sich Lauber unbeeindruckt.

»Wir haben jeder eine Lebensversicherung.« Roman atmete schwer und strich mit seiner Linken durch seinen dichten Pony. »Im Todesfall jeweils zu Gunsten des anderen. Wollen Sie mich jetzt festnehmen?!« Er stand auf und streckte Lauber auffordernd die Hände entgegen.

Lauber überging diese Frage. »Wann steigt die nächste Show in *Rita's World*? Immerhin sollen Sie gestern Abend schon dort gefeiert haben.«

Roman sah ihn fassungslos an. »Gefeiert!?« fragte er entsetzt. »Wie kommen Sie denn darauf?«

»Das hat ein Anrufer uns mitgeteilt.«

»Wir haben mit Ritas treuesten Zuschauern Ritas gedacht, weil das ganz in Ritas Sinn gewesen wäre.« Roman brach in Tränen aus und rannte aus dem Zimmer.

»Beruhigen Sie sich«, rief Lauber ihm hinterher. »In bürgerlichen Kreisen ist so eine Art zu trauern zumindest unüblich.«

»Eine gewisse Exaltiertheit gehört wohl zu seinem Gewerbe«, raunte Rosentreter ihm zu und verdrehte die Augen. »Haben Sie das gesehen?« Er deutete auf eine Alabasterstatue, die neben einer rot-goldenen Recamiere stand. »Sieht aus wie die Venus von Milo, ist aber ein Kerl. Mit einem Riesen...«

»Da guck ich gar nicht hin«, knurrte Lauber. »Da krieg ich ja Komplexe. - Haben Sie zufällig ein Tempo dabei?«

»Ich glaub, ja.« Rosentreter griff in seine Sakkotasche.

»Meine Nasenschleimhäute rebellieren. Ich sitz hier unmittelbar neben so 'nem Duftstecker. Das riecht wie in 'nem orientalischen Puff.«

Roman kam zurück, ein großes, weißes Taschentuch auf sein Gesicht gedrückt.

»Ah, wie ich Sie so herein kommen sehe«, sagte Lauber, »fällt mir ein: Ihre von uns befragten Gäste konnten sich interessanter Weise nicht daran erinnern, ob Sie, nachdem Kurt Schuster gegangen war, die ganze Zeit mit ihnen im selben Raum gewesen sind oder nicht. Theoretisch hätten Sie auch kurz nach draußen gegangen sein können und - «

»Und was?!« schrie Roman auf. »Meinen Sie allen Ernstes, *ich* habe Rita umgebracht?!«

»Nun ja... oder vielleicht Ihr Mitarbeiter Soeren Schröter. Obwohl er von seiner Körperstatur eher nicht befähigt war, jemanden wie Kurt Schuster um das halbe Haus herum zu zerren. Aber wer weiß.«

»Sie treiben mich in einer Weise in die Enge.«

Roman sackte erschöpft in einen Sessel. »Was soll ich machen?«

»Die Wahrheit sagen«, erwiderte Rosentreter frostig.

Mit geröteten Augen sah Roman ihn ratlos an und hob hilflos die Schultern.

»Das tue ich doch«, hauchte er. »Aber, verflixt, ohne meine Kriegsbemalung fühle ich mich so nackt und wehrlos.«

Währenddessen in der Redaktion des Frankfurter Express, Niddastraße

»Oijoijoi, du siehst aus, als hättest du gesumpft bis in die Puppen«, grinste Polizeireporter Pit und balancierte mit einem randvoll eingeschenkten Kaffeebecher mit dem Logo von *Sinn Spezialuhren* in den Händen an Marions Schreibtisch vorbei.

»Schön wär's.« Marion versuchte zu lächeln. »Das Gegenteil war der Fall. Und jetzt hab ich fast so was wie Jetlag.«

Schon kurz vor sechs hatte sie heute früh senkrecht im Bett gesessen wie ein aufgeschrecktes Erdhörnchen und sich erst einmal erinnern müssen. Sie hatte sage und schreibe beinahe neun Stunden geschlafen und den Jahreswechsel quasi im Koma verbracht. Weil ihr hohler Magen nach mehr verlangt hatte als ihrem üblichen K. u. K.- Frühstück (Kaffee und Kippe), war sie bereits kurz nach sieben zur Tiefebene im Hauptbahnhof gelaufen und hatte sich dort einen Bagel mit Frischkäse und Tomate auf schlappem Salatblatt gegönnt.

Als einzige waren zeitgleich mit ihr die Orangefarbenen von der Straßenreinigung unterwegs gewesen, um die Spuren der Nacht zu beseitigen. Ohne rechte Überzeugung hatte Marion ihnen zugerufen:

»Gutes Neues!«

Inzwischen hatte sie ihren Artikel über das Drama um Rita und Babsi so gut wie im Kasten. Die Bildredakteurin hatte auch schon eine Reihe schräger Bildnisse der Beiden aus dem Archiv gefischt, die aus jetziger Sicht zutiefst tragisch wirkten und die Marion bereits mit Untertiteln versehen hatte: »Rita Peperoni: Beene wie Marlene« und »Babsi Botox: Pneumatischer Busen und 'n Bembel voll *Baileys*.«

Nun fehlte nur noch eine Mitteilung der Kripo über den aktuellen Stand der Ermittlungen. Doch auch Pit hatte nicht mehr als den Zeugenaufruf auf Lager, der gestern schon durch die Medien gegangen war.

Dieser Kriminaloberkommissar Lauber hält sich ganz schön bedeckt, dachte Marion. Oder er stochert orientierungslos im Nebel.

Zur gleichen Zeit in der Wohnung von Rita und Lola

»Da eben schon der Name Soeren Schröter gefallen ist.« Laubers Augen blitzten listig. »Wir freuen uns immer, wenn wir's mit einem guten Bekannten zu tun haben. Sie wissen, dass er vorbestraft ist?«

»Ja. - Aber...« Roman saß im Sessel und knetete sein Taschentuch.

»Autoknacker, Wohnungseinbruch, ein reichlich dilettantischer Überfallversuch auf einen Tankstellenpächter - unscharfes kriminelles Berufsbild nenne ich das.«

Roman stöhnte gepeinigt auf. »Soeren stammt aus schwierigen Verhältnissen. Kein Vater, heillos überforderte Mutter, Schule geschmissen. Rita hat ihn sozusagen von der Straße aufgelesen, ihm Benimm beigebracht und ihn in die Spur gestellt. Sie war ein Kümmerernaturell, hatte 'ne soziale Ader, vielleicht sogar so was wie 'n Helfersyndrom. Aus Dank dafür hat Soeren sich schier den Kittel verrissen für sie. Er war und ist unsere Allzweckwaf - äh, unser Mädchen für alles. Hat unsere Bühnendekos gebaut, sich um den Kartenverkauf gekümmert, Garderobe, Ausschank und um die PR. Rita und ich haben immer gefrotzelt: Du bist unser Lang Lang auf der Computertastatur.«

»Und wenn er schon am PC gesessen hat, hat er auch gleich noch die Schmutzkampagnen gegen Babsi Botox verbreitet«, bohrte Rosentreter.

»Schmutzkampagnen?!« entrüstete sich Roman. »Wer hat denn wen gemobbt?!«

»Das wird sich weisen.« Lauber schien sich immer wohler zu fühlen in der Rolle des Großinquisitors. »Und jetzt werden Sie - wenn auch beeinträchtigt durch Ihre Diabetes-Erkrankung - «

»Wie bitte?« fragte Roman entgeistert. »Ich hab doch keine Diabetes!«

»Ach, war nur so ein Gedanke... Werden Sie also zusammen mit Schröter *Rita's World* weiter führen?«

»Das geht doch gar nicht.« Roman presste seine Finger an die Schläfen, als drohte sein Schädel zu bersten. »*Rita's World* ist Rita gewesen, und Rita war *Rita's World.* Auch wenn sie in letzter Zeit immer kürzer getreten ist, die Leute sind wegen ihr gekommen! Weil sie das Herz des Ladens war. Den Großteil des Programms haben zwar die *Kinder* bestritten, wie Rita unsere jungen Hüpfer genannt hat, die manchmal nur ein paar Monate bei uns waren. Und eben ich. Aber ich war immer nur die zweite Geige. Nein, ohne Rita geh ich nicht mehr auf die Bühne. Das Kapitel ist beendet. Vielleicht kann ich grad noch mit dem Inventar von *Rita's World* einen Flohmarkt veranstalten, aber danach muss ich sehen, wo ich bleibe.« Er zwang sich zu einem sarkastischen Lächeln. »Hab ja mal als Grafiker angefangen. Vielleicht probier ich's als Kunstfälscher auf meine alten Tage.«

»Brillante Idee«, erwiderte Lauber, dessen Mitgefühl sich in Grenzen hielt. »Und eine hübsche Beschäftigungstherapie für den Fall, dass Sie möglicher Weise doch hinter Gittern landen. Würden Sie uns jetzt bitte noch ins Theater hinüber begleiten. Wir müssen Ihren Computer beschlagnahmen.«

»Oh, und dann hätten wir auch noch ein paar Fragen zu dieser Chouchou«, fiel Rosentreter ein. »Die von uns Befragten erinnerten sich nur, dass er Mischa heißt.«

13.10 Uhr. Redaktion des Frankfurter Express

Wippenden Schrittes und mit wippendem Pferdeschwanz stürmte *Express*-Fotograf Antonio die Redaktion und rief Marion schon von der Tür aus zu:

»Carissima, draußen sind zwei Typen, die dich sprechen wollen. Der eine sieht aus wie Inspektor Columbo, der andere wie 'n trockenes Brötchen.«

»Was wollen die denn hier?« wunderte sich Marion, speicherte rasch ab, was sie gerade in den PC getippt hatte, stand auf und ging an Antonio vorbei zur Tür. Lauber und Rosentreter standen im Flur neben dem Aufzug.

»Guten Tag«, begrüßte Marion sie bemüht heiter. »Oh, Pardon, heute muss es ja heißen 'ein gutes Neues'.«

»Dito«, antwortete Lauber sauertöpfisch. »Wo können wir reden?«

»Äh... in der Kaffeeküche«, sagte Marion. »Wenn Sie mögen.«

Die Bezeichnung Kaffeeküche fiel im Grunde unter Etikettenschwindel, wenn man das unwirtliche Kabuff betrachtete, in dem die *Express*-Belegschaft mithilfe einer chronisch verkalkten Kaffeemaschine täglich literweise jene schwarze Brühe braute, die ihr als Doping diente. Aber Lauber und Rosentreter hatten für die Tristesse der Örtlichkeit keinen Blick.

»Wieso haben Sie uns verschwiegen, dass Sie, als Sie Freitagnacht von Fechenheim in die Rat-Beil-Straße gefahren sind, Mischa Kalnikow im Wagen mitgenommen haben?«

fragte Lauber, kaum dass sie zusammen mit Marion den Raum betreten hatten.

»Verschwiegen?« Diese Frage erwischte Marion kalt. »Ich hab's, ehrlich gesagt, in meiner Erschütterung über das, was da plötzlich passiert war, völlig vergessen.«

»Vergessen?« ahmte Lauber sie nach und hob misstrauisch die Augenbrauen. »Sie als Journalistin?«

»Ist Kalnikow, als Sie im Nordend angekommen waren, mit Ihnen in die Wohnung gegangen?« fragte Rosentreter.

»Nein. Er ist zusammen mit mir ausgestiegen und dann...«

Wieso haben die auf einmal *mich* auf dem Kieker, fragte sich Marion.

»Ich glaube, er wollte noch ins Bermudadreieck. Schäfergasse, Alte Gasse... irgendwo in diese Ecke.«

»Sie *glauben*?« Lauber sah sie durchdringend an. »Könnte es sein, dass er dennoch *nach* Ihnen ins Haus ist? Die Haustür war ja nicht verschlossen.«

»Theoretisch ja«, überlegte Marion. »Aber er kannte da doch niemanden.«

»Woher meinen Sie das zu wissen? Mischa Kalnikow ist bestens vernetzt in der hiesigen Schwulenszene und einer unserer Stammkunden. Er hat als Stricher rum gelümmelt am Hauptbahnhof-Südausgang und sich mehrfach Anzeigen wegen Beischlafdiebstahls eingehandelt. Die sind zwar am Ende immer im Sande verlaufen, aber wir haben ihn im Blick behalten. Bis er im März letzten Jahres plötzlich verschwunden war. Wir dachten, er wäre wieder zurück in die Ukraine. Doch nun taucht er plötzlich als Chouchou in Fechenheim auf - offiziell von Kurt Schuster als Haushaltshilfe gemeldet.«

»Tut mir Leid«, bedauerte Marion. »Das hab ich nicht gewusst.«

»Nicht gewusst, so, so«, nickte Lauber. »Oder wollten Sie ihn eventuell schützen? Ihn aus allem raus halten, weil er so ein niedliches Bürschchen ist?«

Jetzt war Marion stinksauer: »Ich muss Sie doch sehr bitten! Was unterstellen Sie mir?!«

»Nichts. Gar nichts«, mimte Lauber den Harmlosen. »Tja. Wie geht's eigentlich Ihrem Pflegefall, diesem Lutz... äh, Torhüter... mann... wald?«

»Schlecht«, antwortete Marion verärgert. »Er wartet darauf, dass er wieder in seine Wohnung kann.«

»Vielleicht morgen Abend. Oder übermorgen. Er kriegt Bescheid.«

»Wie kommt es übrigens«, fragte Rosentreter, »dass Sie so familiär verquickt sind mit dem Manfred Nattermann-Anhang? Und offenbar ja auch mit dem Kurt Schuster-Lager?«

»Ich bin nicht familiär verquickt!« wehrte sich Marion.

»Nun, eine rein berufliche Beziehung sieht doch wohl anders aus.«

Marion musste an sich halten, um nicht allzu patzig zu reagieren. Dann entschloss sie sich, diesen beiden Bürokraten die Grundzüge ihrer journalistischen Vorgehensweise zu verklickern:

»Frankfurt ist nicht gerade eine Promi-Hochburg. Das bisschen Lokalprominenz, das wir haben, kann man an zwei Händen abzählen. Wir kennen uns alle seit Jahren, und ich behandele sie nach Möglichkeit pfleglich und freundschaftlich. Wir benötigen uns nämlich gegenseitig. Die einen leben davon, dass sie wahrgenommen werden, und ich davon, dass ich über sie schreiben kann. So einfach ist das.«

»Interessant«, gab sich Lauber beeindruckt. »Tja, dann besten Dank, dass Sie uns zumindest in diesem Punkt so präzise aufgeklärt haben. Das war's dann auch fürs Erste. Wir finden allein wieder raus. Und wenn Ihnen noch etwas einfallen sollte, was Sie uns bisher nicht gesagt haben, tun Sie's, ehe wir noch einmal nachhaken müssen.«

»Kotzbrocken«, dachte Marion und verließ die Kaffeeküche.

»Ach, äh«, rief Rosentreter ihr hinterher. »Sind Sie zufällig Diabetikerin?«

13.40 Uhr. Reuterweg Richtung Polizeipräsidium

»Langsam hab ich den Eindruck, in dieser Geschichte hat jeder Dreck am Stecken«, grübelte Lauber. »Diese Marion Rühl hat unter Garantie noch so einiges im Strumpf, was sie uns nicht erzählt.«

Sie hatten gerade die Alte Oper passiert, und seine Stimmung war so bedeckt wie der Himmel, der über der Stadt hing.

»Strumpf! Gut, dass Sie mich daran erinnern«, fiel Rosentreter ein. »Schon heute früh in Fechenheim ist mir aufgefallen: Sie haben, glaub ich, zwei verschiedene Strümpfe an.«

»Was?« Lauber machte sich nicht die Mühe, Rosentreters Beobachtung zu überprüfen. »Kann sein«, grummelte er. »Bei mir daheim herrscht mal wieder Eiszeit. Da krieg ich morgens von meiner Frau auch keine frische Wäsche raus gelegt. Seien Sie froh, Rosentreter, dass Sie der Weiblichkeit entsagt haben.«

»Oje.« Rosentreter tat, als müsste er sich auf den Verkehr konzentrieren, obwohl die Straße wie leer gefegt war. »Die hat eher mir entsagt«, murmelte er, um nach einer Weile hinzu zu fügen: »Was mir aber weit mehr Kopfzerbrechen bereitet, ist die Tatsache, dass - «

»Was?«

»Dass wir in der Rat-Beil-Straße womöglich eine Spurensicherungs-Lawine losgetreten haben, die alles andere als zielführend ist. Mein Jagdinstinkt sagt mir, dass alle entscheidenden Fäden mehr oder minder in Fechenheim zusammen laufen. Bei dem trauernden Witwer und seiner aktenkundigen Entourage.«

»Dem trauernden Witwer, der vermutlich jetzt schon wieder die lustige Witwe gibt«, ergänzte Lauber. »Als nächstes nehmen wir jedenfalls die zwei Vögel Schröter und Kalnikow in die Mangel. Die bestellen wir aber ins Präsidium ein. Wenn wir sie zuhause besuchen, nutzen sie sonst sofort ihren Heimvorteil.«

19.15 Uhr. Klabunt, Berger Straße

Dieser selbstverliebte OB-Kandidat Oliver Mutz war eine Nervensäge! Marion hätte sich in den Hintern beißen können, dass sie ihm in die Falle getappt war. Dabei hatte sie lediglich wie bei etlichen anderen Frankfurter Promis auch telefonisch ein kurzes Statement zu Ritas und Babsis Tod von ihm erfragen wollen. Jetzt quasselte er sie schon seit einer geschlagenen Stunde meschugge mit seinem Wahlkampfprogramm. Zumindest konnte sie mittlerweile nachempfinden, weshalb Babsi und Oliver Mutz gewissermaßen Seelenverwandte gewesen waren. Und nun war ihr auch klar, warum Mutz Babsis Party am Freitag so schnell wieder verlassen hatte: Er hatte die Anwesenheit der Presse vermisst.

Kaum war sie auf seinen Vorschlag hin kurz nach sechs zum *Klabunt* gekommen und hatte die Tür ins Innere des wie aus der Zeit gefallen wirkenden Fachwerkwerkhäuschens aufgedrückt, hatte er ihr, als wäre er zu übersehen gewesen mit seiner roten Brille auf der Nase und dem signalroten T-Shirt mit dem Aufdruck ***OM for OB*** über der Hühnerbrust, quer durchs Lokal entgegen geschmettert:

»Frau Rühl, hier spielt die Musik!«

Zur Begrüßung hatte er ihr dann gleich ein Exemplar seines T-Shirts überreicht.

Inzwischen fühlte sie sich wie ein aufgepumpter Airbag, so oft hatte sie in der vergangenen Stunde nach Luft geschnappt, um wenigstens *eine* Frage an ihn zu los zu werden. Aber Mutz textete sie, während sie auf der harten Holzbank immer ungeduldiger von einer Pobacke auf die andere rutschte und die *Titanic*-Karikaturen an den Wänden studierte, gnadenlos zu:

Die vom Fluglärm betroffenen Wohngebiete Sachsenhausen, Lerchesberg und Niederrad werde er nach dem holländischen Center Park-Prinzip komplett glasüberdachen und somit schallisolieren. Stattdessen die Altstadt-Rekonstruktion abblasen und vom Terrain des ehemaligen Technischen Rathauses bis zum Gelände des abgerissenen Historischen Museums einen städtischen Gemüsegarten anlegen. Langfristig sah er für Frankfurts Bankentürme eine Nutzung vor als Wohnburgen mit Panoramablick, Minarette, Gewächshäuser für Spalierobst und Kletterbohnen, Austragungsstätten für Indoor-Abfahrtsläufe oder Trainingscenter für Fassadenkraxler.

Wie Marion denn seine Wahl-Slogans gefielen, die demnächst flächendeckend in der ganzen Stadt plakatiert würden:

Haut auf den Putz mit Oliver Mutz!
Lasst raus die Wutz mit Oliver Mutz!
Der ist was nutz: Oliver Mutz!
Ein Mann mit Chuz - pe: Oliver Mutz!

Außer *einem* mageren Sätzchen, und dafür hab ich meine Apfelweinschorle auch noch selbst bezahlen dürfen, hab ich über deine Beziehung zu Babsi zwar nix aus dir raus gekriegt, du egozentrische Socke, dachte Marion, als es ihr endlich gelungen war, sich zu verabschieden. Aber immerhin weiß ich jetzt, dass ich dich am 11. März nicht wähle!

Was mach ich denn nun mit dem bescheuerten T-Shirt? überlegte sie und stieg in ihren *KIA*, den sie vor der Bio-Metzgerei geparkt hatte. Ich geb's morgen einem der Occupy-Camper vor der Euro-Skulptur als Schlafhemdchen, beschloss sie. Die Jungs rührten ihr Herz, wie sie so Nacht für Nacht im Kalten ausharrten.

Montag, 2. Januar, 9.05 Uhr.

Polizeipräsidium, 3. Stock

Voller Schaffensdrang betrat Kommissar Lauber sein Büro, stellte seinen in die Jahre gekommenen Aktenkoffer neben das Regal mit den Ordnern, warf eine Tüte von *Bäcker Eifler* auf den Beistelltisch, zog seinen Mantel aus und hängte ihn in den Schrank. Um 10.00 Uhr würde ihm Soeren Schröter gegenüber sitzen, und er freute sich schon darauf, dem Burschen die Würmer aus der Nase zu ziehen. Da sah er den *Frankfurter Express* mit der Schlagzeile

Frankfurts Travestie-Ikonen brutal ermordet!
Rita Peperoni und Babsi Botox sind tot

auf dem Schreibtisch liegen.

»Tanja«, rief er Richtung Vorzimmer. »Ich seh's auf den ersten Blick: die Zeitung ist nicht mehr jungfräulich. Wir haben eine Abmachung: Zuerst liest der Chef!«

»Ich muss mich doch auch informieren«, tönte es aus dem Nebenraum.

»Ja, ja. Übers Horoskop. - Krieg ich 'n Kaffee?« Lauber nahm den *Express* und las:

Von Marion Rühl

Schockstarre bei den Frankfurter Nachtschwärmern. Die Travestie-Ikonen Rita Peperoni und Babsi Botox sind tot. Grausam ermordet, einen Tag vor ihren großen Silvestergalas. Der Mörder lauerte Rita Peperoni (bürgerlich Kurt Schuster, 64) am Freitag, dem 30. Dezember, nach ihrer Show in »Rita's World« in Fechenheim auf. Brutal attackierte er sie mit einem Elektroschocker. Herzstillstand! Er entsorgte die Leiche des Stars der Frankfurter Drag-

Queen-Szene wie Abfall zwischen Müllcontainern. Babsi Botox (bürgerl. Manfred Nattermann, 48), Ritas Rivalin im Duell der Diven, traf es eine Stunde später in der eigenen Wohnung. Auf ihrer jährlichen Party, mit der die Alleinherrscherin des »Transania« den 'Geburtstag' ihrer Kunstfigur feierte, starb sie unter einem Berg aus Jacken und Mänteln im Schlafzimmer - niedergestreckt von einem irren Spritzenmörder. 220 Gäste waren Zeugen und bekamen doch nichts mit. Die Polizei tappt völlig im Dunkeln.

»Na, na, na, Mädchen«, murmelte Lauber, »du selbst trägst ja auch kaum zur Erhellung bei.« Er griff nach seiner Gebäcktüte und holte einen Kreppel hervor.

Handelt es sich in beiden Fällen um denselben Täter? Einen Serienkiller, der es auf Männer im Fummel abgesehen hat? Oder war der Doppelmord die Entscheidungsschlacht im Tuntenkrieg zwischen Kurt Schuster und Manfred Nattermann? Der schon seit längerem tobende Konkurrenzkampf um die Vorherrschaft in der Szene hat sich im vergangenen Jahr bedrohlich zugespitzt.

Interessant. Sie tippt also auch auf die Kriegsopfer-These, dachte Lauber und biss in seinen Kreppel.

Dabei hätte Kurt Schuster es nicht nötig gehabt, sich auf den Clinch einzulassen. 30 Jahre führte der hagere Mann mit dem großen Herzen, das für Glamour genauso schlug wie für die Gestrauchelten, erfolgreich »Rita's World«. Allabendlich glänzte er auf der Bühne neben Lola Fox (Roman Hold, 49), auch im Leben sein Partner.
Doch der 16 Jahre jüngere Manni Nattermann, der bis zu seinem tragischen Ende häufig mit TV-

Kugelblitz Dirk Bach verwechselt wurde, machte sich in der Szene immer breiter, gab als Babsi Botox prall und prollig das grelle Gegenmodell. Als Unikum der Schwulenszene beim alljährlichen CSD bekannt geworden, war er quasi über Nacht in der Mainmetropole allgegenwärtig, ob als falsche Claudia Roth beim städtischen Neujahrsempfang oder dralldreist als Anita Ekberg im Opernplatzbrunnen. Auftritt in der JVA als »Schlampe im Tschäil-Hausrock«, als Fraa Rauscher beim Handkäsfestival, unfromme Helene beim Charity-Kartoffelschälen, selbst produzierter »Tucken-Tango im Transitbereich« - ein Champion der Selbstvermarktung. Bekannt und gefürchtet für sein explosives Lästermaul schoss er dabei immer gezielter gegen Rita und ihre »Girls«, besonders als diese zur Frauen-WM mit »Der Ball ist bunt« in die TV-Abendunterhaltung einstiegen, hessenweit. Babsi soll getobt und mehrfach gedroht haben: »Der Rita schneide ich die Eier ab!« Im Schuhsalon Orlando in der Kaiserpassage soll er wenige Tage vor seinem gewaltsamen Tod nach möglichst »martialischen Plateau-Stilettos« verlangt haben. Er plane einen »furiosen Veitstanz«.

»Sieh an, sieh an, du falsche Schlange. Das mit den Eiern und dem Veitstanz hast du uns natürlich nicht erzählt!« knurrte Lauber und streifte mit einem Blick den Klecks Aprikosenmarmelade, der auf seinem Schlips gelandet war.

Doch Rita stand ihm in puncto Drohgebärden in nichts nach. Nicht einmal eine halbe Stunde vor ihrem Tod sagte sie unter Zeugen zu ihrem Lebenspartner Roman Hold: »Bevor ich wegen dem Stress den Löffel abgebe, bringst du lieber erst den Scheiß-Babsi um.«

Zeugen? *Welche* Zeugen? stutzte Lauber. Angeblich hatten die Kollegin Lieberknecht und Rosentreter doch alle befragt.

»Tanja!!!« brüllte er, und der Zucker seines Kreppels bröselte auf das Zeitungspapier. »Wo ist Rosentreter? Holen Sie mir den Rosentreter!«

Gingen sowohl Rita als auch Babsi tatsächlich bis zum Äußersten, und wurden ihnen ihre Drohungen selbst zum Verhängnis? Lesen Sie morgen mehr.

Mit klebrigen Fingern pfefferte Lauber den *Express* auf den Schreibtisch. »Zieh dich warm an, Frau Rühl«, zischte er. »Vorführen lass ich mich von dir nicht.«

10.12 Uhr. Redaktion des Frankfurter Express

Was war denn in den gefahren? Kopfschüttelnd legte Marion den Telefonhörer auf.

Nach einem halben Dutzend Fehlversuchen hatte sie eben endlich Gianluca di Meo an der Strippe gehabt, um auch ihm ein paar Anteil nehmende Worte zu Babsis Tod zu entlocken. Doch er hatte sie abgewimmelt wie ein lästiges Groupie.

Ausgerechnet Gianluca, diese personifizierte Charme-Offensive, ließ sie so rüde abblitzen? Dabei waren sie noch im vergangenen Sommer fast so was wie ein Herz und eine Seele gewesen anlässlich dieses herrlich verkorksten Badehosen-Shootings.

Sie hatte damals die Idee gehabt für eine Fotostrecke mit dem Traum-Body von *Harmonie Frankfurt*. In der *Long Island Summer Lounge* in der Kaiserhofstraße. Doch am vereinbarten Vormittag hatte es prompt junge Hunde geregnet. Weil Gianluca, der allseits Begehrte, aber keinen anderen Termin frei gehabt hatte, hatten sie beschlossen: Augen zu und durch. Und Gianluca war anbetungswürdig gewesen! Ein Bild von Mann wie er brauchte als Kulisse keine Palmwedel und *Moet & Chandon*-Reklame-Sonnenschirme vor glitzernder Skyline. Witterungsbedingt vom Fuß- zum Wasserballer mutiert, hatte er am verwaisten Pool posiert wie eine griechische Götterstatue auf Ecstasy. Sogar Fotograf Antonio, der sonst nur angesichts weiblichen Frischfleischs zu Höchstform auflief, war ob Gianlucas phänomenalem Sixpack total aus dem Häuschen gewesen. Und sie selbst, für die Körperertüchtigung ein Fremdwort war, konnte seitdem die lateinischen Namen sämtlicher Muskeln, die sie so nachhaltig beeindruckt hatten, herunter beten: pectoralis major, trizeps brachii, latissimus dorsi, rectus abdominis, adductur magnus... Und dann erst des Knaben *Wunderhorn*, das sich in Gianlucas Badehose abgezeichnet hatte! Noch heute früh hatte sie, als sie auf dem Weg in die Redaktion an David Beckham auf dem *Armani Underwear*-Plakat, vorbei gekommen war, amüsiert gedacht: Gegen Gianluca ziehst du den Kürzeren, David.

Und jetzt war der Superstar von *Harmonie Frankfurt* am Telefon so stinkstiefelig gewesen.

»Babsi Botox? Nie gehört. Wer soll das sein?« hatte er sie angemosert, und auf ihren Hinweis, Babsi und er hätten doch erst im November zusammen fürs *Perfekte Promi Dinner* gedreht, erklärt: »Daran kann ich mich schon nicht mehr erinnern.« Ob das alles wäre, was sie von ihm wollte? Dann schönen Tag noch!

Tja, vermutlich war der Monsieur Torjäger nur ansprechbar, wenn es sich um ihn selbst drehte.

Marion strich seinen Namen von ihrer To-Do-Liste. Außer Will Wüstenhagen, der auf ihre Mailbox-Nachricht noch immer nicht reagiert hatte, hatte sie jetzt alle durch telefoniert, deren Beileidsadressen sie einholen wollte. Und mit Rena Ravel traf sie sich um 12.00 Uhr im Operncafé.

Da ihr gerade nicht anderes einfiel, notierte sie auf einen Merkzettel:

Kommissar Rosentreter. In früher Jugend vermutlich Klassenbester. Jetzt angejahrter Streber. Von Kopf bis Fuß pfanniknödelfarben.
Hauptkommissar Lauber: Verknautschte Type. Verschlagener Griesgram. Lässt aber auch ohne Vorwarnung den Schalk im Nacken durchblitzen.

Vielleicht konnte sie das ja noch mal gebrauchen...

11.30 Uhr. Polizeipräsidium, 3. Stock

Lauber schob Frust. Das Gespräch mit Soeren Schröter hatte dem Versuch geglichen, einen Pudding an die Wand nageln zu wollen. Zwar hatte Schröter pünktlich um 10.00 Uhr auf der Matte gestanden, aber nur, um sich von da an penetrant als treuen Vasall Rita Peperonis zu stilisieren, der für die von ihm Bewunderte durch Dick und Dünn gegangen war, ja, sogar am liebsten statt ihrer gestorben wäre. - Für Kurt Schuster, der coram publico den Mord an Babsi Botox gefordert hatte? - Um Himmelswillen. Nein! Wie Lauber denn darauf käme? *Rita's World* sei ein Hort der Friedliebenden gewesen. Ein Paralleluniversum, in dem jeder jeden geliebt habe. - Mit aufreizend elegant übereinander geschlagenen Beinen hatte Schröter ihm gegenüber gesessen und jedes seiner Worte mit gezierter Geste unterstrichen. - Diese Behauptung stünde in eklatantem Widerspruch zu der Tatsache, dass der Bürocomputer von *Rita's World* als sprudelnde Quelle für Rufmordkampagnen und sonstige verbale Giftspritzen gegen Manfred Nattermann gedient habe, hatte Lauber ihm entgegen gehalten.
»Das wäre mir neu«, hatte Schröter geheuchelt.
»Dann haben Sie ein miserables Kurzzeitgedächtnis«, hatte

Lauber ihn angefaucht. »Nur weil Sie den kompletten E-Mail-Account inklusive Adressen, Verteiler etc. gelöscht haben, haben Sie die Spuren Ihrer üblen Nachreden nicht getilgt.«

»Ich wollte doch nur«, hatte Schröter gesäuselt und melodramatisch die Lider gesenkt, »dass Rita in Frieden ruht.«

»Kurt Schuster wird erst dann in Frieden ruhen, wenn sein Mörder gefasst ist - und der von Manfred Nattermann«, hatte Lauber ihn angeraunzt. »Und machen Sie sich mal keine falschen Hoffnungen. Wir kriegen raus, was Sie alles in Umlauf gesetzt haben. Die Festplatte vergisst nichts!«

12.10 Uhr. Operncafé, Opernplatz

»Auch 'n *Aperol* Spritz?« fragte Rena. Zu ihrer Leolook-Bluse, dem Lederrock und den Leolook-Stiefeln trug sie heute sogar bierdeckelgroße Ohrringe in Leolook. Ihre mittels Hyaluron modellierten Apfelbäckchen kontrastierten apricotfarben mit dem pflaumenvioletten Eye Shadow auf ihren gestrafften Lidern und dem kirschroten Gloss auf ihren unterspritzten Lippen. Unwillkürlich musste Marion an Obstsalat denken.

»Nee, lieber nicht«, antwortete sie. »Ich brauch 'n klaren Kopf. Ich glaub, ich nehm 'n Früchtetee.«

»Brrh«, schüttelte sich Rena und winkte dem Ober. »Hast du etwa irgendwelche guten Vorsätze fürs Neue Jahr? Bio-Öko-Askese oder so was?«

»Nö. Hab mir bloß 'ne Elektrozigarette gekauft, aber erst ein paar Mal dran gezogen. Die ist ungewohnt klobig zwischen den Fingern, und schmecken tut sie wie Schweißfuß.«

Der eben an den Tisch kommende Ober schaute etwas irritiert.

»Einen Früchtetee und einen *Aperol* Spritz«, bestellte Rena.

»Jetzt aber gleich zu meinen Fragen an dich«, drängelte Marion. »Ich weiß nicht, wie viel Zeit wir haben: Wieso warst du am vergangenen Freitag bei Babsi? Außer mir, aber ich bin als Pressetante ja auch ein Sonderfall, bist du die Einzige, die zwischen den Rita- und Babsi-Lagern hin und her geswitcht ist. Wie hast du das hin gekriegt, ohne dass Babsi dich gekillt hat?«

»Er hat mich gebraucht«, sagte Rena. »Außerdem hab ich ihm von Anfang an erklärt, dass ich eine freie Frau bin, die frei entscheidet, wann sie zu wem geht. Und am Freitag war ich auf Babsis Fête, weil ich dachte, da wär's vielleicht interessanter. Ritas Programm kannte ich ja schon.«

»Und wieso hat Babsi dich *gebraucht*?«

»Na, er wollte doch unbedingt im Fernsehen groß raus kommen und hat dabei 'ne ganze Weile auf Wiwü und seine Connections gesetzt. Als Wiwü sich dann aber von Rita hat anheuern lassen für diese Fußball-Sendung, ist Babsi die Sicherung durch gebrannt. Du hättst ihn erleben sollen, als die Show nach elf im Nachtprogramm von *Kanal Hessen* gelaufen ist. Im Minutentakt hat er mich angerufen, erst abgelästert über 'diese tuckigen Tanten und kickenden Zicken', dann gezetert wie ein Kesselflicker, geflucht, zwischendrin beinahe geheult, dann wieder Rache geschworen - und dabei bestimmt zwei Flaschen *Baileys* getrunken. Um Mitternacht hat er nur noch gelallt: Ab heute früh null Uhr wird zurück geschossen!«

»Ich erinnere mich«, bestätigte Marion und seufzte. »Bei mir war er in der Nacht zirka ein Dutzend Mal auf der Mailbox. Hab ihn gleich am nächsten Morgen zurück gerufen. Da war er aber anscheinend schon wieder Herr der Lage. Hat nur noch geschimpft, die Sendung wär unterirdisch billig und niveaulos gewesen. Und hat angekündigt, dass er gerade eine glanzvolle 'Cherry-Tea-Gala' plane zugunsten von - ich weiß gar nicht mehr - aidskranken Rosenverkäufern oder so. - Danke«, sagte sie dem Ober, der schon wieder leicht irritiert blickend die Getränke auf den Tisch stellte.

»Na, jedenfalls hat er dann mich mit Beschlag belegt«, übernahm nun wieder Rena das Wort. »Ich würde doch so viele Leute kennen, und ob ich für ihn nicht vielleicht bei *Mainhattan-TV* 'ne Tür eintreten könnte. Du weißt doch, die strahlen alles aus, was sie nichts kostet. Musst deinen Beitrag nur selbst produzieren und finanzieren und auch noch einen Werbepartner mitbringen. Aber für was außer sich selbst hätte Babsi denn werben sollen? Für die monströsen Hüfthalter, in die er sich vor jedem Auftritt gequetscht hat oder die blickdichten Oversize-Strumpfhosen, die er getragen hat? Ich hab ihm dennoch versprochen, mich umzuhören. Bis er dann plötzlich aus heiterem Himmel beim *Promi Dinner* einspringen durfte. Von da an hatte er natürlich Oberwasser.«

»Und hat trotzdem weiter gestänkert gegen die Fechenheimer.«

»Ich glaub, weil er sich als Einzelkämpfer immer unterlegen gefühlt hat. Rita, Lola und Soeren waren so was wie ein Dreigestirn. Beziehungsweise aus Babsis Sicht eine dreiköpfige Schlange. Dabei wollte Rita nur noch in Ruhe ihre Shows machen, Lola sich kreativ austoben, und Soeren, der Maulheld, hat halt den Ritter gespielt, der *Rita's World* verteidigt hat. Der Einzige aus Ritas Dunstkreis, dem ich eine gewisse Skrupellosigkeit unterstellen würde, ist dieser schnuckelige Mischa, aber - «

Marions Handy klingelte. Fotograf Antonio war dran. Sie müsse sofort in die Sophienstraße kommen. Fotomodell Sissi Blum hätte in der Redaktion angerufen. Sie wäre eben dabei, nach den Vorgaben im aktuellen FES-Abfall-Infoblatt ihren Weihnachtsbaum zu zerstückeln. Das sei ein irre komisches Bild.

»Dann soll sie 'n Handyfoto schießen und an uns schicken.«

»Der Chef meint, wir sollen 'n netten kleinen Artikel draus machen. Als Pendant zu deinem Tote-Tunten-Gedöns.«

»Okay«, stöhnte Marion auf. »Bin gleich da. - Mist«, sagte sie zu Rena, »ich muss. Ich würde aber gern noch mit dir... Bist du am Nachmittag erreichbar?«

»Schwierig. Ich bin jetzt auf dem Sprung ins Nagelstudio. Dann hab ich einen Termin bei meiner Kosmetikerin, und ab 18.00 Uhr hat mein Personal Trainer zum Neujahrsumtrunk geladen an seiner neuen Mineralwasser-Bar. Lass uns morgen... Ach, was ich dir noch schnell sagen wollte: du musst unbedingt deine Haare färben. Dein Straßenköterbraun kommt schon wieder durch.«

»Gut, mach ich.« Marion legte einen 10-Euro-Schein auf den Tisch. »Zahlst du für mich mit? Ich hoffe, es reicht.« Dann sauste sie aus dem Lokal.

12.30 Uhr. Polizeipräsidium, 3. Stock

»Das darf doch nicht wahr sein!«, herrschte Lauber Rosentreter an. »Wieso haben Sie Mischa Kalnikow immer noch nicht?«

Rosentreter zuckte hilflos mit den Achseln. »Weil er nicht auffindbar ist. Er wohnt in einer von Kurt Schuster angemieteten Dachkemenate nur ein paar Häuser entfernt von der Wohnung Schuster/Hold. Dort scheint er sich aber nicht häufig aufgehalten zu haben, und seit gestern wurde er gar nicht mehr gesichtet. Hab daher erneut Kontakt zu Roman Hold aufgenommen. Er war gerade in *Rita's World* und hat die Bühnenkostüme von Kurt Schuster sortiert, um zu entscheiden, in welchem Schuster beerdigt werden soll. Hat natürlich erst mal wieder Tränen vergossen, ist dann aber mit mir zunächst zu sich nach Hause, weil da ein Schlüssel für die Kalnikow-Bude deponiert war. Kurz und gut: Der Vogel war natürlich ausgeflogen, ist aber offenbar nicht getürmt. Dafür lagen noch zu viele Sachen von ihm rum. Roman Hold hatte auch keine Ahnung, wo er sein könnte. Mischa ist ein süßer Bengel, hat er gesagt, den man einfach nur liebhaben will.

Aber er ist ein Streuner, der nicht zu halten ist. Die Einzige, die das geschafft hat, war Rita.«

»Ich will ihn aber haben!« insistierte Lauber. »Schauen Sie sich das mal an!« Er reichte Rosentreter einen Computerausdruck. »Die Kollegen haben das Handy von Manfred Nattermann gecheckt. Zahlreiche Anrufe, die Nattermann seit Ende November selbst getätigt hat, gingen an ein Pre-Paid-Handy mit ausländischer SIM-Card. Von genau diesem Handy kam auch der Anruf mit unterdrückter Rufnummer, der ihn am 30.12. um 23.18 Uhr erreicht hat. Und jetzt raten Sie mal, woher die SIM-Card stammt? Aus Kirgisistan. Noch Fragen? Geben Sie sofort die Fahndung nach Mischa Kalnikow raus!«

15.25 Uhr. Redaktion des Frankfurter Express

'Selbst ist die Frau', war der einzige Satz, den Marion bislang in ihren Computer getippt hatte. Am liebsten hätte sie geschrieben: 'Die Axt im Haus hätte den Lesern diesen albernen Artikel erspart.'

Als sie in die Sophienstraße gekommen war, hatte Sissi Blum im Hof ihres Wohnhauses gestanden. Mit einem Make-up wie für den Opernball, in einem zitronengelben Poncho, schwarzen Leggins, hochhackigen Lackstiefeln, gelben Gummihandschuhen und mit einer Geflügelschere in der Hand. Zu ihren Füßen: eine nadelnde Nordmann-Tanne. In komischer Verzweiflung hatte Sissi vor Fotograf Antonios Linse demonstriert, wie unmöglich es für eine Großstädterin mit Designer-Wohnung - selbstverständlich *ohne* Forstarbeiter-Geräte-Arsenal - war, die Forderung der städtischen Entsorgungs-GmbH zu erfüllen, den Christbaum in genormte Einzelteile portioniert in die Biotonne zu treten.

Wenn du keine anderen Sorgen hast, hatte Marion gedacht und war schon im Begriff gewesen zu gehen. Da hatte sie auf den Stufen zum Kellerabgang einen jungen Mann, vermutlich ein Wohnungsnachbar Sissis, in den Startlöchern stehen sehen. Gewappnet mit einer Elektrosäge. - Oh, Tannenbaum! Jetzt hieß es für sie mal wieder Zeilen schinden unter dem Vorzeichen 'viel Wind um nix.'

Auf ihrem Handy meldete sich Lutz. Er hatte gerade die Nachricht erhalten, dass er wieder in seine Wohnung konnte, fühlte sich dem mental aber nicht gewachsen. Ob sie vielleicht mitkommen könne?

»Ich muss hier erst noch zwei Artikel fertig kriegen«, sagte Marion. »Willst du so lange warten?«

17.20 Uhr. Wohnung von Babsi und Lutz

Beklommen standen Lutz und Marion im Flur. Lutz' Miene und Körperhaltung waren Ausdruck völliger Hilflosigkeit, als wäre er versehentlich in eine fremde Wohnung eingedrungen. Es war unangenehm kalt. Offenbar hatten die Wohnungsbesetzer von der Kripo sämtliche Heizkörper runter gedreht. Schließlich wagte es Marion, sich umzusehen. Becher, Flaschen und - Gott sei Dank! - auch die Essensreste hatten die Polizeibeamten entfernt. Trotzdem sah die Wohnung genauso chaotisch aus, wie die mehr als 200 Gäste sie am Freitag verlassen hatten. Erstmals fiel ihr auf, dass, abgesehen vom herrschenden Durcheinander, die Einrichtung ähnlich wie im *Transania* eher suboptimal war. Babsis und Lutz' Möbel- und Bildermix war an Beliebigkeit kaum zu überbieten. Im Schlafzimmer, das Lutz sich weigerte zu betreten, stapelten sich auf dem Bett die zurück gelassenen Klamotten der Party-Teilnehmer, die sich vor Eintreffen der Ermittler verdrückt hatten.

»Was machen wir denn jetzt damit?« fragte Marion.

»Keine Ahnung« antwortete Lutz tonlos. »Weiß ja gar nicht, wem die gehören. Vielleicht haben sie schon versucht, sich zu melden. Aber der Computer ist weg, und Mannis Handy hat die Polizei auch.« Er rührte sich nicht vom Fleck.

»Also«, ergriff Marion die Initiative, »ich schlage vor, wir sehen jetzt erst mal in der Küche nach dem Rechten. Dann räumen wir so weit wie möglich im Wohnzimmer auf. Wenn du magst, richte ich dir dein Bett auf der Couch. An deiner Stelle wollte ich auch nicht im Schlafzim - «

»Ohne Manni will ich hier nicht sein.«

»Oh, Lutz, bitte!« flehte Marion. »Jetzt reiß dich mal am Riemen!«

»Manni war mein Leben.«

»Tja. Ich bin nur nicht sicher«, wagte Marion einzuwenden, »ob es andersrum genauso war.«

»Ihr habt ihn ja alle nur als Babsi gekannt. Mein Manni war ganz anders.«

»Wie seid ihr Zwei eigentlich zusammen gekommen?«

»Das war beim...« Lutz zog die Nase hoch. »Lichterfest im Palmengarten. Manni hat auf dem Kiesweg aus Teelichtern Sterne ausgelegt und alle Leute, die drüber laufen wollten, angefetzt: »Passt auf, ihr Trampel! Das ist mein Walk of Fame!« Dann bin zufällig ich vorbei gekommen. Manni hat mich angesehen, mir ein Teelicht in die Hand gedrückt und mir zugeflüstert: »Come on, Baby, light my fire!« Er schluchzte auf. »Ich werd ihn immer in meinem Herzen tragen.«

Er streifte sein Sweatshirt hoch und deutete auf ein Tattoo auf seiner linken Brust: Die Buchstaben ***M*** und ***L*** ineinander verschlungen, umrankt von einer Blütengirlande.

»Ooch, ist das schön.« Marion zögerte kurz, dann legte sie die Arme um Lutz. Vielleicht gibt es sie ja doch, die wahre Liebe, dachte sie und spürte, wie auch ihre Augen feucht wurden. Sie drückte Lutz fester und musste an Rudger denken, den letzten Mann, der sie in Wallungen versetzt hatte. Ein attraktiv ergrauter Frankfurter Galerist und passionierter Golfer. Schon nach wenigen hormonellen Boogie-Woogies hatte er ihr den Laufpass gegeben, weil sie fast immer hatte arbeiten müssen, wenn er nach Zweisamkeit verlangt hatte. Und außerdem Golf doof fand. Der Gipfel ihrer Demütigung als Sitzengelassene aber war gewesen, dass er sich schon kurz darauf mit einer vollbusigen Blondine aus Osteuropa verlobt hatte und sie auch noch hatte darüber berichten müssen.

»Ohne Manni«, flüsterte Lutz, »ist mein Dasein wie ein schwarzes Loch. Dann können sie mich auch gleich einsperren.«

»Einsperren? Lutz, wer will dich denn einsperren!« Marion ließ von ihm ab und war schon wieder ein wenig genervt. »Komm, hilf jetzt mit anpacken!«

Dienstag, 3. Januar, 8.35 Uhr.

Polizeipräsidium, 3. Stock

Lauber kam ins Vorzimmer seines Büros gespurtet.

»Morgen, Tanja!« salutierte er. »Kalnikow haben wir eingefangen?! Heureka!«

»Ja«, antwortete Tanja. »Er ist schon im Verhörraum. Herr Rosentreter muss auch gleich da sein.«

»Jetzt geht's voran!« Lauber sah den *Express* auf Tanjas Schreibtisch liegen. »Lassen Sie mich schnell reinschauen«, sagte er, griff nach der Zeitung, schlug Seite 3 auf und las:

Mord an Rita Peperoni und Babsi Botox
Frankfurts Promis tragen Trauer

Von Marion Rühl

Sie waren die schillerndsten Typen der Stadt. Geliebt und bewundert von ihren Fans. Nicht nur wegen ihrer neonbunten Fummel. Jetzt tragen alle ihre Freunde schwarz. Sind fassungslos, dass der Vorhang für Rita Peperoni (64) und Babsi Botox (48) für immer gefallen ist. Ritas treueste Anhänger erhoben am Silvesterabend ein letztes Mal das Glas auf ihren Star. Mit Tränen in den Augen. Was soll nun werden aus »Rita's World«, deren glänzender Mittelpunkt Rita so lange war? Ritas Lebens- und Bühnenpartner Lola Fox (Roman Hold, 49) kann sich nicht vorstellen, ohne sie weiter zu machen. »Mit Rita geht auch »Rita's World« unter. Sie war die Seele des Ladens«, sagt er. Und alle stimmen ihm zu. »Sie war ein Phänomen. Glamourös, charmant, witzig, geistreich und hatte ein so großes Herz.« (Boulevardbühnen-Chef Gerhard Sander, 62). Selbst Bürgermeister Justus von Heubogen (53)

outet sich ebenso als Bewunderer Ritas wie auch ihrer Konkurrentin Babsi. »Rita Peperoni und Babsi Botox waren als Künstler zwei unersetzliche Repräsentanten unserer multikulturellen, toleranten Stadt«, sagt er.
Wie in »Rita's World« sind auch im »Transania« die Lichter ausgegangen. Doch Henni (72) von den Müller-Mädels sagt: «The Show must go on. Wir stehen bereit. Man muss uns nur rufen!« Ex-Film-Sternchen und Party-Hopperin Rena Ravel (59?) trauert um ein Symbol der Schönheit und ewigen Jugend: »Sobald Babsi Schminke auflegte, war er die Aufsehen erregendste Frau Frankfurts.« Krimi-Autor Volker Kapell (43) will Babsi in seinem nächsten Thriller ein Denkmal setzen. Geplanter Titel: »Stirb lonesome«. Und OB-Kandidat Oliver Mutz (38) erinnert sich voller Wehmut: »Ich habe noch etwa drei Stunden vor seinem Tod mit ihm gescherzt, dass ich ihn, wenn ich die Wahl gewinne, zu meinem Pressesprecher mache.«

»Blablabla«, murmelte Lauber. Dann plötzlich kräuselte er die Stirn.

Unbehelligt läuft bzw. laufen indes der oder die Mörder von Rita und Babsi frei herum und versetzen die Frankfurter Gay Community in Angst und Schrecken. Jochen (27), Stammgast im »Pulse«: »Wenn es vielleicht doch keine Beziehungstaten waren, kann es schließlich jeden von uns treffen. Aber von der Polizei erfährt man ja nichts.« Die Meisten jedoch teilen die Ansicht, dass Rita Peperoni und Babsi Botox ihr Leben lassen mussten, weil sie sich gegenseitig zur Hölle wünschten. Nur wer waren ihre Erfüllungsgehilfen, die diesen Wunsch fast zeitgleich in grausame Tat umsetzten? Die Polizei verschanzt sich hinter

Schweigen. Eine Insiderin aber orakelt: »Mir fällt nur einer aus Ritas Umfeld ein, den ich für skrupellos genug halte.« Lesen Sie morgen mehr.

»Na, na, na. Was ist das denn für eine kryptische Andeutung?« brummelte Lauber. »Entweder Butter bei die Fische oder... Aber heute verdirbst du mir nicht die Laune, Frau Rühl.« Er schlug die Zeitung zu.

»Rufen Sie in der Pressestelle an, Tanja. Sie sollen eine Meldung raus hauen: Aus ermittlungstaktischen Gründen können wir keine Details preisgeben. Einer der Morde aber steht kurz vor der Aufklärung.«

8.45 Uhr. Polizeipräsidium, Verhörraum

»Ja ne panimaju«, lächelte Mischa mit Unschuldslämmchen-Blick.

Lauber zwang sich zur Ruhe. »Ja, ja, Freundchen. Die Nummer kennen wir. Du verstehst sehr wohl«, sagte er.

Im Vorraum verfolgte Rosentreter durch eine Glasscheibe das Tête à Tête.

»Du warst Freitagnacht im Treppenhaus der Wohnung von Babsi Botox. Richtig!?«

»Schto?« Diesmal schien Mischa tatsächlich nicht zu verstehen.

»Und hast ihm hinterrücks eine Spritze in den Hals gejagt. Von wem hattest du die?«

Mischa riss die Augen auf und hob seine mädchenhaften Schultern. »Ja ne gavarju pa nimjetzki.«

»Du *sprichst* Deutsch, du kleines Luder!« nahm ihn Lauber in die Zange. »Glaub nicht, du kannst hier Zeit schinden, weil wir erst einen Dolmetscher für dich aufgabeln müssen. - Gib mir dein Handy!«

»Njet!!!« Mischa guckte störrisch. An seiner Nasenwurzel bildete sich eine senkrechte Zornesfalte.

»Auch gut«, gab sich Lauber überlegen. »Dann werden wir wir dich in eins unserer gepflegten Apartments in Preungesheim verfrachten. Da kriegst du sowieso alles abgenommen.«

»Was wollen von mirr?«

»Na, siehst du, geht doch!« triumphierte Lauber. »Also, dann noch mal von vorn: Du warst Freitagnacht in der Rat-Beil-Straße. Was genau ist da passiert?«

»Nitschewo.«

»Nix da! Jetzt bleiben wir bei Deutsch, Freundchen!«

»Ich nicht gehen in Chaus! Stehen auf Strrasse.«

»Das kannst du deiner Babuschka erzählen! Du lässt dich von dieser Journalistin Frau Rühl im Auto mitnehmen und stehst dann gegenüber vom Hauptfriedhof auf der Straße rum. Ist das 'ne neue Geschäftsadresse deiner Branche?«

»Chab jerrst mussen uberrlegen, wie kommen zu... Jelefantgass.«

»Ach, du wolltest eigentlich in die Elefantengasse? Warum hat die Rühl dich nicht gleich dort abgesetzt?«

»Chat gesagt, ist spät. Muss fahrren dirrekt zu Babsi.«

»Zu *Babsi* - ihr Zwei seid also miteinander bekannt?!«

»Njet. Nurr kennen Name und gesehn auf Bjild.«

»Mmh. So, so. Und wie ging's dann weiter?«

»Ich laufen. Nach uliza Frriedbjerrk.«

»Friedberger Landstraße?«

»Da. Dann Avto Stop.«

»Aha. Du hast also 'n Auto angehalten. Und dann?«

»Chotel *Westin* rraus aus Avto. Dann... *Tangerine* und dann... *Bananas*.«

»Kneipenbummel? Allein?«

»Da.«

»Sind das alle Adressen, die du angesteuert hast? Wir überprüfen das natürlich.«

»Auch kurrz *Centrral*. - Und *Krrawallschachtjel*.«

»Na, da hast du ja einiges abgegrast. Hat sich's wenigstens gelohnt? - Egal. Gib mir jetzt dein Handy!«

Mischa guckte bockig.

»Herrje, kriegst es ja gleich wieder. Danach bist du für's Erste entlassen.«

Widerwillig zog Mischa sein Handy aus der Hosentasche und reichte es Lauber.

»Sbasiba«, knurrte der. »Und wehe, du hast mir einen russischen Bären aufgebunden. Dann mach ich aus dir Filet Stroganoff!«

10.15 Uhr. Opernplatz via Fechenheim

Unterm Pullover zwickten ihre gequetschten Brüste. Mit so einem Doppelpack haben Rita und Babsi sich auch noch freiwillig ausgepolstert, dachte Marion.

Sie kam aus dem Brustzentrum am Opernplatz. Alles Unangenehme versuchte sie immer gleich zu Beginn eines neuen Jahres abzuarbeiten, und dazu gehörte eindeutig das Kapitel Mammographie. Da sie unter keinen Umständen wissen wollte, wie es in ihrer Raucherlunge aussah, ging sie wenigstens turnusmäßig zum Tittencheck. Diesmal aber hatte die Radiologie-Assistentin derart resolut zugepackt und ihre Brust in den Röntgenapparat gestopft wie eine Fleischereifachverkäuferin ein Stück Rind in den Fleischwolf, dass Marion für einen Moment tatsächlich befürchtet hatte, ihre überschaubare Oberweite könnte als Portion Hackepeter enden. Doch es war ja mal wieder gut gegangen.

Erleichtert zündete sie sich eine Kippe an und lief die Neue Mainzer hinunter Richtung Taunustor. An der Baugrube des Taunusturms krakten die bizarren Kräne in den Winterhimmel wie monströse Spinnenbeine in einem Science-Fiction-Thriller. Nur mit Mühe gelang es ihr, zwischen den Bauzaunbarrikaden hindurch die gegenüberliegende Seite der Taunusanlage zu erreichen, wo sie nach wenigen Schritten die

Occupy-Camper per Transparent mit einem ironischen 'Willkommen im Schlaraffenland' begrüßten. Erstaunlich, wie rasch man sich an diesen Mini-Slum mitten in Bankfurt gewöhnt hatte.

Jenseits der 'Volxrepublik Absurdistan' stieg sie im Parkhaus am Theater in ihren *KIA*, um nach Fechenheim zu fahren. Sie hatte Lola telefonisch vorgewarnt, dass sie noch ein paar Fragen an sie auf dem Herzen hätte.

Kaum war sie an der Schauspielhaus-Dauerbaustelle vorbei in die Weißfrauenstraße abgebogen, gähnte sie rechterhand die Degussa-Abbruchbrache an wie ein Bombenkrater. Ständig fällt an jeder Ecke dieser Stadt irgendwas in Trümmer, dachte sie. Rund um den Römer, Goetheplatz, Rossmarkt, Elbestraße... Der profitabelste Job, dem man derzeit in Frankfurt nachgehen kann, ist offenbar der des Abrissunternehmers.

Auf der Berliner Straße in Höhe der Paulskirche scherte ohne Vorwarnung ein roter Stadtrundfahrt-Doppeldeckerbus vor ihr aus. Auf seinem Heck das Tischbein-Gemälde von Goethe in der Campagna. Marion trat auf die Bremse. Ups. Das war knapp gewesen. Da hätte sie doch beinahe Frankfurts größten Sohn geschrammt. Muss übrigens schlimm gehinkt haben, unser Dichterfürst, fiel ihr nicht zum ersten Mal auf. Sein rechtes Bein ist deutlich kürzer als das linke.

Als sie kurz darauf das Dominikanerkloster passierte, musste sie innerlich kichern. Ende letzten Jahres hatte dort ein Anti-Raucher-Symposium stattgefunden, und ihr Chef hatte ausgerechnet ihr aufgetragen, darüber zu berichten. Aber sie hatte sich für diese Schikane genüsslich revanchiert, indem sie in ihrem Artikel erwähnt hatte, dass drei von vier Referenten in der Pause im Klosterhof gemeinsam mit ihr gequarzt hatten.

In Fechenheim angekommen, fand sie Lola, wie verabredet, in *Rita's World*. Gemeinsam mit Soeren war sie dabei, alles, was an Kostümschätzen aus beinahe fünfzig Programmen noch vorhanden war, zu inventarisieren.

Bereits im Entrée reihte sich eine dicht behängte Kleiderstange an die nächste. Auf Sesselchen und Tischchen im Zuschauerraum lagen Klunker, Boas, Abendhandschuhe und Pumps in Übergröße in allen Farben des Regenbogens.

»Soeren meint, damit könnten wir ein Museum bestücken«, sagte Lola nachdenklich. »Wenn wir eine Räumlichkeit dafür hätten und einen Sponsor... Guck mal«, sie hielt Marion ein raffiniert gerafftes, champagnerfarbenes Seidenkleid entgegen. »Darin - aber mit Stricksocken an den Füßen! - hat Rita als Ninotschka mal 'ne Persiflage gemacht auf *Silk Stockings*. - Und hier die beiden Wuchtbrummen«, sie deutete auf zwei abstrus aufgeplusterte Renaissance-Roben mit gewaltigen Stuart-Kragen. »Darin haben Rita und ich als Elisabeth und Maria Stuart das *Eifersuchtsduett* aus der *Dreigroschenoper* verhohnepiepelt. Die Ärmel, die einzelnen Stoffbahnen - da ist nix genäht. Das sind alles Klettverschlüsse. Wie die Hyänen haben wir uns gegenseitig die Fetzen vom Leib gerissen, bis wir am Schluss nur noch in grottenhässlichen Liebestötern rum gestanden haben. Das war 'ne irre Nummer.« Lola hielt abrupt inne, und Marion spürte, wie sie mit den Tränen kämpfte. »Scheiße«, schluchzte sie. »Tut mir Leid. Aber weißt du, ich fuhrwerke hier nur so rum, damit ich nicht komplett in Trübsinn verfalle.«

»Habt Ihr denn überhaupt keine Ahnung, keinen Verdacht, wer...?« tastete Marion sich vor. »Ich meine, ihr habt Babsi ja ordentlich provoziert. Da könnte man doch auf den Gedanken kommen, dass - «

»Wie hat denn der gegen uns vom Leder gezogen!« brauste Soeren auf. »Weißt du, wie er uns immer genannt hat? 'Die Ossis' - weil *Rita's World* im Frankfurter Osten ist. 'Die Ossis mit ihrer angestaubten Kitsch-Klitsche'. Oder 'die Provinz-Tucken aus FFM-Sibirien'. Rita hat er immer nur als 'das

Covergirl von der Apothekenumschau' bezeichnet und unsere Shows als 'Seniorenkränzchen'. Jede Kaffeefahrt wär verglichen mit unserem Mottenkiste- und Kukident-Ringelpiez ein Event der Hochkultur. Ritas Nummern und Lolas Witze wären geklaut, der Wein, den wir ausschenken, gepanscht - «

»Und alle Promifotos, die hier hängen, und die wir selbst geschossen haben, wenn Leute wie Gina Lisa oder Mark Medlock da waren, wären getürkt«, ergänzte Lola. »Außerdem gab's da auch noch so einiges, womit er unter die Gürtellinie gezielt hat. Aber das lass ich lieber weg.«

»Mmh«, machte Marion, dann fiel ihr ein: »Wo ist eigentlich Mischa? Hilft er hier nicht ein bisschen mit?«

»Der hat andere Sorgen«, winkte Lola ab. »Der ist auf der Suche nach 'nem Mann.«

»Was?«

»Na, damit er nicht wieder abgeschoben wird.«

»Äh. Willst du damit sagen, er will eine Scheinehe eingehen oder so was?«

»Na, ja.... Ja.« Lola zuckte mit den Schultern. »Nur mit Wiwü hat er sich halt den Falschen ausgesucht.«

»Moment.« Das musste Marion erst einmal kapieren. »Da läuft was zwischen Wiwü und Mischa?«

»Tja, warum nicht?« meinte Lola lakonisch. »Nur für 'ne eingetragene Partnerschaft, selbst wenn sie bloß vorübergehend auf dem Papier existiert, kommt Wiwü garantiert nicht infrage. Der pflegt doch nach wie vor sein Image als einstiger Schwarm aller Schwiegermütter und hat sein Liebesleben immer penibel unter der Decke gehalten. Da wird er sich kaum auf seine alten Tage offiziell verpartnern mit so 'nem windigen Knaben.«

10.55 Uhr. Polizeipräsidium, 3. Stock

»Unser kleiner Russki hat natürlich geflunkert«, sagte Rosentreter, und Lauber meinte, einen leicht überheblichen Unterton zu vernehmen. »Er kann Freitagnacht weder in der *Krawallschachtel* gewesen sein noch im *Bananas*. Die *Krawallschachtel* macht schon um 18.00 Uhr dicht und das *Bananas* um 23.00 Uhr.«

»Sie können die Puffs doch noch gar nicht alle abgeklappert haben«, erwiderte Lauber.

»Die Öffnungszeiten stehen im Internet. Und ich sage Ihnen, wenn die eine Hälfte seiner Aussage schon nicht stimmt, sind die anderen fünfzig Prozent auch gelogen. - Übrigens hab ich mir jetzt noch mal alles, was wir bisher wissen, durch den Kopf gehen lassen. Und da gibt's etliche Ungereimtheiten.«

»Schießen Sie los«, stöhnte Lauber.

»Erstens: Soeren Schröter hat behauptet, er hätte, als er Schusters Leiche entdeckt hat, zunächst Roman Hold aus dem Schlaf geklingelt und dann die Polizei angerufen. Als die Kollegen ein paar Minuten später am Tatort ankamen, war Hold aber schon da. Hat er sich aus den Federn in die Ferdinand-Porsche-Straße gebeamt? Oder hat das Duo Schröter/Hold vielmehr erst irgendwas am Fundort des Toten manipuliert, bevor sie uns alarmiert haben? Immerhin waren sie in der Nacht, als Schuster ermordet wurde, nachdem alle Gäste weg waren, ebenfalls zu zweit allein. Zweitens: *Rita's World* ist ein florierendes Unternehmen gewesen. Ich glaube nicht, dass sie das schließen werden. Die wollten sich das unter den Nagel reißen und haben deshalb Mischa Kalnikow los geschickt, damit er ihnen auch noch den Störfaktor Babsi Botox vom Hals schafft. Und die Insulinspritze, mit der Kalnikow bewaffnet war, hatten sie sich schon vorher besorgt. Wie und wo auch immer. Ich könnte mir sogar vorstellen, dass Schröter, der schließlich in *Rita's World* auch für die Zuschauer-Garderobe zuständig war, sobald das Publikum in der Vorstellung gewesen ist, gewohnheitsmäßig die Manteltaschen gefilzt hat. Da kann bei 'nem Diabetiker schon mal 'ne Einwegspritze drin gewesen sein.«

»Ihr analytischer Verstand beeindruckt mich maßlos, Rosentreter«, entgegnete Lauber. »Aber alle Befragten haben ausgesagt, dass Kalnikow sich in der Mordnacht *spontan* Marion Rühl angeschlossen hat. Wenn dagegen das Ganze, Ihrer Meinung nach, ein abgekartetes Spiel war, hängt die Rühl auch mit drin, die - ach, du grüne Neune!«

Er schlug sich mit der flachen Hand an die Stirn: »Grad fällt's mir wie Schuppen von den Augen: als eine der Ersten am Samstagmorgen am Fechenheimer Tatort war! - Oah!«

Er stemmte sich so massiv gegen die Lehne seines Bürostuhls, dass die Federung erschreckt aufquietschte. Schnaufend verharrte er kurz in dieser Position, dann hatte er sich wieder berappelt.

»Okay. - Aber zurück zu Freitagnacht und Ihrem nach wie vor potenziellen Attentäter Kalnikow: Der kann, da sind wir uns einig, als er in der Rat-Beil-Straße angelangt war, kaum übers Treppenhaus hinaus gekommen sein. Und dass er sein Opfer genau dort angetroffen hat, hat mit dem mysteriösen Anruf zu tun, den Manfred Nattermann um 23.18 Uhr erhalten hat. Von einem Anrufer, den wir nicht identifizieren können, den wir aber inzwischen lokalisiert haben. Der Anruf kam aus der Nähe vom Nordwest-Kreuz Frankfurt und definitiv *nicht* von Kalnikows Handy. Das nämlich ist - drei Mal dürfen Sie raten - auf Kurt Schuster angemeldet.«

»Nordwest-Kreuz? A 66. Mmh. Das schließt Kalnikow als Anrufer aus, selbst wenn das Corpus delicti sein Zweit-Handy gewesen sein sollte. Ergo kann es nur das Erst- oder Zweit-Handy von Mr. X gewesen sein, und wir müssen den Kreis gedanklich erweitern.«

Rosentreter massierte mit angestrengter Miene seine Schläfen.

»Was ist mit diesem Will Wüstenhagen? Der könnte als konspirativer Zuarbeiter des 'Mordkommandos' zum einen den Anruf getätigt haben. Er könnte darüber hinaus aber auch - Sie wissen, sein sogenanntes Alibi kann er in der Pfeife rauchen - Nattermann theoretisch selbst ins Jenseits befördert haben. Erinnern Sie sich: Er ist nach eigener Aussage mit Nattermann verkracht, taucht aber dennoch auf dessen Party auf, wo er - mal angenommen - blitzschnell die Lage peilt und dann wieder verschwindet, nur um später womöglich zurück zu kommen.«

»Das Gleiche könnten Sie dann auch Oliver Mutz unterstellen«, versuchte Lauber, diese Theorie ad absurdum zu führen.

»Ich bitte Sie! Der will Oberbürgermeister werden. Da wird er etwas mehr als zwei Monate vor der Wahl quasi im Vorübergehen noch rasch jemanden umbringen!«

»Okay. Vielmehr überhaupt nicht okay«, bilanzierte Lauber. »Tatsache ist: Wir mutmaßen uns hier zu Tode. Haben ein halbes Dutzend mehr oder weniger Verdächtige und keinerlei Beweise, keine stichhaltigen Indizien. Wir können nur reihum alle erneut in den Schwitzkasten nehmen, bis vielleicht endlich einer davon in die Knie geht. - Soll ich Ihnen was sagen, Rosentreter, ich spüre eine gewisse Tendenz, meinen Antrag auf vorzeitigen Ruhestand einzureichen.«

12.40 Uhr. Radisson Blu Hotel, Franklinstraße

Auch wenn Marion nach allem, was sie gerade von Lola erfahren hatte, überhaupt nicht der Sinn danach stand - der Pflichttermin, den sie soeben ansteuerte, entbehrte zumindest nicht einer gewissen Originalität:

Der ADAC Hessen-Thüringen hatte um 12.30 Uhr ins *Radisson Blu* Hotel geladen zum Benefiz-Ölsardinen-Lunch zu Gunsten der Ärmsten seiner von den Benzinpreisen geschröpften Mitglieder. Präsentiert - laut Ankündigung - von einem der 'öligsten' Repräsentanten von *Kanal Hessen* inklusive Benzingutscheine-Verlosung.

Marion hechtete die Treppe hinauf Richtung Saal *Dow & Jones*. Die Saaltüren waren bereits geschlossen. Offenbar hatte die Veranstaltung überpünktlich begonnen. Vorsichtig drückte sie die Klinke einer der Türen und öffnete möglichst geräuschlos, um unbemerkt hinein zu schlüpfen. Da fiel ihr Blick auf das Rednerpodest auf der gegenüber liegenden Saalseite. Zunächst meinte sie, sie hätte sich verguckt. Doch am Mikrophon erhob wahrhaftig in diesem Moment die Stimme, um den Gästen »einen gepflegten Appetit« zu wünschen: Will Wüstenhagen.

Zur gleichen Zeit in der Kamon Sushi-Bar, Friedensstraße

»Wir haben grad Bezirksvertreter-Meeting drüben im *Frankfurter Hof*, aber bis kurz vor zwei hab ich Zeit. Schau da mal drüber«, sagte Chris und hielt Dennis ein Blatt Papier entgegen.

»Das hättest du mir doch auch mailen können«, meinte Dennis und schob sich eine Gabel Eiernudeln mit rotem Ingwer in den Mund.

»Ja, ja, wer weiß, wann du dann vielleicht geantwortet hättest. Wir haben nicht alle Zeit der Welt. Es kann von jetzt auf gleich heißen: Babsi darf beerdigt werden. Und dann stehn wir dumm da, wenn wir nichts vorbereitet haben.«

»Hast du das denn schon mit Lutz besprochen?« fragte Dennis.

»Lutz kriegt das alles nicht gebacken. Er ist uns aber sehr dankbar, dass wir uns Gedanken machen.«

»Wo hast du ihn denn erreicht?«

»Na, wo wohl? In der Mucki-Bude. Er absolviert seine Trauerarbeit am Power Rack. So, jetzt lies endlich!«

Dennis legte seine Gabel zur Seite und griff nach Chris' Papier.

»Beerdigung Babsi. Konzept«, las er. »Sarg: Lack, türkisfarben. Sarg-Deko (nicht kleckern, klotzen!) aus Pfauenfedern, Klatschmohn und Kratzdisteln....?«

Er sah Chris fragend an.

»Das muss sein!« sagte Chris. »Es soll ja schließlich die Wesensart von Babsi widerspiegeln.«

»Schmuck der Aussegnungshalle:« las Dennis weiter, »Großfoto (Mega Display 180 x 200 cm) von Babsi (als Kleopatra oder Kaiserin Sissi). Dazu Blumenkübel mit Perückenstrauch. - Perückenstrauch?« wunderte er sich. »Davon hab ich ja noch nie was gehört.«

»Hab ich extra gegoogelt«, betonte Chris. »Kenne ich auch nicht, aber passt doch super!«

»Musik: Gospelchor?«

»Ja, da war ich 'n bisschen unsicher«, räumte Chris ein. »Big Band wär natürlich besser.«

»Ultimative Titel: *Fame, My Way*, *I will survive*, *I am what I am* - und«, ergänzte Dennis, »unbedingt *Time to Say Good Bye*! - *Stairway to Heaven* wär übrigens emotional auch nicht schlecht.«

»Klar. Und der Soundtrack von *Star Wars* würde auch passen. Außerdem speziell für Lutz *The Power of Love*. Aber dann bricht er uns zusammen.«

»Auf keinen Fall kleinformatige Blumen- und Kranzspenden!« setzte Dennis die Lektüre fort. »Dresscode für die Trauergemeinde: Damen-Abend / Ballgarderobe (optimal: historische Roben à la Madame Pompadour o. ä. - Bezugsquelle: *Theaterkostümverleih Jansen*) - Absolutes Tabu: Normalo-Outfit!« Dennis rollte mit den Augen.

»Sag mal, gibt's nicht so was wie 'ne Friedhofsordnung? Ich glaub nicht, dass die das toll finden, wenn wir als Drag-Queen-Geschwader auflaufen.«

»Moment!« verteidigte sich Chris. »Babsis Beerdigung ist ein Happening. Das ist Kunst! Hast du den *Express* heute nicht gelesen? Darin hat Bürgermeister von Heubogen Babsi als bedeutenden Frankfurter Künstler bezeichnet.«

»Okay, weiter«, seufzte Dennis und las: »Nach Ende der Trauerfeier (es darf getanzt werden) wird der Sarg von vier schwarzen Strippern - oje! - zum Grab getragen. Dort werden Babsi eine Familienpackung *Mövenpick*-Eis (Gourmet Edition Himbeer-Sahnemousse) mit ins Grab gegeben und eine Flasche *Baileys*. Zu *The greatest Star of all* (aus *Sunset Boulevard*) werfen die Trauernden nicht Erde, sondern Flitter, Pailletten und Swarovskisteine auf den Sarg, eventuell auch Gummibärchen. Und zum krönenden Abschluss die Stripper ihre Jockstraps!«

Dennis sah Chris kopfschüttelnd an. Dann grinste er: »Spätestens da fliegen wir alle hochkant vom Gottesacker!«

13.50 Uhr. Radisson Blu Hotel

Wohlweislich hielt Marion sich, wenn's irgend ging, an die Devise 'Kein Alk vor Sonnenuntergang!' Aber dieser joviale Vize-Vorsitzende - oder Hinterstehende? - vom ADAC hatte sie derart bedrängt, erst ein, dann zwei, dann drei Gläser *Sprit für den guten Zweck* mit ihm zu trinken, dass sie jetzt schon gar nicht mehr wusste, was er ihr darüber hinaus alles erzählt hatte. Irgendwas von *Berlinkonzerten* und *gierigen Ölmuttis* und einem *Bilanzphilister*, der mit der *Minimalölsteuer* seinen *Reibekuchen* machte... oder so ähnlich. - Heißt das *Radisson* im Volksmund nicht 'Spalttablette'? dachte sie leidend. Dann müssten sie hier eigentlich auch Kopfschmerztabletten im Angebot haben.

Längst hatte sich ein Rudel wohlgeformter Hostessen, ausgerüstet mit Kanistern voller Tombolalose, im Saal verteilt. Gekleidet waren sie in *Diesel*-Jeans und Tank-Tops, was Wiwü dazu verleitet hatte, unter dem Gelächter des Publikums eins der Mädels zu fragen:

»Wie teuer war denn deine Tankfüllung?«

Eigentlich hätte Marion nach dieser vorletzten Ölung gehen können, aber es juckte sie doch, die Gelegenheit beim Schopf zu packen und ein paar Takte mit Wiwü zu reden. Der stand inzwischen in der rechten hinteren Saalecke und plauderte mit wem auch immer.

Eben wollte sie sich in seine Richtung in Bewegung setzen, als die Saaltür neben ihr aufging und Kommissar Rosentreter seinen Kopf herein streckte. Ach, du Scheiße, will der etwa schon wieder was von mir?! schoss ihr durch das benebelte Hirn, und sie verspürte den Impuls, noch eh Rosentreter sie entdeckt hatte, den Rückzug anzutreten.

Doch Rosentreter reckte den Hals und spähte an ihr vorbei mit Raubvogelblick von Tisch zu Tisch - bis er plötzlich Will Wüstenhagen gesichtet hatte.

Marion sah, wie ein entschlossener Ruck durch seinen Körper ging. Dann schritt er zielstrebig quer durch den Saal auf Wiwü zu.

15.55 Uhr. Polizeipräsidium, 3. Stock

»Wenn das ein Grund ist, jemanden umzulegen, wär meine Frau schon längst unter Erde. Hier, schauen Sie mal.«

Lauber reichte Rosentreter einen mehrseitigen Computerausdruck.

»Das sind die Verbalinjurien des Manfred Nattermann. Haben die Kollegen von seinem PC runter geladen. Bis auf die paar Schweinigeleien hätte ich tatsächlich stärkeren Tobak erwartet.«

Rosentreter überflog die Seiten.

»Tja«, meinte er dann. »Eine Bedrohung für Leib und Leben steht da, wenn ich das richtig sehe, nicht drin. Mmh.«

»Was hat denn eigentlich Ihr neuerlicher Plausch mit Will Wüstenhagen erbracht?« wechselte Lauber das Thema.

»Er spricht mit uns ab jetzt nur noch über seinen Anwalt.«

»Ui!« griente Lauber.

»Hat sich fürchterlich alteriert, dass ich ihn bei einer *bedeutenden* Tätigkeit gestört habe. Dabei hatte er nur noch die Tombola-Gewinner zu verkünden.«

»Bitte der Reihe nach, Rosentreter!«

»Wüstenhagen hat den Moderations-Kasper gemacht für den ADAC im *Radisson*. Ich bin ganz dezent auf ihn zugegangen und hab ihn vorsichtig gefragt, ob wir außerhalb des Saals - «

»Wie sind Sie denn aufs *Radisson* gekommen?«

»Wüstenhagen hat die Mucke auf seiner eigenen Website angepriesen, und da hab ich gedacht, es ist einfacher, ihn im *Radisson* abzufangen, als ihn sonst wo zu suchen. Jedenfalls hat er sich aufgeführt wie das Teufelchen Vitzliputzli. Alles, was er zu sagen hätte, hätte er längst ausgesagt. Dem sei nichts hinzuzufügen. Ihn deshalb mitten in der Arbeit zu behelligen, sei eine Dreistigkeit sondergleichen, die den Tatbestand der Berufs- und Imageschädigung erfülle. Sein Anwalt werde uns deshalb verklagen!«

»Oh, ja«, winkte Lauber ab und schmunzelte. »Mit so 'nem Getöse hat schon mancher Verdächtige gedroht. Das können wir entspannt abwarten.«

20.35 Uhr. Wohnung von Marion Rühl

»Sorry, sei mir nicht bös, aber für Kino hab ich im Moment keinen Kopf. Bin zu bis unter 'n Pony mit dem Krimi um Rita und Babsi. Lass uns Ende der Woche noch mal telefonieren. Bussi!«

Gegen ein Martinshorn anbrüllend, das von der Münchner herauf heulte, hatte Marion eben das Gespräch mit Caro beendet, als es an ihrer Wohnungstür klopfte. Was soll das denn? Hab doch 'ne Klingel, dachte sie und öffnete.

Vor der Tür stand ein apartes junges Mädel in einem bunt gemusterten Pulli und Jeans-Mini und mit beneidenswert viel dunklem, glänzendem Haar auf dem Kopf.

»Hi, stör ich?« fragte die Zaubermaus. »Ich bin Sascha. Wir wohnen jetzt in der Nachbarwohnung.«

Wir? Das bedeutete, es war schon wieder ein neues Pärchen ins Haus gezogen. Offenbar per fliegendem Mieterwechsel zum Jahreswechsel, und Marion hatte nichts davon mitbekommen. Dafür wusste sie's jetzt und obendrein, dass sie die Einzige war und blieb, die hier allein lebte - zu allem Überfluss auch noch als die inzwischen mit Abstand Älteste. Hieß es nicht immer, Frankfurt sei eine Single-Hochburg? Gilt für die Statistik eigentlich jeder als Single, der nicht verheiratet ist, oder muss er auch solo wohnen? überlegte sie.

»Ich wollte nur fragen, ob du vielleicht 'n paar Dübel hast für Rigipswände?« fragte Sascha. »Thorben versucht grad, in unserem Flur Bilder aufzuhängen, aber die fallen ihm immer wieder entgegen.«

Ach je, dieses Thema kannte Marion aus dem Effeff. Der Hausbesitzer hatte vor Jahren aus wenigen großen Altbauwohnungen doppelt so viele kleinere Wohnungen gemacht, und die neu errichteten Wände hatten die Konsistenz von Wellpappe unter Putz.

»Er soll's mal mit Spiegel-Klebeband probieren«, meinte sie und deutete auf die Wand neben ihrer Wohnungstür. »Damit hab ich sogar das Pinboard hier fest gepappt. Das hält prima. Ich glaub, ich hab noch irgendwo Klebeband übrig. Soll ich's gleich suchen? Tackern geht übrigens auch.«

Eine halbe Stunde später hockte sie, weil die noch in Folie verpackte Couchgarnitur als Ablage diente für jede Menge Stofftaschen und Plastiktüten, auf einer von Saschas und Thorbens Umzugskisten und trank zusammen mit den Beiden südafrikanischen Chardonnay aus Wassergläsern.

»Die Möbel noch nicht verteilt, aber schon Nägel für Bilder in die Wand kloppen«, amüsierte sie sich. »Ihr zäumt das Pferd von hinten auf, was?«

Inzwischen wusste sie, dass Thorben bei *Union Investment* arbeitete und Sascha als Assistentin in der Geschäftsstelle von *Harmonie Frankfurt*.

»Haste was dagegen, wenn ich meine Botten ausziehe?« fragte Thorben.

»Nö«, meinte Marion. »Das empfiehlt sich sowieso hier im Haus. Es ist enorm hellhörig. Über mir wohnen zwei elefantöse Extrem-Frühaufsteher, und die unter mir Wohnenden nennen mich nur das nachtaktive Trampeltier.«

»Ui«, stellte Thorben fest, als er aus seinen Stiefeletten gestiegen war. »Ich hab ja noch Sand in den Schuhen aus der Wüste von Eritrea.«

Es dauerte eine Sekunde, bis bei Marion der Groschen fiel: »Ach, wart ihr *Im Herzen Afrikas*?«

»Ja, wir haben da vorhin was gegessen«, sagte Sascha.

»Ah! Das liiiebe ich!« schwärmte Marion. »Ist quasi mein zweites Wohnzimmer. bzw. Wohnzelt. Habt ihr schon Kiflom und Edom kennen gelernt? Sind das nicht Goldschätze?!«

»Ja, die Zwei sind echt zum Knutschen«, bestätigte Sascha. »Nur diese komischen Fladen, die sie auftischen, find ich ziemlich gewöhnungsbedürftig.«

»Injera heißen die.«

»Das ist mir schnuppe. Die erinnern mich an *Kalle* Schwammtuch, und so schmecken sie auch.«

»Nur zu deiner Information«, lachte Thorben, »die halbe Portion hier hat 'ne Sättigungsbeilagen-Phobie.« Er legte liebevoll den Arm um Sascha.

»Sag mal«, fiel Marion plötzlich ein, »wenn du bei *Harmonie Frankfurt* arbeitest, kennst du doch bestimmt Gianluca di Meo?«

»Logo, kenn ich den«, nickte Sascha, und Marion berichtete ihr von der tollen Begegnung mit Gianluca im vergangenen Sommer sowie davon, wie unfreundlich und zugeknöpft er gestern Morgen am Telefon gewesen war.

»Ach, ja, der kann manchmal ziemlich zickig sein«, meinte Sascha. »Dann benimmt er sich wie 'ne beleidigte Schwuchtel. - Aber das erzählst du besser niemandem weiter!«

Mittwoch, 4. Januar, 9.10 Uhr.

Polizeipräsidium, 3. Stock

Schweren Schrittes näherte Lauber sich vom Aufzug kommend seinem Büro. In der Linken trug er seinen Aktenkoffer, mit der Rechten zog er einen Trolley hinter sich her. An der Bürotür angekommen, stellte er sein Rollköfferchen ab, drückte die Klinke, stieß die Tür mit einem Tritt auf, griff wieder nach seinem Gepäck und trat ein.

»Morgen, Tanja«, rief er via Vorzimmer. Seine Stimme klang brüchig und schwach.

Tanja kam herüber geflitzt und schaute ihn besorgt an.

»Haben Sie mir einen Schreck eingejagt! Sie haben sich grad angehört wie Papst Benedikt«, sagte sie. »Guten Morgen. Ist was?«

Sie sah Laubers Köfferchen.

»Wollen Sie verreisen?«

»Nein, nein.« Lauber schüttelte mürbe den Kopf, nahm seinen Trolley und trug ihn in die Ecke hinter seinem Schreibtisch. »Da ist nur alles drin, was man so braucht, wenn man... Ach, Schwamm drüber.« Er gab sich einen Ruck. »Ich hab den Mauerbau überlebt, die erste Ölkrise, die RAF, Helmut Kohl, den Mauerfall und die *Lehman*-Pleite. Mich kann nichts mehr erschüttern.« Er sah den *Express* auf seiner Arbeitsplatte liegen. »Ah, da ist ja meine Morgenlektüre. Wenn Sie jetzt noch einen Kaffee für mich hätten, Sie Göttin der Morgenröte. Aber doppelt so stark wie sonst und schwarz bitte.« Dann schlug er die Zeitung auf und las:

Mord im Frankfurter Travestie-Milieu

»Er war der Mann meines Lebens!«
Freund von Babsi Botox vor dem Ruin

Von Marion Rühl

Seinen Liebsten hat er verloren. Aber das Initial seines Namens trägt Lutz Thorwald (41), der Witwer von Babsi Botox (48), für immer als Tattoo über seinem Herzen. »Babsi war der Mann meines Lebens«, sagt er unter Tränen. Nach Babsis Ermordung steht er jetzt vor dem existenziellen Nichts. Denn Babsi Botox alias Manfred Nattermann und Thorwald waren zwar Partner im Leben, nicht aber auf dem Papier. Seit Nattermann vor neun Jahren beschlossen hatte, seine Leidenschaft für die Travestie zum Hauptberuf zu machen und das »Transania« zu eröffnen, war Lutz, der gelernte Elektrotechniker, die linke und rechte Hand seines Lebensgefährten gewesen. Hatte sich aufopfernd um alle technischen und organisatorischen Belange gekümmert. »Eine arbeitsrechtliche Vereinbarung? So was wäre mir im Traum nicht eingefallen«, erklärt er. »Es hat doch alles auch so funktioniert.« Der einzige Luxus, den er sich in all den Jahren gegönnt hat, war das Training im Fitness-Center. »Babsi mochte muskulöse Jungs«, erzählt er traurig.
Da auch die gemeinsame Wohnung auf den Namen Nattermann läuft, muss Lutz Thorwald sich nun eine neue Bleibe suchen. Die alte könnte er sich ohnehin nicht mehr leisten, ohne Job. Ein Testament von Babsi gibt es nicht. »Alles, was wir Zwei erarbeitet haben, erbt jetzt wahrscheinlich sein älterer Bruder Walter, obwohl Babsi für ihn schon lange gestorben war«, berichtet Lutz. »Babsi hat ihn immer einen »Leitzordner mit Krawatte« genannt, der Beamten-

Mikado spielt bei der Zusatzversorgungskasse der Stadt Frankfurt. Er wohnt mit Ehefrau, Schwiegermutter, Sohn und Hund in einem Reihenhaus in Rödermark.« Der Express erreichte Walter Nattermann (51) am Telefon in Bad Kleinkirchheim, wo er noch bis Ende der Woche im Gästehaus Lisbeth urlaubt. Der Tod seines Bruders ist für ihn kein Grund, die Familienferien vorzeitig abzubrechen. »Wir hatten schon seit Jahren keinen Kontakt mehr«, sagt er. Was geschieht nun mit Babsis Nachlass? »Der ist ja wohl kaum der Rede wert«, meint Walter Nattermann abschätzig. »Und was seinen ganzen Tunten-Plunder betrifft, beauftrage ich einen Profi für Entrümpelung.« Für Lutz ein entsetzlicher Gedanke. »Ich sehe es schon vor mir«, sagt er erschüttert, »wie Babsis Kostbarkeiten und damit sein ganzes Lebenswerk im Müllcontainer enden.«

Aua, aua, Frau Rühl. Heute drückst du aber mächtig auf die Tränendrüse, brummelte Lauber und betrachtete das Foto, das den Artikel ergänzte. Ein privater Schnappschuss von Manfred Nattermann und Lutz Thorwald, geknipst an irgendeinem Strand. Nattermann trug einen großen Strohhut auf dem Kopf und eine riesige Sonnenbrille auf der Nase. Unter seinem offenen, türkisfarbenen Hemd glühte ein krebsrot verbrannter Bauch. Die wild geblümten, von einer lila Fransenborte gesäumten Bermudas, die er an hatte, waren eindeutig keine Konfektionsware. Neben ihm stand Lutz Thorwald wie der David von Michelangelo in vergleichsweise hyperdezenten schwarzen Badeshorts. Die Beiden hatten ihre Köpfe aneinander gekuschelt und schleckten gemeinsam an einer Turbowaffel mit rosa Softeis. -

Tja, dachte Lauber, die waren auch nicht dreißig Jahre verheiratet, und wandte sich dem Text zu, der neben dem Artikel in einem Kasten zu lesen war:

Über die Ermittlungen in den beiden Mordfällen Babsi Botox und Rita Peperoni gibt die Polizei nur wenig preis. Einer der Morde soll kurz vor der Aufklärung stehen, ist in der neuesten Pressemitteilung zu lesen. Doch stimmt das auch? Wie der Express aus gut unterrichteter Quelle erfuhr, tappt die Kripo weiterhin im Dunkeln. Nachdem zwei Verdächtige aus dem Kreis um Rita Peperoni verhört wurden, gibt es keinerlei neue Anhaltspunkte. Alle Indizien weisen jedoch nach wie vor auf einen Tuntenkrieg hin. Ein Beispiel: der Hagel aus Giftpfeilen gegen das »Transania« und Babsi Botox, den Ritas Mitarbeiter Soeren Schröter produzierte, um in Form eines Shit Storms die Travestie-Fans aufzumischen. Lutz Thorwald berichtet: »Die Fechenheimer haben Babsi immer als Schweinchen Dick bezeichnet.« Mal hieß es: »Ausladung zu Schweinchen Dicks neuem Programm: Wenn der Gerichtsvollzieher drei Mal klingelt«, mal im Vorfeld einer von Babsi geplanten Wohltätigkeitsgala: »Schaut euch den Wanst unserer talentfreien Mitbewerberin an, dann wisst ihr, wo die Wohltat landet.« Ein Bühnenfoto als »Irma la Douce« in der Show »In Bed with Babsi« hatte Schröter untertitelt: »Wer so aussieht, kann sich nur runter schlafen.« Wie groß ist der Schritt von solcher Niedertracht bis hin zu Mord?

»Tanja!« rief Lauber. »Seit wann doktern unsere so genannten Computerexperten an der Festplatte von Soeren Schröter rum?«

»Äh, seit Montagmorgen, glaub ich«, rief Tanja zurück.

»Rufen Sie an und sagen Sie ihnen, sie können sich ihr Datenrettungsprogramm in die Haare schmieren. Es reicht vollkommen, wenn sie mal in die Zeitung gucken.«

Lauber spürte, wie er schon wieder grantig wurde, und las stirnrunzelnd weiter.

Doch auch Babsi Botox schoss nicht mit kleinem Kaliber zurück. Für ihn hießen die Fechenheimer nur die »Ossis« oder die »Provinz-Tucken mit der angestaubten Kitsch-Klitsche.« Außerdem verkündete er im vergangenen Sommer bei seinen Nachbarn, den Häftlingen der JVA Frankfurt IV, nachdem er sie mit einem Auftritt als sexy Gefängniswärterin und dem Titel »I Shot the Sherif« zum Toben gebracht hatte, jeder Knacki, der demnächst frei käme, sei ihm im »Transania« herzlich willkommen: »Leute wie euch kann man immer mal brauchen«. Hat er etwa mit Hilfe eines einschlägigen Kriminellen die Konkurrenz erledigt? Lesen Sie mehr darüber in unserer morgigen Ausgabe.

Himmelherrgott, stöhnte Lauber, jetzt brauch ich also auch noch eine Liste aller schweren Jungs, die in jüngerer Zeit in Preungesheim auf freien Fuß gesetzt worden sind.

»Tanja!« rief er gequält. »Bitte, verbinden Sie mich mit der JVA IV.«

11.20 Uhr. A 3 Richtung Köln-Bocklemünd

Dieser Schwuchtel-Satz ihrer neuen Nachbarin Sascha hatte Marion die ganze Nacht im Kopf herum gespukt. Eine Ehefrau hatte Gianluca di Meo nicht, dafür zahllose weibliche Fans jeden Alters und jeder Gewichtsklasse. Aber keine feste Freundin. Das hätte Marion gewusst. Wenn Gianluca womöglich tatsächlich...? Das wäre eine Wahnsinns-Story. Natürlich eine extrem unfaire Story, darüber war sie sich im Klaren, denn in der Männerdomäne Fußball war Schwulsein noch immer ein No-go. Doch Gianluca hatte sie mit seiner Abfuhr am Telefon derart auf dem falschen Fuß erwischt, dass sie sich der Versuchung kaum erwehren konnte, ihm eine

Retourkutsche verpassen zu wollen. - Quatsch, so fies bin ich nicht, dachte sie. Aber neugierig.

Weshalb sie sich gleich heute früh in der Redaktion noch einmal die Fotos vom letzten Sommer angesehen hatte. Wenn man böswillig war, konnte man in das eine oder andere Bild durchaus hinein interpretieren, Gianluca hätte posiert wie Adriana Lima für *Victoria's Secret*.

Ich würde liebend gerne wissen, wie er sich beim *Promi Dinner* geschlagen hat, war ihr plötzlich eingefallen. An dem Abend, an dem Babsi als Gastgeber dilettiert hatte, war sie ja als Reporterin dabei gewesen und knapp an einem Nervenzusammenbruch vorbei geschrappt, weil Babsi, die durchgeknallte Hummel, ein so unbeschreibliches Küchenchaos angerichtet hatte. Wie mochte es wohl bei Gianluca gewesen sein? Der hatte beim Schnippeln, Köcheln und Brutzeln mit dem Aufnahmeteam im Rücken und einem argusäugigen Kameramann vor der Nase, der auf jedes Schweißperlchen zoomte, das auf seiner Stirn glänzte, doch garantiert unter ebensolcher Anspannung gestanden. Ob er kontrolliert genug gewesen war, dabei nicht wenigstens für einen Moment sein wahres Wesen durchblitzen zu lassen? Sofern er etwas zu verbergen hatte.

Hätte sie geahnt, dass ihre Wissbegierde ihr Einmal-Frankfurt-Köln-und-Zurück einbrocken würde, hätte sie vielleicht noch die Notbremse gezogen. Aber nun war's eh zu spät. Und so zuckelte sie soeben auf der Höhe von Bad Camberg auf der A3 hinter einem holländischen Wohnmobil an einer anscheinend endlosen LKW-Elefantenherde vorbei. Eine ganze Weile hatte sie sich über die milchige Beleuchtung draußen gewundert, bis sie gemerkt hatte, dass es der Nikotinfilm auf ihrer Windschutzscheibe war, der ihr die Sicht vernebelte. Ich fürchte, ich muss hier drin demnächst mal Fenster putzen, hatte sie gedacht und erst mal eine rauchen müssen.

Sie konnte nur hoffen, der Erkenntnisgewinn ihres Ausflugs rechtfertigte im Nachhinein, dass sie um 12.00 Uhr die Kochbuchpräsentation von Möchtegern-Starkoch Timo Murano schwänzte und Fotograf Antonio gebeten hatte, allein in Muranos Kochschule im Ziegelhüttenweg zu fahren. Wie hieß der Titel der Schwarte noch mal, mit der Murano, der sich gern so bedeutungsschwanger aufplusterte, dass die Knopfleiste seiner Kochmontur zu bersten drohte, diesmal versuchte, die 'Weltpresse' zu elektrisieren? *Ohne Soß nix los*. Na, dazu würden ihr, auch ohne dass sie dabei gewesen war, ein, zwei flockige Sätzchen einfallen. - Spätestens wenn ich mir in Köln 'Gianluca und die drei B-Promis im Kampf um die Herdprämie' reingezogen habe, dachte sie. Falls ich's jemals schaffe, den Trödelfritzen vor mir zu überholen.

Es ist absurd, schoss ihr durch den Kopf. Permanent dreht sich überall alles nur noch ums Kochen und Essen. Auf jedem Kanal, in jedem Käseblatt geht's um Kochlöffel-Rührstücke am heimischen Herd. Dabei mampfen die meisten, wenn sie Kohldampf haben, Fastfood oder Tiefkühlkost oder lassen sich in Kantinen und Restaurants abfüttern. Sie musste grinsen: ihr Kochfeld daheim diente auch nur hin und wieder als zeremonielles Utensil für die Meditationsübung 'Warten bis das Wasser siedet'.

Hab ich denn, überlegte sie, bevor ich los bin, alles andere, was heute noch ansteht, geregelt? Im Großen und Ganzen, ja. Sie hatte Polizeireporter Pit eingeschärft, sie unbedingt anzurufen, falls sich irgend etwas Neues im Zusammenhang mit der Suche nach dem oder den Mördern von Rita und Babsi ergeben sollte. Ihren Artikel für morgen hatte sie bereits geschrieben. Allerdings konnte der ihr noch um die Ohren fliegen, wenn Kommissar Lauber & Co. mit einem Paukenschlag einen Fahndungserfolg verkünden sollten. Okay, dann musste sie ihren Köln-Trip eben sofort abbrechen. Ansonsten war sie bis zur Neujahrs-Party vom *Fashion & Fun-*

Magazin - kurz *FFM* - um 19.00 Uhr im Maintower auf jeden Fall wieder in Frankfurt.

Immerhin hatte sie jetzt bereits Limburg passiert. Na, also. Es ging doch voran.

»Saiiitenbacher Müsli«, tönte es ihr aus dem Autoradio entgegen. Oh, noi! dachte Marion. Jedes Mal wenn sie diese Werbung hörte, kräuselten sich ihre Fußnägel, und sie sah einen Pott voller Ballaststoffe vor sich, in die ein sadistischer Biedermann in Strickweste, Cordhose und karierten Filzpantinen genüsslich Tapetenklaiiister rührte. »Saiiitenklaiiister Müsli. Mmmh. Lecker, lecker, lecker!«

Wie blauäugig sie heute früh gewesen war, als sie sich ans Telefon gehängt und bei *Granada* angerufen hatte, der TV-Firma, die das *Promi Dinner* produzierte.

»Mein Name ist Rühl vom *Frankfurter Express*. Könnten Sie mir bitte eine DVD der Folge mit Gianluca di Meo, Babsi Botox etc. zuschicken?«

Erstens, hatte sie nach wiederholtem »Da muss ich Sie weiter verbinden« zur Antwort gekriegt, existiere von der Sendung bislang nur ein Rohschnitt, und zweitens gäbe man vor dem Ausstrahlungstermin 26. Februar ohnehin kein unveröffentlichtes Sendematerial heraus.

»Wird die Folge denn überhaupt gesendet? Nachdem einer der Mitwirkenden inzwischen tot ist?«

»Wie bitte???«

Daraufhin hatte man sie eine gefühlte Stunde mit den Titelmelodien von *Let's Dance* und *Dschungelcamp* beschallt, bis endlich jemand an der Strippe gewesen war, mit dem sie ihr Anliegen hatte erörtern können. Dass Babsi nicht mehr am Leben war, hatte in Köln tatsächlich noch keiner mitgekriegt. Zu ihrer Verwunderung hatte ihr Ansprechpartner aber nebenbei erwähnt, gestern schon hätte der Manager von Gianluca di Meo versucht, ihn zu erreichen. Er wäre jedoch zu beschäftigt gewesen, um zurück zu rufen, weil sich bei *Granada* im Moment alles auf die neueste *Ich bin ein Star - holt mich hier raus*-Produktion fokussierte, die am 13. Januar auf Sendung ging.

»Ein Teil unserer Mitarbeiter hat noch bis Sonntag Urlaub. Die anderen sind schon im australischen Dschungel«, hatte er gesagt. »Wenn Sie aus Recherchegründen aber dringend in die *Promi Dinner*-Aufzeichnung rein schauen möchten, werde ich das in die Wege leiten. Am besten kommen Sie heute noch vorbei.«

Ich bin bescheuert, dass ich in der Eile das Auto genommen habe und nicht den Zug, dachte Marion. Etwa bis zum Autobahndreieck Köln-Heumar würde sie noch klar kommen. Aber danach? Die Autobahnen, die in ihrem Autoatlas um Köln herum wurten wie Kabelsalat, machten sie jetzt schon kirre. Und ihr *TOMTOM* und sie waren sich vom ersten Tag an fremd geblieben. Selbst wenn sie's jemals geschafft hatte, auf dem verstockten, eigenmächtigen Ding eine Zieladresse einzugeben, blieb sie von tiefem Misstrauen beseelt, dass der kleine, sprechende Kasten sie früher oder später heimtückisch leimte. Ich muss nicht in den australischen Dschungel, dachte sie, mir reicht als Herausforderung Köln-Bocklemünd.

12.45 Uhr. Polizeipräsidium, 3. Stock

»Tanja Klaucke meint, Sie wollen uns eventuell verlassen?« fragte Rosentreter irritiert.

»Was? Wieso?« entgegnete Lauber.

»Na, wegen dem Koffer.«

»Ach.« Lauber lächelte mühsam. »Da machen Sie sich mal keine Sorgen, Rosentreter. Das ist nur ein Sprengstoffkoffer. Es beruhigt mich zu wissen, dass ich, wenn mich der Frust übermannt, den Laden hier in die Luft jagen kann.«

Rosentreter schaute ihn ungläubig an.

»Jetzt mal Spaß beiseite«, sagte Lauber. »Der Kollege Zech ist überraschend aus dem Skiurlaub zurück. Hat sich seinen Skistock in den Allerwertesten gerammt - fragen Sie mich nicht, wie. Nun ist er zwar etwas sitzbehindert, ansonsten aber voll einsatzfähig. Ich hab ihn gleich gründlich instruiert und angewiesen, Lutz Thorwald auf die Pelle zu rücken. Den haben wir die ganze Zeit in Watte gepackt, diese Heulsuse, dabei plaudert er munter mit Marion Rühl. Ich hab's dick, im *Express* lesen zu müssen, was er so alles in petto hat. Und Sie muss ich bitten, noch heute Nachmittag die zwei Jungs unter die Lupe zu nehmen, die in Nattermanns *Transania* gejobbt haben. Äh... Kostja Winter und Dirk Freese.«

»Weshalb?«

»Nattermann hat am 12. August letzten Jahres die Insassen der JVA IV bespaßt und dabei hinaus posaunt, wer von seinen Zuschauern als Nächster frei käme, dürfte ihm gern ein bisschen zur Hand gehen. Na, bei was wohl?! - Ich könnte mir vorstellen, dass das Verhandlungsgespräch im *Transania* stattgefunden hat, und das kann den zwei Hiwis kaum entgangen sein.«

»Wie kommen Sie denn plötzlich auf diese Fährte?« wunderte sich Rosentreter.

»Steht auch im *Express*.« Lauber deutete auf die Zeitung, die aufgeschlagen auf dem Beistelltisch lag. «Bin ich hier der Einzige, der den liest?«

»Nein. Aber heute Morgen war ich zu beschäftigt.«

Rosentreter beeilte sich, seine eigenen Neuigkeiten los zu werden:

»Ich habe zusammen mit der Kollegin Lieberknecht seit kurz vor acht Roman Hold und Soeren Schröter beschattet. Lieberknecht hat sich vor der Schuster/Hold-Wohnung in der Pfortenstraße postiert, und ich hab auf der Offenbacher Mainseite in der Andréstraße, wo Schröter wohnt, die Stellung gehalten. Um Viertel vor zehn klingelt Lieberknecht durch: Soeben wären Hold und Schröter *gemeinsam* in Fechenheim aus der Haustür gekommen. Sie ist den Beiden dann zunächst gefolgt, bis sie die *Pietät Schmidt* in Alt-Fechenheim betreten haben. Dort haben sie sich bis etwa 11.00 Uhr aufgehalten und sind danach zum Fechenheimer Friedhof gefahren, wo sie knapp zwanzig Minuten rum spaziert sind. Anschließend hat Schröter Hold bei *ALDI* in der Ferdinand-Porsche-Straße abgesetzt und ist selbst weiter gefahren zu *Rita's World*, um dort wenig später mehrere Kartons in den Kofferraum zu laden. An diesem Punkt haben Lieberknecht und ich interveniert und ihn aufgefordert, uns zu zeigen, was er da gerade verschwinden lässt. Es waren jedoch lediglich zirka ein Dutzend Paar Stöckelschuhe und sonstiger Tinnef. Schröter hat behauptet, er wäre auf dem Weg zu *Transnormal*.«

»*Transnormal*? Das Lädchen am Baseler Platz?«

»Ja. Die 'Damenboutique für den Herrn'. Ein Verwandlungsservice für Männer, die gern einmal Frau sein möchten.« Rosentreter machte keinen Hehl daraus, wie fremd ihm diese Vorstellung war.

»Mannsbilder, die sich zeitweise in feminine Schale werfen?« hakte Lauber nach. »Damit tanzen sie aber nicht auf irgend 'ner Bühne rum?«

»Nicht dass ich wüsste. Schröter hat jedenfalls gesäuselt, er möchte denen gern etwas Gutes tun.«

»Wie rührend. Demnach herrscht zwischen *Rita's World* und dem *Transnormal* so was wie ein transentantiges Bündnis.«

»Transatlantisches...?«

»Sollte ein Witz sein, Rosentreter! - Okay, nachdem Schröter also für *Transparenz* gesorgt hat, haben Sie den *Transit* des mildtätigen *Transfers* nicht länger behindert?«

»Äh, nein.«

»Tja, und was ist nun das Ergebnis Ihrer Observierung?«

»Die Beziehung zwischen Hold und Schröter ist nicht nur kollegial.«

»Oooch, Gottchen. Vielleicht hat die gemeinsame Trauer sie einander näher gebracht?« feixte Lauber.

»Mir kommen die Tränen«, entgegnete Rosentreter trocken. »Ansonsten verhalten sie sich so verdächtig unverdächtig, dass in mir sämtliche Alarmglocken schrillen. Ich beharre darauf: Die Zwei sind nicht koscher!«

»Jeden Beweis für diese These nehme ich mit Kusshand«, ächzte Lauber. »So«, er griff nach einem Zettel voller Notizen, »damit aber wieder zurück zu unserer anderen Baustelle. Wie schon gesagt, hat Nattermann alias Babsi Botox am 12. 8.2011 im Gustav-*Aus*bruch-Haus - natürlich mit der Rühl vom *Express* im Schlepptau - den Entertainer gemacht. Und genau in dem Moment, als die Kollegen vom Vollzugsdienst schon gehofft hatten, die Show wäre gelaufen, macht er dem Freigänger-Haufen, den er gerade aufgemischt hat, vollmundig ein Jobangebot nach dem Motto: es gibt Situationen, da braucht man Profis wie euch. Die Diensthabenden in der JVA hielten das seinerzeit für einen Gag. Seit heute Morgen aber sind sie am Rotieren. Vorläufiges Resultat: Zwischen Ende August und Ende Dezember sind fünf Männer frei gekommen, die aufgrund ihres Profils - skruppellos, gewalttätig etc., aber weder Alki noch Junkie - als ausführende Organe für Nattermanns möglichen Plan infrage kommen. Der Haken: alle haben für die Nacht vom 30. auf den 31. Dezember ein Alibi.

Nr. 1 hat am 30.12. bis Mitternacht in Hanau mit seinen Kumpels vom Boxclub in einer Kneipe Girlanden und Luftschlangen aufgehängt für die anstehende Silvestersause.

Nr. 2 hat um etwa 22.30 Uhr in Sossenheim bei seinem Bewährungshelfer geklingelt und um Nachtsayl gebeten, weil seine Freundin ihn rausgeschmissen hat.

Nr. 3 wohnt seit seiner Entlassung wieder bei seiner Mutter in Furth im Wald, und hat sich nachweislich auch am 30.12. dort aufgehalten.

Nr. 4 jobbt als Rausschmeißer in einem Saunaclub in Wöllstadt. So auch in der Nacht vom 30. auf den 31.

Last but not least Nr. 5, seit 28. Dezember auf freiem Fuß, ist gleich darauf nach Bukarest abgeschoben worden. Da kann er kaum am 30. schon wieder in Frankfurt gewesen sein. That's it.«

Lauber legte seinen Notizzettel beiseite, ließ die Schultern sacken und sah Rosentreter auffordernd an.

»Ohne den geringsten Anhaltspunkt jetzt auch noch die Alibis von rund zwanzig Autoknackern und sonstigen Spezialisten, die in den letzten vier Monaten aus Preungesheim entlassen wurden, zu überprüfen, wäre blinder Aktionismus. Ergo sollten Sie stattdessen den beiden Buben vom Transania auf den Zahn fühlen: Können sie sich erinnern, ob da irgendwann ein Typ aufgekreuzt ist, der ihnen merkwürdig vorkam? Oder haben sie Nattermann dabei beobachtet, wie er ein Gemauschel veranstaltet hat, 'nem Unbekannten?«

Lauber reichte Rosentreter eine Klarsichthülle mit Unterlagen.

»Kostja Winter arbeitet als Verkäufer bei Saturn in My Zeil. Dirk Freese ist von Beruf Sohn. Weitere Infos finden Sie da drin.«

13.30 Uhr. Granada Produktion, Köln-Bocklemünd

»Gleich hab ich's.«

Der junge Schlaks mit dem Büschel Dreadlocks auf dem Kopf, der sich Marion als Adrian vorgestellt hatte, ehe sie ihm in den Schneideraum gefolgt war, versuchte, lässig zu wirken. Dabei war unverkennbar, wie sehr ihm die Tücken der Technik zu schaffen machten.

»Ich soll mich um dich kümmern, weil im Moment kein Spezialist zur Hand ist«, hatte er ihr zur Begrüßung erklärt. »Ich bin hier Praktikant.« Dann hatte er sich umgedreht, um voran zu gehen, und Marion hätte beinahe gerufen:

»Achtung, du verlierst gleich deine Hose!«

Zum Glück war ihr noch rechtzeitig eingefallen, dass Hintern über statt in der Hose der ultimative Baggy Style war.

Jetzt hätte sie sich gern eine Kippe angezündet, weil Adrian es noch immer nicht hingekriegt hatte, die MAZ mit dem *Promi Dinner*-Zusammenschnitt zu starten. Doch in diesem Moment erschien plötzlich ein Bild auf dem Monitor.

»Ich glaub, das ist es!!!« jubelte sie. »Lass laufen!«

Zu sehen war Krimiautor Volker Kapell. Er trug seine obligatorische Schiebermütze und hielt sein neuestes Werk *Aufzug zum Bankrott* in die Kamera.

»Ein konzeptionell ausgefeiltes Drei-Gänge-Menue zu stemmen ist eine ähnlich logistische Herausforderung wie einen Krimi-Plot zu stricken«, sagte er selbstgefällig. »Aber ich denke, mein Essen war mindestens so erfolgreich wie mein jüngster Bestseller.«

»Kannst du vielleicht ein Stück zurückfahren?« fragte Marion. »Das ist ja nicht der Anfang.«

Inzwischen hatte Adrian den Dreh raus, und kurz darauf sah Marion erneut Volker Kapell. Diesmal wie er seinen ersten Gast begrüßte: TV-Sternchen Pamela Rink aus der Telenovela *Schrei nach Liebe*. Pamela hatte ihm eben als Gastgeschenk ein Supermarkt-Blumensträußchen in die Hand gedrückt, als auch schon Gianluca in der Wohnungstür stand. Seine dunklen Locken glänzten wie gelackt. Zu einem schwarzen T-Shirt und schwarzen Jeans trug er ein mintfarbenes Jackett von *Abaci*. Er übergab Kapell einen Fußball mit den Autogrammen aller *Harmonie Frankfurt*-Kicker und schien vor Selbstbewusstsein zu strotzen. Pamela musterte ihn mit einem Blick, der zwischen neidisch und schwärmerisch changierte. Da klingelte es schon wieder, und als Kapell die Tür öffnete, entglitten seine Gesichtszüge: Vor ihm stand Babsi verkleidet als *Cruella de Vil* mit einem Plüsch-Dalmatiner auf dem Arm.

»Ey, der sieht ja heiß aus!« meinte Adrian beeindruckt. »Hab gar nicht gewusst, dass ihr in Frankfurt solche Typen habt.«

»Das Kostüm stammt aus seinem Programm *Botox-Party*«, kicherte Marion. »Aber dass er darin gleich am ersten *Dinner*-Abend aufgetaucht ist. Ich fasse es nicht.«

Gastgeber Volker Kapell hatte sich inzwischen dafür entschieden, in schallendes Gelächter auszubrechen.

»Wollten Sie zu 'ner Faschingsparty, Madame?« wieherte er. »Dann probieren Sie's mal eine Etage tiefer.«

Pamela und Gianluca schauten konsterniert.

An dieser Stelle brach die Szene ab, und nach einer kurzen Schwarzblende sah man Kapell in seiner Edelstahlküche mit Blick auf den Frankfurter Westhafen hantieren.

»Analog zu meinem aktuellen Banker-Krimi«, kündigte er an, »serviere ich als ersten Gang eine Finanzmafia-Torte. Das ist Pizza mit Blattgold. Danach gibt's Haiflosse und gegrillte Heuschrecken mit Zocker-Schoten und Banker-Bo(h)ni. Und als Dessert Euro-Crash, bestehend aus eigenhändig zerbröselten Schoko-Euros mit Spekulatius und Invest-Menthol-Likör - und ganz nach Bedarf auch noch einer kleinen Prise Koks.« Kapell zwinkerte in die Kamera. »Das Letzte schneidet ihr besser raus, was?« - Wieder Schwarzblende.

Es folgte eine Totale von Kapells beinahe aseptisch wirkendem Loft. Die einzigen bunten Kleckse in der ganz in weiß und anthrazitfarben gestylten Wohnlandschaft bildeten Kapells eigene Buchtitel, die er überall gezielt platziert hatte. Pamela und Gianluca standen, jeder mit einem Glas Schampus in der Hand, gelangweilt herum. Wenn etwas sie zu verbinden schien, dann ihre Aversion gegenüber dem aufgedonnerten Babsi, der in räumlicher Distanz zu ihnen vor einem vermutlich sündteuren Kunstwerk aus Maschendraht, Mullbinden und einer Plastik-Pumpgun auf und ab stöckelte.

Marion kannte Babsi gut genug, um zu erkennen, wie heftig er grübelte. Es war ihm nicht gelungen, handstreichartig, wie es seine Art war, das Terrain zu erobern. Und Kapell hatte keinen Zweifel daran aufkommen lassen, wer hier der Platzhirsch war. Er würde sich von dem Dicken mit der schwarz-weißen Perücke, deren Haare in alle Himmelsrichtungen standen, als hinge er an einem Starkstromkabel, nicht die Butter vom Brot nehmen lassen.

»Geschätzte Gäste«, tönte es aus der Küche. »Darf ich zu Tisch bitten. Die Sitzordnung finden Sie auf den Tafelpapieren, die neben den Tellern liegen. Die Genussscheine an jedem Platz enthalten die Speisenfolge.«

Kapell kam ins Bild: »Ach, und Sie, Frau de Vil«, wandte er sich an Babsi, »entsorgen Sie doch, bitte, Ihr Hundchen irgendwo unauffällig. Ich mag keine Vierbeiner am Tisch.«

Die nun einsetzende Tafelei dominierte Kapell mit Dönekens aus seinem erfolgreichen Literatenleben. Gianlucas Beitrag zur Unterhaltung beschränkte sich darauf, sein blendendes Äußeres ins Licht zu rücken, während Pamela ihn anschmachtete. Babsi wiederum unternahm mehrere Anläufe, die Aufmerksamkeit seiner Mitesser zu erheischen mit Sprüchen wie »Ich hab 'ne Wiesbadener Figur: 1. Ring, 2. Ring, Äppelallee«. Aber seine Versuche verpufften kläglich.

Marion hatte den Eindruck, dass Babsis Ego spätestens, seit er Gianluca gegenüber saß, vollends verrutscht war. Der Schöne passte mit seiner ebenso geschmeidigen wie gestählten Körperlichkeit vermutlich perfekt in sein Beuteschema. Doch so aufreizend Babsi auch mit seinen angeklebten Wimpern klimperte, Gianluca, der sehr wählerisch auf seinem Teller herum stocherte, ignorierte ihn demonstrativ.

»Willst du noch weiter gucken?« fragte Adrian.

»Ich muss«, erwiderte Marion. »Du kannst, wenn du 's schaffst, aber auch auf Schnelldurchlauf schalten.«

Inzwischen hatte Adrian die relevanten Regler auf seinem Cockpit identifiziert, und so zappelten und flitzten die Bilder ab jetzt über den Monitor, bis sie Marion plötzlich bekannt vorkamen. Richtig: Der zweite Abend war Babsis Abend gewesen, über den sie im *Express* berichtet hatte. Und jetzt begriff sie auch, wieso Babsi als Gastgeber derart enthemmt auf den Putz gehauen hatte. Sein misslungener Auftritt bei Volker Kapell hatte ihn befeuert, in den eigenen vier Wänden eine spektakuläre Gegenoffensive zu eröffnen. Ergo hatte er als Cindy aus Marzahn im pinkfarbenen Nickitrainingsanzug den verdatterten Gianluca zur Begrüßung beinahe vergewaltigt und dazu geträllert:

»Nicht jeder Prinz kommt uff 'm Pferd«.

Marion stupste Adrian an, der begonnen hatte, auf seinem *iPad* herum zu spielen. »Das musst du sehen! Drück mal wieder auf normale Wiedergabe.«

Gerade ging Babsi auch Volker Kapell an die Wäsche, der als Gastgeschenk - Überraschung! - schon wieder seinen Krimi in die Kamera zu halten versuchte. Babsi nahm ihm das Buch aus der Hand.

»Danke. Das leg ich gleich aufs Klo«, sagte er. »Ich les nur, wenn ich auf 'm Töpfchen sitz. - Apropos Töpfchen. Ich glaub, in der Küche kocht was über. Pamela, komm mit, wir Frauen gehören an den Herd. - Wenn ihr was trinken wollt, bedient euch«, flötete er und huschte aus dem Bild. »Hab extra 'ne *Schwule Hupe* für euch gemixt.«

Die folgende Einstellung zeigte: in Babsis Küche sah es aus, als hätte eine Bombe eingeschlagen. Mit ausladender Geste schüttete Babsi nacheinander vier Tüten Spargelcremesuppen-Pulver in einen Topf mit sprudelnd kochendem Wasser.

»Nicht so schlapp umrühren!« kommandierte er Pamela. »Als kleines Bobbelche hab ich nur Dosenfutter gekriegt«, plapperte er in die Kamera. »Zu mehr war meine Mutter nicht fähig. Die hatte eine schwere Kindheit - nämlich meine.« - Schwarzblende.

Als nächstes sah man Kapell und Gianluca an Babsis Esstisch sitzen, über dem eine Wolke aus pinkfarbenen Luftballons von der Decke hing.

»Ich könnte mir durchaus vorstellen, auch mal einen Krimi über die *FIFA* zu schreiben«, sagte Kapell eben zu Gianluca, als Babsi, gefolgt von Pamela, aus der Küche kam. Beide balancierten je zwei Suppenteller.

»Attention, Sportskameraden«, kündigte Babsi an. »Meine Unübersehbarkeit serviert euch zum Einstieg Erotik pur: Ein Aphrodisiakum aus Spargel mit Lutscher-Einlage. Übrigens gleich vorweg: Ich muss das *Promi-Dinner* nicht gewinnen. Im Gegenteil.« Er beugte sich zu Gianluca hinunter und schnurrte:

»Der Sieger darf mich nämlich am Ende mit nach Hause nehmen. Ohne Bezahlung.«

Gianlucas Mundwinkel zuckten.

»Oijoijoi, der gräbt aber heftig an den Fußballer ran«, kommentierte Adrian.

»Meinst du, Gianluca ist schwul?« fragte ihn Marion.

»Äh. Keine Ahnung«, murmelte Adrian. »Könnte aber sein. So gut aussehende Typen sind meistens schwul.«

»Da werd ich, wenn ich morgen dran bin, aber mein Letztes geben«, sagte Gianluca jetzt. »Dann schenk ich dich meiner Freundin. Die findet dich sehr witzig, Cindy.«

Ups, das klang schlagfertig. Doch Marion war sicher: in seiner Bedrängnis hatte Gianluca die Freundin soeben erfunden. Und der Blick, den er Babsi dabei zugeworfen hatte, gab ihr Rätsel auf.

Was jetzt kam, hatte sie noch in plastischer Erinnerung: Babsis verkochte Nudeln in Penisform, mit denen sich seine Gäste nach dem Konsum von mehreren Flaschen *Himmlisches Moseltröpfchen* schließlich gegenseitig beworfen hatten. Babsi/Cindys Drohung, alle Hüllen fallen zu lassen, wenn Gianluca, Kapell und Pamela nicht zusammen mit ihm *Sag mir, wo die Prinzen sind* singen würden. Dann sein plötzliches Ab- und Wiederauftauchen als Beth Ditto mit dem Schlachtruf »Achtung, hier kommt Battleship Galactica!« Und zur Krönung sein Nachtisch namens *Lachsack*.

Was sie als Beobachterin vor Ort allerdings nicht mitgekriegt hatte, war das Abschiedsküsschen, das er Gianluca gegeben und gegen das sich Gianluca nicht wirklich gewehrt hatte.

»Du, äh, kann ich mal anhalten?« fragte Adrian. »Ich muss für kleine Jungs.«

»Das trifft sich gut.« Marion atmete auf. »Dann geh ich eine rauchen. Muss ich dafür ganz runter bis vor die Tür?«

»Ähä«, nickte Adrian.

»Na, toll«, seufzte Marion, stand auf und griff nach ihrer Tasche.

14.15 Uhr. Polizeipräsidium

Lauber kam aus der Kantine und schlurfte nachdenklich seinem Büro entgegen. Zech hatte unbedingt das Jägerschnitzel essen wollen, das heute auf der Speisekarte stand, und ihn daher gebeten, seinen Report über die Befragung von Lutz Thorwald mit der Nahrungsaufnahme verbinden zu dürfen. Die allerdings war ziemlich unkomfortabel ausgefallen, weil er wegen Zechs Heckschaden aus Kollegialität ebenfalls im Stehen hatte essen müssen. Wie hatte Zech Thorwald bezeichnet? Als 'Kreuzung aus Modellathlet und treudoofem Seelchen'.

»Erst hat er kaum die Zähne auseinander gekriegt«, hatte er berichtet. »Und als er dann endlich gesprächig geworden ist, hat er seinen Manni bzw. Babsi über'n grünen Klee gelobt. Er wäre so empfindsam gewesen, verletzlich und dünnhäutig. Hätte einfach nur von aller Welt geliebt werden wollen. Das allein wäre die Triebfeder gewesen für seine Selbstinszenierungen. Und aus Angst vor Ablehnung, Zurückweisung oder Nichtbeachtung hätte er sich einen Schutzpanzer angefuttert.«

Das kommt mir bekannt vor, dachte Lauber. Damit begründet auch meine Frau seit Jahren ihre Gewichtsprobleme. Wann immer Nattermann in besonderem Maß unter Druck und Anspannung gestanden hätte, hatte Zech weiter kolportiert, hätte er auf einen Rutsch eine ganze Familienpackung Speiseeis vertilgt. Was die kriegerischen Auseinandersetzungen mit den Fechenheimern betraf, hatte er Thorwald so verstanden, dass Nattermann völlig zu Recht den Anspruch erhoben hatte, der Star am Frankfurter Travestiehimmel zu sein.

»Wenn Rita, Lola und Soeren sich mit dem zweiten Platz zufrieden gegeben hätten, hätte Manni keine Probleme mit ihnen gehabt. Aber die haben ja gefightet bis aufs Blut, und deshalb ist Manni jetzt tot«, hatte Thorwald gejammert und wie schon bei seiner ersten Befragung darauf beharrt, die Fechenheimer hätten Nattermann ermorden lassen.

Ob er denn eine Erklärung dafür hätte, hatte Zech ihn gefragt, dass noch vor Nattermann ausgerechnet sein Rivale Kurt Schuster umgebracht wurde? Thorwalds Antwort: »Ich weiß nicht. Das war... vielleicht... nur ein Unfall?«

Lauber hatte inzwischen sein Büro erreicht. Unfall! brummelte er ärgerlich vor sich hin. Über so einen Blödsinn konnte er sich aufregen: Anonymer Rocker mit Elektroschocker vertritt sich nachts die Füße im menschenleeren Industriegebiet und stolpert dabei rein zufällig, aber dummer

Weise mit tödlichem Ausgang, über den ihm unbekannten Kurt Schuster. Weil er einen Rest von Ordnungssinn besitzt, bringt er den Verunfallten fix auf den Müll und bummelt dann munter weiter. - Deliktsbezeichnung: Unerlaubtes Entfernen vom Unfallort. In diesem Fall: Spaziergängerflucht.

14.55 Uhr. Granada Produktion, Schneideraum

Mit Kippe zwischen den Lippen hatte Marion unten vor dem *Granada*-Eingang gecheckt, ob sie irgendwelche Nachrichten auf dem *iPhone* hatte.

Und tatsächlich hatte Soeren mit vor Erregung kieksender Stimme auf ihre Mailbox gesprochen:

»Ich bin grad im Copy-Shop und wollte dir nur sagen, Lola ist am Ende ihrer Nerven, weil du viel mehr über den Scheiß-Babsi schreibst als über uns. Und jetzt auch noch einen ganzen Artikel über seinen unterbelichteten Lutz. Das ist so was von unfair! Dabei hat Lola heute Nacht eine so wunderbare Collage fabriziert. Die verteilen wir als Traueranzeige an alle Freunde von Rita. Und Ihr müsst sie unbedingt veröffentlichen. Und zwar richtig groß. Das bist du uns schuldig! Ich sende sie dir gleich. Ciao.«

Er hatte sich angehört wie Kermit, der Frosch.

Das Foto, das er ihr geschickt hatte, zeigte einen antiken schwarzen Rahmen mit dem Bildnis einer Renaissance-Madonna, die Ritas Züge trug. Sie schwebte auf rosa Wölkchen. Ihre betenden Hände umschlossen ein Mikro, und aus dem Faltenwurf ihres üppigen Gewandes ragte ein Bein in einem Netzstrumpf hervor. Sie war umringt von bachantisch tanzenden Engelchen in weißen Spitzenkorsagen und silbernen Stringtangas, von denen drei die Gesichter von Lola, Soeren und Chouchou hatten. Zu Füßen der Putten mit den rot lackierten Fußnägeln prangte ein Spruchband:

Wir sehn uns wieder in Rita's Heaven.

Marion hatte das Foto gleich an die *Express*-Bildredaktion weiter gesendet, obwohl sie sicher war, dass es kaum ins morgige Blatt passte. Mir scheppert's jetzt schon im Ohr, hatte sie dabei gedacht, wie Soeren erst ausflippt, wenn er morgen die Zeitung aufschlägt. Nun hatten die Fechenheimer aus Rita also bereits die 'heilige Rita' gemacht. Da blieb für Babsi ja nur noch der Part des Beelzebubs.

Inzwischen saß sie wieder neben Adrian am Schneidetisch und sah soeben, wie die Kamera auf eine Apartmentanlage der gehobenen Wohnkategorie zoomte, die eingebettet war in prächtiges, buntes Herbstlaub. Sie überlegte gerade, wo in Frankfurt, Neu-Isenburg oder Bad Soden...? die Location angesiedelt sein mochte, da war die Sequenz schon wieder zu Ende.

Es folgte ein Close up von Gianluca. Er trug ein nicht eben dezent geblümtes Jackett und hieß die Zuschauer willkommen zu einem kleinen Rundgang durch seinen *Adlerhorst*.

»Hihi. Was macht ein schwuler Adler? Er fliegt heim zu seinem Horst«, gickelte Adrian.

Doch Marion überhörte das. Sie war gefesselt von dem Interieur, das sie zu sehen bekam. Bei einem Starkicker italienischer Provenienz hatte sie auf ein innenarchitektonisches Aha-Erlebnis gehofft mit Mobiliar von *Artemide*, *Milanetti*, *Alessi* oder *Gianni Versace*. Bei Gianluca aber sah es aus wie bei *Familie Heinz Becker*. Nur nicht ganz so ordentlich.

Gianluca deutete eben auf eine gerahmte Urkunde, die ihn als Torschützen des Monats auswies, als auch schon seine *Promi Dinner*-Mitstreiter Sturm läuteten. Allen voran Schiebermützen-Kapell mit - oh, no! - schon wieder seinem Krimi unter dem Arm, gefolgt von Pamela in einem mit Strasssternchen dekorierten himmelblauen Pulli. Sie kredenzte Gianluca ein Zellophan-Tütchen mit Schokoladen-Fußbällen, während Kapells Linke über ihre Kehrseite wanderte.

O là là, Babsis gestriges Gelage war bei den Beiden nach Abschalten der Kameras anscheinend noch in die Verlängerung gegangen.

Gianluca drückte zur Begrüßung beiden je ein Glas Filderkraut-Biosaft in die Hand, als es erneut klingelte.

Und da flatterte auch schon Babsi herein in dem Nitribitt-Kostüm, mit dem er bereits beim *Express*-Sommerfest Furore gemacht hatte, und tremolierte:

»Ich bin das Mädchen Rosemarie!«

An einer Hundeleine zog er einen flauschigen weißen Spielzeugpudel hinter sich her. Er busselte erst Gianluca ab, dann zog er aus seinem Dekolleté eine Eintrittskarte für sein Programm *Strapsodie in Blue* und gurrte:

»Damit kannst du jederzeit bei mir im *Transania* aufschlagen, Süßer. Und natürlich kriegst du immer unseren Ehrensessel.«

Im Gegenzug bekam auch er ein Glas Filderkraut-Biosaft.

»Ich muss euch was gestehen«, hub Gianluca an. »Ich hab heute so hart trainieren müssen, dass ich's nicht geschafft hab, auch noch zu kochen. Aber ihr kriegt trotzdem was für mich sehr Typisches zu essen. So wie's meine Mama immer macht. Hab schwäbische Flädlesuppe, Gaisburger Marsch und Nonnenfürzle für euch kommen lassen.«

»Schwäbisch?!!!« wunderten sich Babsi, Pamela und Kapell unisono.

»Ei, ja. Ich bin aus Stuttgart-Untertürkheim. Meine Familie schafft seit drei Generationen beim *Daimler*.«

»Ein Italiener aus Unter*türk*heim? Bisher kannte ich nur einen Marokkaner aus Klaa Paris«, zwitscherte Babsi/Rosemarie. »Ooooh, ein Schwabe!« Er simulierte einen Lustschrei. »Die schwäbischen Jungs sind doch so berühmt für ihre tollen Schupf-*Nudeln*! - Wo hast du eigentlich deine Freundin gelassen?« fiel ihm ein.

»Die... äh, hab ich... ähm... ins Kino geschickt«, faselte Gianluca.

»Das trifft sich gut«, flötete Babsi/Rosemarie. »Ich hab meinen Freiern heut Abend auch frei gegeben. Dann können wir ja gleich anfangen zu schnäbeln, du Schwäble.«

»Sag mal«, ging Kapell dazwischen und hielt Gianluca sein Saftglas unter die Nase. »Ist das dein Ernst mit diesem Gesöff?«

»Das ist enorm gesund«, verteidigte sich Gianluca.

»So schmeckt's auch«, motzte Kapell. »Hast du nicht noch was anderes?«

»Doch. 'N Trollinger. Ich hole ihn.« Es war Gianluca anzusehen, wie erleichtert er war, Babsis Umklammerung entfleuchen zu können. - Schwarzblende.

»Dieser Babsi ist ja 'ne Granate«, meinte Adrian anerkennend. »Und er ist jetzt tot, hast du gesagt?«

»Ja. Ist ermordet worden«, sagte Marion.

»Oweia. Und wieso und von wem?«

»Das ist bisher nicht geklärt.«

»Na, so wie er rum gebaggert hat«, überlegte Adrian. »Vielleicht ist er dabei mal an den Falschen geraten.«

»Das war doch alles nur Show.«

»Mmh. Ich weiß nicht...«, sinnierte Adrian.

Auf dem Monitor war zu sehen, wie die Gäste indessen Gianlucas Apartment inspizierten, Ehrennadeln und Medaillen befingerten. Aus dem Off kam eben Babsi ins Bild mit einem Paar Stollenschuhe in der Hand.

»Guckt mal, was ich in Gianlucas Schlafzimmer gefunden habe«, juchzte er. »Ich glaub, Gianluca steht auf Sado-Maso. Geil!« - Cut.

Neben den chromblitzenden Chafing Dishes, die der Caterer geliefert hatte, stand Gianluca in seiner Küche und sah erschöpft aus. Pamela kam herein.

»Der Babsi geht mir wahnsinnig auf den Wecker«, stöhnte sie. »Der meint mal wieder, es dreht sich alles nur um ihn.« Sie glitzerte Gianluca an. »Kriegen wir eigentlich deine Freundin zu sehen, wenn sie aus dem Kino kommt?«

»Was?« Gianluca wandte sich ab und begann hektisch, eine Weinflasche zu entkorken. »Ach, so. Äh...ja... äh...nein. Ich glaub nicht. Sie...äh... steht nicht gern in der Öffentlichkeit.«

»Ertappt«, murmelte Marion. »Ohne Not würdest du niemals so rum eiern, Gianluca.«

Gebannt verfolgte sie, wie seltsam steif Gianluca in den nächsten Einstellungen erst seine Flädlesuppe, dann die anderen Gänge servierte und dabei jeden erneuten Blickkontakt mit Babsi mied. Kapell hatte inzwischen mannhaft die Hoheit über das Tischgespräch an sich gerissen und fachsimpelte mit Gianluca über das Team von *Harmonie Frankfurt*:

»Ihr habt keinen Spieler, der dem Gegner schon beim Einlauf in die Waden beißt.«

Babsis Versuche, ab und an einen Kalauer dazwischen zu pfeffern, liefen ins Leere. Das Geschehen auf dem Monitor plätscherte so dahin.

»Ich glaub, du kannst mal wieder 'n bisschen beschleunigen«, sagte Marion zu Adrian. »Hab das Gefühl, aus dem Abend ist die Luft raus.«

Auch im Schnelldurchlauf erkannte sie, dass Gianlucas Dinner ohne bemerkenswerte Zwischenfälle verebbte. - Schwarzblende.

Über den Monitor begannen die Bilder vom 4. Akt des *Promi-Dinner*s zu huschen:

Pamela, einkaufend beim Metzger ihres Vertrauens. Durch ihre puppenstubenhafte Wohnung in Ginnheim spurtend. Vor einem Setzkasten voller Mäuschen, Miniatur-Elefanten, Schweinchen und sonstigen Glücksbringern posierend.

Dann das Gästebegrüßungs-Ritual. Zunächst Auftritt Kapell mit - wow! einem Blumenstrauß für Pamela in der Hand.

Er scheint der Meinung zu sein, sein ambitionierter Krimi ist zu kompliziert für so 'ne Seifenoper-Tussi, dachte Marion.

Als nächster Gianluca - zur Abwechslung von Kopf bis Fuß in seriösem Schwarz -, anscheinend wieder in sich ruhend als Luxusversion des Latin Lovers. Er überreichte Pamela einen *Harmonie Frankfurt*-Fanschal.

Gleich darauf Babsi.

»Holla. Wie sieht er denn diesmal aus?!« amüsierte sich Marion und tippte Adrian an:
»Tempo wieder drosseln bitte.«

Babsi hatte Pamelas engen Flur geentert in einem langen, grauen Herrenwintermantel. Auf dem Kopf eine dunkelbraune Pferdeschwanz-Perücke, an den Füßen Springerstiefel. Aus der Manteltasche zog er einen Lip Gloss Mega Shine in hellem Rosé und gab ihn Pamela.

»Damit hab ich mich verkauft. Vielleicht kannst du ihn brauchen.«

Pamelas Blick signalisierte: *Wir werden in diesem Leben keine Freunde mehr.*

»Leg doch erst mal ab«, sagte sie und wollte Babsi ein Glas Sekt reichen.

Doch Babsi machte keine Anstalten.

»Was für 'ne Millionärsbrause ist 'n das?« fragte er.

»Rotkäppchensekt,« antwortete Pamela.

»Rotkäppchen?« tat er entzückt. »Da lieg ich ja wieder voll richtig.«

Erst jetzt begann er, lasziv seinen Mantel aufzuknöpfen, und lächelte dabei kokett zu Gianluca hinüber:

»Ich bin nämlich heute hier als kreuzbrave Großmutter.«

Schwungvoll warf er seinen Mantel zu Boden und stand da als Lara Croft! - Im Doppelwhopper-Format.

»Oh, Gott«, stoßseufzte Kapell. »Dass ich das auch noch erleben muss!«

»Und du, Schnuckel«, zirpte Babsi und klimperte Gianluca an, »bist der böse, böse Wolf, der mich als erstes fressen darf.«

»Apropos«, bereitete Kapell dem Spielchen energisch ein Ende. »Was gibt's denn heute zu essen?«

»Na, ja.« Pamela zierte sich ein wenig. »Ich bin ja ursprünglich aus Magdeburg. Deshalb hab ich beschlossen: ich serviere ein Ostalgie-Menue.«

Babsi starrte sie an.

»Hör mal, du Schnecke, dass dein Nachname mit 'Ri' anfängt, hab ich ja schon weggesteckt«, fauchte er. »Aber jetzt bist du auch noch 'ne Ossi? Du traust dich was!«

Pamela und die anderen Beiden guckten ihn verständnislos an.

Marion hielt die Luft an. Doch Kapell ließ Babsi keine Chance, sein Magengeschwür-Thema zu vertiefen.

»Also, was gibt's denn nun?« insistierte er.

»Soljanka, Broiler mit Sättigungsbeilage und zum Nachtisch Schneewittchenkuchen mit Buttercreme«, zählte Pamela auf.

Gianlucas bronzefarbener Teint tendierte plötzlich ins Grünliche.

»Entschuldigung«, sagte er, »wo ist deine Nasszelle bitte?«

»Tja, grad war er noch der juvenile Saftkreppel, und schon schwächelt er.«

Kapell sah Gianluca kopfschüttelnd hinterher, wie er zur Toilette eilte.

»Dagegen sind wir älteren Modelle vergleichsweise unkaputtbar, nicht wahr, du Kugelhupf!?«

Er versetzte Babsi einen Schlag auf die Schulter.

»Unkaputtbar«, wiederholte Marion nachdenklich. »Schön wär's gewesen...«

»Ältere Modelle?« Babsi war pikiert. »Ich bin überall glatt und knackig. Und aufgestrapst seh ich aus wie knapp über zwanzig. *Du* aber gehörst dringend in die Änderungsfleischerei.«

Er schaute zu der Tür, hinter der Gianluca verschwunden war, und schmetterte wie ein Knödeltenor:

»Baby! Baby, come back!« - Cut.

»Warum willst du das eigentlich bis zum Ende sehen?«, fragte Adrian. »Es ist doch ohnehin schon klar, wer gewinnt. Dieser Krimi-Typ natürlich.«

»Darum geht's nicht«, sagte Marion. »Ich hab wissen wollen, ob Gianluca auf Männer abfährt oder nicht.«

»Also ganz immun ist er gegen das Bohai, das dieser Babsi veranstaltet hat, jedenfalls nicht gewesen«, diagnostizierte Adrian. »Vielleicht ist er ja bi...«

»Ich weiß, ehrlich gesagt, schon gar nicht mehr, weshalb mir das so wichtig war. Jetzt macht's mich nur noch traurig zu sehen, wie Babsi dafür gebrannt hat, im Mittelpunkt zu stehen und endlich auch über Frankfurt hinaus berühmt zu werden. Und nur einen Monat später bläst ihm einer sein Lebenslicht aus.«

»Wenigstens war er kurz vor seinem Ende noch mal schwer verknallt.«

»Meinst du nicht, das mit Gianluca war alles nur Theater?«

»Mmh.« Adrian wiegte seinen Kopf mit den gebündelten Dreadlocks. »Mein Bauchgefühl sagt mir, der war spitz wie Lumpi...«

Zur gleichen Zeit in My Zeil

Rosentreter hatte eine Abneigung gegen Shopping-Palazzi à la *My Zeil*. Bereits die Fassade mit dem bizarren, gläsernen Krater, der aussah, als wäre er das Resultat eines Meteoriteneinschlags, mutete ihn Unheil verkündend an. Überdies stürzte ihn die Auswahl an Rolltreppen im Inneren in Verwirrung. Als er sich endlich bis zu *Saturn* hinauf gearbeitet und zu Kostja Winter durchgefragt hatte, aber war er angenehm überrascht: Endlich mal ein netter, junger Hetero, mit dem er von Mann zu Mann reden konnte.

Kostja Winter erinnerte sich tatsächlich daran, dass etwa Anfang Dezember kurz vor Beginn der Vorstellung ein abgebrochener Riese, Marke Ralf Schmitz, im *Transania* aufgekreuzt war und behauptet hatte, Babsi hätte ihn eingeladen. Er wäre aus der JVA.

»Das kam mir komisch vor«, berichtete Kostja. »Deshalb hab ich Dirk zu Babsi in die Garderobe geschickt, um ihm Bescheid zu sagen. Babsi hat sofort einen Panikanfall gekriegt. Hatte 'ne Wahnsinnsangst, weil der Typ ein Knacki war. Lutz musste zu ihm kommen und ihn beruhigen. Aber Babsi hat gesagt, er verrammelt seine Garderobentür und tritt nicht auf, wenn wir den Kerl nicht raus schmeißen. Lutz, Dirk und ich haben dann so getan, als wären wir Babsis Bodyguards, und der Mann ist auch gegangen. Aber er war ziemlich stinkig und hat geschimpft, Babsi hätte ihn verarscht. Ab dem Abend haben wir Babsi nach jeder Show als seine Security nach draußen begleiten und Lutz hat Pfefferspray besorgen müssen, und was man sonst noch so brauchen kann zur Selbstverteidigung. - Babsi hat gern einen auf dicke Berta gemacht, aber eigentlich war er ein Angsthase.«

16.20 Uhr. A3 Köln in Richtung Frankfurt

Wie hätte der arme Lutz wohl reagiert, versuchte Marion sich vorzustellen, während sie an Köln-Königsforst vorbei fuhr, wenn er Babsis Balztanz um Gianluca im Fernsehen hätte sehen müssen? So sehr ihr Babsis tragischer Tod an die Nieren ging, so sauer war sie auch auf ihn. Er war unfassbar egoman gewesen. Man macht doch niemandem solch massive Avancen - noch dazu vor laufender Kamera -, wenn daheim ein Partner wartet, der einen so liebt wie Lutz, dachte sie. Es sei denn, man ist ein Erz-Macho wie... Aber der gehört nicht hierher. Jeder an Lutz' Stelle - außer mir natürlich, aber ich bin ja auch ein Schaf - hätte Babsi vor Wut abgemurkst.

Stopp! ermahnte sie sich. Nun fang bloß nicht an, Lutz zu verdächtigen. Der konnte von Babsis amourösen Kapriolen bei der *Promi Dinner*-Aufzeichnung ja gar nichts gewusst haben. Oder etwa doch? Vielleicht waren sie nach Ende der Aufnahmen ja weiter gegangen, Lutz hatte Verdacht geschöpft oder war Babsi sogar auf die Schliche gekommen und hatte den Massenauflauf anlässlich von Babsis *Birthday* genutzt, um ...? - Unmöglich!!! Sie sah Lutz vor sich in seiner herzzerreißenden Verzweiflung, seiner abgrundtiefen Trauer. So eine überzeugende Vorstellung kriegte kein Laienschauspieler zustande. Das war echt gewesen. - Und falls nicht? Dann zählte Lutz zweifellos zu den greatest actors of all time.

Du spinnst! rügte sie sich. Pass lieber auf, dass du wieder heil nach Frankfurt kommst.

»Plucked her eyebrows on the way
Shaved her legs and then he was a she - she said:
Hey Babe, take a walk on the wild side«,

sang Lou Reed im Autoradio.

16.55 Uhr. Polizeipräsidium, 3. Stock

»Ist die Aussage von Dirk Freese identisch mit dem, was Sie von Kostja Winter gehört haben?« fragte Lauber.

»Freese hab ich nicht erreicht«, antwortete Rosentreter. »Der ist im Funkloch.«

»Was?«

»Laut Auskunft seiner Eltern bei Freunden auf einem Reiterhof im Hunsrück. Mit Funkloch.«

»Aha«, nickte Lauber. »Also wenn Kostja Winter erwähnt hat, dass Lutz Thorwald sich nebst Pfefferspray noch mit *anderen* Utensilien zur Selbstverteidigung ausgerüstet hat, hat er damit auch einen Taser gemeint?«

»Er hat das Thema so pauschal abgehandelt, dass ich denke, es hat ihn nicht wirklich interessiert, was Thorwald als Nattermanns 'Personenschützer' alles mit sich rum geschleppt hat. Das schließt aber natürlich keineswegs aus, dass er sich auch mit 'nem Taser equipt hat.«

»Exakt.« Lauber zog die Stirn in Falten. »Doch Thorwald ist eine Memme und hat zu dem Zeitpunkt, als Kurt Schuster ermordet wurde, mit über 200 Leuten Party gefeiert in der Rat-Beil-Straße. Allerdings...«

»...könnte er, falls er einen Elektroschocker besessen haben sollte, ihn jemand anderem gegeben haben«, kombinierte Rosentreter, »damit der im Auftrag von Nattermann in Fechenheim...«

»Tja, was genau?! Thorwald hat von einem *Unfall* gefaselt. Weiß er etwas, was er nicht preisgibt, oder war das nur Dummschwatz? - Uff! Da muss Zech erneut ran. Der hat ja heute schon mal leidlich erfolgreich an Thorwald rum geschraubt. In Dreiteufelsnamen, ich will endlich jemanden verhaften!« Lauber hievte sich schwerfällig aus seinem Stuhl. »So, jetzt muss ich mich aber erst mal drum kümmern, wo ich heute Nacht...« Er öffnete die Tür zum Vorzimmer. »Tanja, rufen Sie doch bitte im Motel in der Eschersheimer an, ob die ein Zimmer frei haben.«

»Für eine Übernachtung?« fragte Tanja.

»Nein, äh... Ich weiß nicht. Vermutlich für länger.«

»Ah, deshalb der Koffer«, schlussfolgerte Rosentreter. »Was ist denn passiert? Hat's bei Ihnen daheim gebrannt?«

»Nein«, wand sich Lauber. »Da kokelt's nur kontinuierlich. Aber jetzt ist bei mir der Ofen aus.«

»Wie...?«

Lauber kniff die Augen zusammen und mahlte mit den Kieferknochen.

»Meine Frau hat aus Protest dagegen, dass sie in mir 'keinen Ansprechpartner mehr hat', gestern ihre - nehmen Sie das ruhig wörtlich - *Busen*freundin bei uns einquartiert. Wenn ich die sehe, könnte ich auf meine alten Tage auch noch ans andere Ufer wechseln. Ihren Mann hat die Schreckschraube schon unter die Erde gebracht. Seitdem ist sie nur noch auf Achse. Vom Seelenwanderungskurs in Tribstrill bis zur schamanischen Heilarbeit in Taka-Tuka-Land. Und auf Einladung meiner Frau hat sie nun ihr Zwischenlager bis auf weiteres in unserer Wohnung aufgeschlagen. Ich sag Ihnen, das kommt einer Kriegserklärung gleich. Wissen Sie, was ich letzthin gelesen habe? Wir Männer haben statistisch gesehen eine Lebenserwartung von 30.000 Tagen. Davon hat mich meine Frau nun schon 11.300 Tage lang geärgert. Selbst wenn ich ihr aus Kulanz 1.300 Tage Rabatt gebe, bleiben immer noch 10.000. Das ist 'ne Menge Holz in Anbetracht der Tatsache, dass ich nur noch pi mal Daumen 7.000 Tage vor mir habe.«

20.25 Uhr. Maintower, 53. Stock. Neue Mainzer Straße

Marion kam sich vor wie ein *Wiesenhof*-Huhn. Noch gedrängter als in der *Maintower Bar* konnte es in einer Federvieh-Batterie auch nicht zugehen. Die Redaktion des *Fashion & Fun-Magazin*s statuierte mal wieder ein Exempel in Massenmenschhaltung. Immerhin aber mit spektakulärem Panoramablick auf die nächtliche Stadt. Das Gros der Anwesenden kannte Marion gar nicht, obwohl es der immer gleiche Pulk gelackter Business-People war, die mit ganzseitigen Anzeigen die Existenz des Hochglanz-Magazins sicherten.

In dieser Versammlung einheitsblonder Dolce & Gabbana-Tussen geb ich mal wieder den modischen Ausreißer, dachte sie. Sie trug noch immer ihre etwas aus der Form geratene Stretchhose samt Rolli und Steppweste, in denen sie heute früh aus dem Haus gegangen war.

»Wir haben noch Anfang Dezember mit unserem Creativ-Team Nikolaus gefeiert in *Rita's World*«, hörte sie eben neben sich eine mit viel Schmuck Behängte sagen. »Wer hätte denn gedacht, dass das so 'ne kriminelle Gegend ist!«

Die einzigen vertrauten Gestalten, die sie bisher in der Menge gesichtet hatte, waren Rena Ravel, die in Begleitung ihres ästhetischen 'Injectors' da war, bei dem sie vermutlich Mengenrabatt bekam, OB-Kandidat Oliver Mutz, Fotomodell Sissi Blum (diesen Beiden wollte sie nicht so rasch wieder in die Fänge geraten) sowie die Müller-Mädels. Letztere belagerten den Marketing-Chef von *Höchster Urquell*. Wahrscheinlich um seine Unterstützung für ihre Flause zu erbetteln, das *Transania* übernehmen zu wollen.

Marion hielt sich noch immer an dem, inzwischen leeren, Glas *Pomp* fest, das sie beim Reinkommen ergattert hatte, und reckte beinahe schon verzweifelt den Hals nach etwas Essbarem. Den ganzen Tag hatte sie anderen beim Kochen und Futtern zugeschaut, selbst aber nichts zwischen die Zähne gekriegt. Doch das Flying Buffet, das die Einladung versprochen hatte, glich einem unbekannten Flugobjekt, das ab und zu auf silbernen Tabletts über die Köpfe der Gäste schwebte und Hast-du-nicht-gesehen irgendwo in der Kurve des Rundbaus schon wieder verschwunden war. Hanni, Henni und Heidi haben heute Abend auch keine Chance, Naturalien zu *wulffen*, fiel Marion ein, und sie musste schmunzeln.

Nur, was zum Donner, sollte sie über diesen Event schreiben? Und wo war eigentlich Fotograf Antonio? Das Einfachste wäre, er würde in diesem Gewimmel, in dem ohnehin alle auf Tuchfühlung aneinander klebten, irgendwelche Leute ablichten, die aussahen, als würden sie das als angenehm empfinden. Dann konnte sie schreiben 'Neues Jahr - Neue Liebe'. Das Thema Liebe kam immer gut. -

Oha! Plötzlich hatte sie einen Grund zu frohlocken: Der Zwei-Meter-Mann da drüben, war das nicht *Harmonie Frankfurt*-Präsident Hauke Wendland? Hatte der nicht eine Neue?

Bloß wie kam sie an ihn ran? Jetzt wäre ein Grundkurs in Nahkampftechnik mal wieder hilfreich gewesen. Ich könnte mein Glas zu Boden fallen lassen, überlegte Marion. Das würde bei den Umstehenden einen Ich-bring-mich-in-Sicherheit-Reflex auslösen, und ich hätte freie Bahn. Da aber drehte Wendland sich in ihre Richtung, und sie konnte ihm zuwinken.

Einige unsanfte Rempler später stand sie Wendland und seiner aktuellen Flamme gegenüber. Consuela hieß die rassige Beauty und stammte aus Guatemala. Mit dieser prickelnden News war Marions Berichterstattung über den Abend gelaufen. Drei Kreuze!!! Da sie Wendland aber schon mal am Wickel hatte, bot sich an, ihn noch ein wenig zu Gianluca di Meo zu befragen.

»Wir haben doch im letzten Sommer diese traumhafte Fotostrecke mit di Meo gemacht. Er hat eine so faszinierende Ausstrahlung, und es schwebt mir schon länger vor, ein tolles Porträt über ihn zu schreiben«, flunkerte sie. »Das muss aber richtig menscheln! Gibt's denn bei *Harmonie Frankfurt* außer Trainer und Mitspielern irgend jemanden, zu dem er Ihres Wissens einen besonderen Draht hat, und der mir vielleicht eine charmante Kleinigkeit über ihn erzählen kann, die ihn noch sympathischer macht, als er ohnehin schon ist?«

»Oje«, grübelte Wendland. »Da bin ich überfragt. Das Beste ist, Sie rufen mal unsere Frau Hoffmann an. Anneliese Hoffmann gehört zum Verwaltungsrat, ist aber manchmal auch so was wie die gute Seele, die bei unseren Stars 'n bisschen Muttterersatz spielt.«

Donnerstag, 5. Januar, 8.25 Uhr.

Polizeipräsidium, 3. Stock

In beinahe verschwörerisch anmutender Eintracht entstiegen Lauber und Rosentreter dem Lift und marschierten den Flur entlang zu Laubers Büro.

»Danke noch mal, Rosentreter«, sagte Lauber und klopfte Rosentreter auf die Schulter. »Das vergesse ich Ihnen nicht so rasch.«

»War doch selbstverständlich«, winkte Rosentreter ab.

»Nein, nein, nein! Und dass Sie mir sogar Ihr Bett abgetreten haben... Kommende Nacht schlafe aber *ich* auf der Couch!«

»Es tut mir halt Leid, dass ich keinen Kaffee hatte«, entschuldigte sich Rosentreter, »bin nun mal Teetrinker.«

»Null Problem. Meine Starthilfe krieg ich gleich von Tanja.« Lauber betrachtete Rosentreter von der Seite und lächelte. »Ich bin nur erstaunt. Hab immer gedacht, Tee- und Kaffeetrinker wären absolut nicht kompatibel. Dafür, finde ich, haben wir uns bemerkenswert gut arrangiert. Und Ihr Stollen«, er schnalzte mit der Zunge, »köstlich!«

»Den hat meine Schwester gebacken.« Rosentreter pflückte verlegen einen Fussel von der Bügelfalte seiner Hose. »Krieg ich jedes Jahr zu Weihnachten wie das Amen in der Kirche. Normalerweise reicht er bei mir bis Ostern. Bin heilfroh, wenn Sie dafür sorgen, dass er diesmal schneller weg ist.«

»Und Sie schmeißen Ihren Haushalt wirklich ganz allein?«

»Ja. Ist ja nicht so viel...«

»Und die Wäsche?«

»Auch. Ich gestehe, ich bügle leidenschaftlich gern.«

»Phänomenal«, staunte Lauber. »Nur für Ihren Dusch-Abfluss muss ich Ihnen einen halben Minuspunkt geben.

Schütten Sie mal ein Tütchen Backpulver rein, und gießen Sie mit Essig nach. Das macht meine Frau immer.«

Er hatte schon die Türklinke zum Büro in der Hand, da stoppte er noch einmal. »Das bleibt aber alles unter uns, nicht wahr, Rosentreter? Ich möchte nicht, dass im Haus gemunkelt wird, unsere laufenden Ermittlungen wären irgendwie...«, er räusperte sich, »ansteckend.«

9.10 Uhr. Münchener Straße

Heute Morgen fiel Marion zum ersten Mal auf: In diesem Winter hatte vor ihrer Haustür noch kein Obdachloser sein Nachtlager aufgeschlagen. Bisher war der Eingangsbereich in der kalten Jahreszeit eine bevorzugte Schlummerecke der Enthausten gewesen, und häufig war sie, wenn ein Mitbewohner die Tür nicht richtig hinter sich geschlossen hatte, morgens sogar im Flur über einen Schlafsack mit Mensch drin und Bierflasche davor gestolpert. Vielleicht haben sie alle Unterschlupf gefunden bei den Occupy-Campern, überlegte sie, trat auf die Straße und sah linkerhand, dass Emre in seiner Änderungsschneiderei bereits an der Nähmaschine saß. Emre war der appetitlichste Jung-Türke im Bahnhofsviertel und Profiteur ihres Problemzonen-Jo-Jos. Stets einen grammatikalisch originellen Spruch auf den Lippen, zauberte er ihre Lieblingsklamotten mal weiter, mal enger, und noch vor ein paar Jahren hätte sie ihn vermutlich nicht von der Bettkante geschubst. Sie winkte Emre durch die Schaufensterscheibe zu, doch er war so beschäftigt, dass er sie nicht bemerkte.

Sie überquerte die Münchner und bog bei *Schuh-Krolla* rechts in die Dauerbaustelle der Weserstraße ab. Nach kurzem Hindernislauf zwischen den Absperrungen hindurch war sie in der Kaiserstraße angelangt, wandte sich nach links und marschierte zügig am *Dolly Buster Center* vorbei, rechts herum in die Elbestraße. Schräg gegenüber des *Pik-Dame* vor der Pizzeria, die durch nichts zu erkennen gab, weshalb sie *La*

Bella hieß, nahm wie üblich der graue Trupp der Zukunftslosen, deren triste Gegenwart darin bestand, die tägliche Dröhnung zu organisieren, auf einem Teppich aus Zigarettenfiltern sein Bierfrühstück zur Brust. Wie immer an diesem Punkt ihres Arbeitsweges ging Marion durch den Kopf: *Spiel nicht mit den Schmuddelkindern*. Da machten sie ihr schon mit höflicher Geste Platz auf dem Bürgersteig. Man kannte einander schließlich vom Sehen und vom gemeinsamen Schlangestehen an der Kasse des *Netto*-Markts, genannt Ghetto-Netto, in dem Marion auch gelegentlich auf eine Domina traf, die, wenn sie nicht in Ausübung ihres Berufes in einem Laufhaus in der Taunusstraße die Peitsche schwang, aussah wie eine unscheinbare, biedere Vorstadt-Hausfrau. Nun musste sie nur noch über die Taunusstraße und das *Rote Haus* mit dem *Pure Platinum* passieren, dann hatte sie das *Express*-Redaktionsgebäude in der Niddastraße erreicht. Sie ging hinein und drückte auf den Aufzugknopf.

Ihr heutiger Arbeitsplan: Erstens einen kurzen Einspalter über den gestrigen Abend verfassen bzw. über Hauke Wendland und seine neue Herzdame. Titel: 'Präsident der *Harmonie* - harmonisch (hormonisch?) wie nie' - oder so ähnlich. Danach war wieder eine Folge 'Rita versus Babsi' fällig. Noch war sie unschlüssig, wie viel sie einfließen lassen sollte von dem, was sie bei ihrer *Promi Dinner*-Recherche in Erfahrung gebracht hatte. Erst wollte sie versuchen, diese Anneliese Hoffmann zu erreichen, die Hauke Wendland ihr empfohlen hatte. Gegen zwölf musste sie nach Sachsenhausen, wo sich im *Kanonesteppel* in der Textorstraße der Ü70-Club ehemaliger Frankfurter Funkenmariechen versammelte. Die Älteste der rüstigen Veteraninnen war immerhin 83 und hatte Marion eine in Schönschrift gestaltete Einladung geschickt:

Helau! Einst ham mir wie wild die Baa geschmisse
un die Frankforter Narre von de Stühl gerisse.
Heut sin mir net mehr so fit im Hüppe,
drum tun mir e Gerippptes kippe.

Marion hatte die Ladies bereits gebeten, wenn möglich ein paar alte Gardeuniform-Stücke mitzubringen als Kamerafutter für Fotograf Antonio. Vielleicht schreibe ich meinen Text über die Rentner-Mariechen in Versform, überlegte sie. - Herrje, was reimte sich denn alles? - 'Hoch das Bein trotz Zipperlein.' - 'An Fassenacht, da wird uns klar: Ritzambaa, mir sin noch da!' - 'Isch braach kaa Troppe. Isch petz 'n Schoppe.' - 'Beim Tanze musste schwitze, schunkeln geht im Sitze...'

Ihr Handy klingelte. Es war Hanni von den Müller-Mädels.

»Du, Marion«, kreischte sie. »Stell dir vor, Track ist krank!«

»Äh, wer?«

»Heidis Frettchen! Er ist furchtbar elend drauf. Er hustet und niest. Ich glaub, er hat sogar Fieber!« Wie eine Kreissäge schrillte Hannis Stimme in Marions Ohr. »Wir könnten in der Tierarztpraxis von Dr. Recknagel ein Foto machen. Natürlich zusammen mit Heidi und Henni. Wir haben Dr. Recknagel schon Bescheid gesagt. Er freut sich. Ich sag dir gleich seine Adresse - «

»Hanni, langsam!« versuchte Marion Hannis Redefluss zu stoppen. »Das muss ich erst in der Redaktion klären. Wir haben heute aber schon so viele Themen, ich weiß nicht...«

»In deinem Artikel, in dem wir unser Beileid für Rita und Babsi bekundet haben, war kein Bild von uns! Und gestern Abend hat Antonio uns auch nicht fotografiert!«

»Darauf hab ich keinen Einfluss«, sagte Marion. »Pass auf, ich ruf dich zurück, sobald ich im Büro bin, okay? Also bis gleich.«

»Willste mich über 'n Haufen rennen?« motzte Polizeireporter Pit, mit dem sie beim Aussteigen aus dem Lift beinahe kollidiert wäre. »Haste deine Schlafbrille noch auf?!«

»Sorry«, sagte sie. »Du siehst ja, bei mir glüht schon wieder die Leitung. - Erst mal guten Morgen. Gibt's was Neues?«

Zur gleichen Zeit im Polizeipräsidium, 3. Stock

»Ich kann Sie nur höflich bitten, sich mit etwas Geduld zu wappnen, Herr Staatsanwalt«, sagte Lauber um einen verbindlichen Ton bemüht. »Wir durchforsten im Zusammenhang mit den beiden Morden mühsam ein Konglomerat aus Dominanzgebaren, Eifersüchteleien, diffusen Befindlichkeiten... Und haben es zudem mit einer ungewöhnlich unübersichtlichen Anzahl an potenziell Involvierten zu tun.«

Er hatte auf Lautsprecher geschaltet, damit Rosentreter das Telefonat verfolgen konnte.

»Weshalb so umständlich, Herr Lauber«, raunzte Staatsanwalt Dr. Gramm. »Es gibt zwei - mehr oder minder - männliche Opfer. Beide lebten in einer Beziehung. Laut Statistik sind die meisten Morde Beziehungstaten. Wo ist das Problem?«

Rosentreter stand mit dem Rücken zur Wand, hatte die Arme verschränkt und lauschte gespannt.

»Im Fall von Kurt Schuster ermitteln wir ja durchaus in diese Richtung - einerseits. Andererseits ist nicht auszuschließen, dass ihn einer aus dem gegnerischen, also dem Manfred Nattermann-Umfeld, in die ewigen Jagdgründe geschickt hat. Einem Umfeld, in dem wir herum stöbern wie die Minensuchhunde, weil Nattermann - bekanntlich ebenfalls durch Fremdeinwirkung zu Tode gekommen - für Auskünfte nicht mehr zur Verfügung steht. Kommissar Rosentreter und ich haben uns, wie Sie sicher wissen, schon etliche Male als kriminalistisches Dreamteam bewährt«, er zwinkerte Rosentreter zu. »Aber diesmal...«

»Sind Sie konfrontiert mit einem Milieu, dem Sie offenbar nicht - «

»Och, wir haben uns darin eigentlich schon ganz gut akklimatisiert. Es ist lediglich die personelle Gemengelage, die uns - «

»Wieso haben Sie am Dienstag so voreilig verlauten lassen, einer der Morde sei so gut wie aufgeklärt?«

»Weil... äh, weil wir uns bei einer Person relativ sicher glaubten. - Aber dieser Anfangsverdacht hat sich leider als Fehlschuss erwiesen. Bislang zumindest.«

»Mmh. Und was ist mit diesem TV-Vorruheständler von der traurigen Gestalt?«

»Wie bitte?«

»Dem Mann zwischen den Fronten. *Frankfurter Express* von heute, Seite 3.«

»Den... äh...« Lauber grimassierte Richtung Rosentreter 'Wo ist die Zeitung?'

Rosentreter war mit einem Satz im Vorzimmer, kam mit dem *Express* zurück, schlug ihn auf und hielt Lauber Seite 3 vor die Nase:

Mord im Travestie-Milieu

**TV-Star Will Wüstenhagen -
der Mann zwischen den Fronten**

»Ich höre...«, drängelte Staatsanwalt Dr. Gramm.

»Wüstenhagen, richtig!« Lauber reckte seinen linken Daumen und signalisierte Rosentreter 'Gut gemacht!' »Tja, den... äh... werden wir noch im Laufe des Vormittags ein weiteres Mal vernehmen und Sie selbstverständlich umgehend unterrichten, sofern sich...«

»Dafür wäre ich Ihnen ungemein dankbar. Tja, dann erfolgreiche Verrichtung, Herr Kriminaloberkommissar.«

»Scheint mir nicht ganz ausgelastet zu sein, der Kollege Dr. Gramm«, brummte Lauber, als er den Hörer aufgelegt hatte. »Wahrscheinlich weil er sich derzeit nicht auf dem Golfplatz austoben kann. So, dann geben Sie mir mal die Zeitung, Rosentreter. Was steht denn da drin?«

Rosentreter reichte Lauber den *Express*. Der entschied, den Artikel gleich laut vorzulesen.

Von Marion Rühl

Seine Karriere ist auf Grund gelaufen. Die Segelyacht abgetakelt, auf der er einst die Korken knallen ließ. Er hat ein Vermögen verpulvert für Schönheits-OPs und bei den Paradiesvögeln der Travestie-Szene nach Nestwärme gesucht. Nur um auch dort zwischen sämtlichen Stühlen zu landen, meist missgelaunt: Will Wüstenhagen (61 / Foto links unten). Welche Rolle spielt er in der tödlich geendeten Auseinandersetzung zwischen Rita Peperoni und Babsi Botox? Als schöner Ingo in dem TV-Dauerbrenner »Taunusglück« in den Achtzigern der Wunschschwiegersohn aller hessischen Mütter, schaffte er, als die Serie gecancelt wurde, scheinbar mühelos den Wechsel zum Talkmaster mit der Sendung »Wüstenhagens Würstchenbude«, die jedoch alsbald rigiden Sparmaßnahmen zum Opfer fiel. Wiwü (so sein Kosename) begann zu trinken. Alterte zusehends. Sein letzter Mini-Job bei Kanal Hessen: Rate-Onkel in »Quiz-Quatsch«. Seine gegen den Sender angestrengte Klage auf eine seinem Status gemäße Weiterbeschäftigung: erfolglos. In volltrunkenem Zustand hatte er Jung-Moderator Ricky Reinke (23) vor laufenden Kameras als »hirnamputierten Spastiker« bezeichnet.

Über Laubers Gesicht huschte ein Grinsen.

> Der Einzige, der ihn von da an noch uneingeschränkt bewunderte: Babsi Botox. Babsi im Interview mit dem Express 2009: »Als Teenie hab ich den schönen Ingo vergöttert. Hab x-Mal an Bravo geschrieben, sie müssten ihn als Starschnitt bringen. Ich glaub fast sogar, dass ich wegen Wiwü schwul geworden bin.« Doch Babsi hoffte auch, Wiwü könnte ihm behilflich sein, selbst TV-Star zu werden. »Ich hab jede Menge Konzepte für Sendungen in der Schublade. Z. B. für eine eigene Talkshow: »Babsis Beichtstuhl«. Außerdem ein Treatment für eine Filmklamotte mit mir in der Hauptrolle: »Ein Rippchen kommt selten allein«. Ich würde mich aber auch nicht zieren, das dröge Promi-Team von »Schlamassel in Kassel« aufzumischen.« (Interview 2009)

»Kinder Gottes. Dieser Botox muss ja wirklich eine Type gewesen sein«, knotterte Lauber. »Ein Limbotänzer, der den Stabhochspringer geben wollte.« Dann las er weiter.

> Wiwü aber kochte sein eigenes Süppchen, und als Babsis Erzfeinde, Rita Peperoni und ihre Girls, ihn mit einem Auftritt in ihrer Show »Der Ball ist bunt« zurück ins Rampenlicht lockten, witterte er seine Chance für ein TV-Comeback und wechselte das Lager. Babsis Reaktion auf diesen »Verrat«: blanker Hass. »In Frankfurts Osten geht von jetzt an die Sonne unter!« verkündete er auf Facebook. Hetzte und stichelte auch auf der Bühne gegen Wiwü. Parodierte ihn im ultraknappen Spielhöschen als beschickerten Hypochonder, der knickebeinig auf Highheels stakste und lallend Flachsinn verzapfte. Doch auch Rita hatte ihre diebische Freude daran, Wiwü öffentlich durch den Kakao zu ziehen. Von

Beiden auf ihre Art lächerlich gemacht, fand er als Einziger kein Wort der Anteilnahme, als Babsi und Rita für immer zum Schweigen gebracht worden waren.

Lauber blickte von seiner Lektüre auf.
»Interessant. Will die Rühl damit andeuten, Wüstenhagen hätte selbst ein handfestes Motiv gehabt?«
»Da muss sie sich aber auf was gefasst machen, wenn er das liest«, sagte Rosentreter. »Er hat ja schon uns seinen Anwalt auf den Hals hetzen wollen.«

Lauber setzte seine Lesung fort:

Mit seinem Gig in »Der Ball ist bunt« hat Wiwü übrigens keinen Blumentopf gewonnen, dafür aber zarte Bande geknüpft. Zu Chouchou (Mischa Kalnikow, 24 / Foto unten rechts), grazile Hupfdohle in »Rita's World«. Das Vorleben des außergewöhnlich hübschen Ukrainers: undurchsichtig. Für die Mordnacht hat er ein nur unvollständiges Alibi und Wüstenhagen, wie aus Polizeikreisen durchgesickert ist, kein wirklich überzeugendes. - Lesen Sie mehr dazu in unserer morgigen Ausgabe.

»Ha! Hab ich's nicht gesagt?« Rosentreter sah Lauber triumphierend an. »Auch mit Kalnikow sind wir noch lange nicht durch.«
»Ja, 1:0 für Sie, Rosentreter. Also schaffen Sie mir, wie auch immer, Kalnikow und Wüstenhagen - mit oder ohne seinen Rechtsverdreher - bei. Nehmen Sie am besten Lieberknecht mit. Ich warte wegen Lutz Thorwald noch auf Rückmeldung von Zech.«

12.50 Uhr. Textorstraße

Neun närrische Unruheständlerinnen auf Speed. War das ein Geschnatter gewesen! Und wie geschmeichelt sie gegickelt hatten, als der Wirt sie als junges Gemüse bezeichnet hatte - in Relation zu den 106 Jahren, die seine Traditionswirtschaft auf dem Sockel hatte. Marion war einerseits froh, dem *Kanonesteppel* entronnen zu sein. Andererseits tat es ihr Leid, die aufgekratzt in Erinnerungen schwelgenden Damen so enttäuscht zu haben. Sie waren fest davon ausgegangen, Marion würde mindestens bis zum Nachmittag bleiben. Jetzt musste sie sich schon wieder höllisch sputen, wenn sie um 13.00 Uhr in der *Villa Kennedy* sein wollte. Anneliese Hoffmann hatte am Telefon vorgeschlagen, sie könnten sich auf einen Business Lunch im *Restaurant Gusto* treffen.

Zwanzig Minuten später saß sie Anneliese Hoffmann gegenüber, Geschäftsfrau reiferen Alters von sportlicher Eleganz.

»Unser Präsident hat ein bisschen übertrieben«, lächelte sie. »Ich bin keine *Ersatzmutter* für unsere Spieler. Ich war schon als Kind im Schlepptau von Vater und Bruder ständig auf dem Fußballplatz, und jetzt bin ich ehrenamtlich im *Harmonie*-Verwaltungsrat. Natürlich kenne ich jeden im Team und kriege das eine oder andere mit. Wir haben, wie Sie ja sicher wissen, eine sehr junge, multinationale Mannschaft: hoher Testosteron-Spiegel, sattes Einkommen, aber Lebenserfahrung gleich null. Da plagt den einen das Heimweh, der andere hat Stress mit der Freundin, der Dritte droht sich im Frankfurter Nachtleben zu verzetteln etc. etc. Wenn es sich ergibt, verabreiche ich wahlweise eine Seelenmassage oder eine Standpauke. Mütterliche Ambitionen aber habe ich nicht.«

Der Ober kam an den Tisch und brachte zwei Speisekarten. »Haben die Damen schon einen Getränkewunsch?« fragte er.

»Eine große Flasche *Pellegrino* fürs Erste«, antwortete Anneliese Hoffmann so resolut, dass Marion ein bisschen verdattert war.

»Was Sie eben angedeutet haben«, versuchte sie bei ihrem Thema zu bleiben, »geht ja schon in Richtung meines geplanten Artikels, in dem ich das Zwischenmenschliche hinter den Kulissen des Profi-Fußballs beleuchten will. Hat, um nur einen Namen zu nennen, zum Beispiel auch einer wie Gianluca di Meo Heimweh oder Stress mit der Freundin oder...?«

»Ach, di Meo«, seufzte Anneliese Hoffmann. »Wissen Sie übrigens schon, was Sie essen möchten?«

»Ich, äh...«

»Nehmen Sie das Risotto Milanese. Damit können Sie nichts falsch machen«, nahm ihr Anneliese Hoffmann die Entscheidung ab. »Wo war ich stehen geblieben? Ah, ja: di Meo. Sein Problem ist, dass er sich oft selbst ein Bein stellt. Er hat unbestritten Star-Appeal, weiß um seine Wirkung und versteht sich zu verkaufen, aber seine Stimmungsschwankungen...« Anneliese Hoffmann schüttelte den Kopf. »Di Meo kann der reizendste Mensch der Welt sein - und im nächsten Moment eine nörgelnde, launische Diva. Ich habe manchmal das Gefühl, er ist einsam. Er pflegt auch keine Freundschaften innerhalb der Mannschaft.«

»Das wundert mich«, sagte Marion. »Ich hab gedacht, er wär bei der *Harmonie* so was wie der Hecht im Karpfenteich. Und auch darüber hinaus everybody's Darling. Wenn ich nur an den Kreisch-Alarm denke, den er bei seinen Teenie-Fans auslöst.«

»Oje, die weiblichen Fans«, Anneliese Hoffmann verdrehte die Augen. »Das ist ein Extra-Kapitel. Seine Anhängerinnen überschütten ihn mit Plüschtieren, Dessous, *Mon Chérie*, *Ferrero Küsschen*... Und natürlich in der Weihnachtszeit wieder mit Schoko-Nikoläusen en masse und kiloweise selbstgebackenen Plätzchen. Das landet alles bei der *Harmonie*-Poststelle und wird - bis auf die Damen-Unterwäsche - sofort weiter geleitet an Kindergärten und ähnliche Einrichtungen. Di Meo rührt konsequent nichts Süßes an. - Zweimal das Risotto Milanese bitte«, gab sie dem Ober in Auftrag, der das Mineralwasser an den Tisch brachte.«

»Respekt«, sagte Marion.

»Wie, bitte?«

»Na, dafür dass di Meo so diszipliniert Haltung wahrt.«

»Haltung?«

»Naschkram gegenüber, meine ich.«

»Ach, so, äh, ja.« Anneliese Hoffmanns Handy klingelte.

»Entschuldigen Sie«, sagte sie und nahm das Gespräch entgegen. »Ja. - Nein. - Bin gerade beim Essen. - Das besprechen wir im Büro. - Kurz nach zwei. - Gut.«

Marion merkte, dass ihr schon wieder die Zeit davon rannte. Sie musste jetzt so rasch wie möglich auf den Punkt kommen. »Abgesehen von all den Groupies, die di Meo an den Stulpen kleben«, tastete sie sich vor, »hat er doch sicher auch mal was fürs Herz, oder? Auch wenn er es nicht öffentlich macht.«

»Wissen Sie, was ich glaube?« antwortete Anneliese Hoffmann. »Seine einzige *amore* ist seine Mama. Die kommt, wenn's sein muss, von Stuttgart im Taxi angefahren.«

»Also asexueller Asket«, murmelte Marion.

»Wie bitte?«

»Ach, äh«, lavierte Marion herum. »Ich bin ein bisschen enttäuscht. Ein so schöner, junger Mann muss doch auch mal verliebt sein.«

»Vielleicht ist er das ja sogar gelegentlich. Aber ich fürchte, in puncto Beziehung hat er kein glückliches Händchen.«

Damit ist er nicht allein, dachte Marion und fragte: »Wieso?«

»Ich erzähle Ihnen nur das jüngste Beispiel: An Heiligabend ist beim Pförtner des Vereinszentrums zu Händen von Gianluca di Meo ein Riesenblumenstrauß abgegeben worden. Ein Gebinde aus Tannenzweigen, roten Rosen, Weihnachtskugeln und an Blumendraht befestigten Kondomen. Dazu eine herzförmige Karte mit der Aufschrift: »I love you tender. Dein Christbaumständer B. B.« Der Pförtner, unser Herr Svoboda, hat versucht, di Meo zu informieren, hat ihn aber erst nach den Feiertagen erreicht und ihm am 27. Dezember endlich den Strauß aushändigen können. »Von Brigitte Bardot ist der aber nicht, oder?« hat er geflachst. Woraufhin di Meo wutentbrannt das Bouquet auf den Boden gefeuert, darauf herum getrampelt und dabei so wüst geflucht hat, dass Svoboda beinahe Angst bekommen hat. So jedenfalls hat er es mir geschildert. Dann ist di Meo, immer noch in Rage, zu seinem Auto gerannt und mit quietschenden Reifen davon gefahren, und Svoboda durfte den Müll wegräumen. Die Karte war übrigens nicht mehr dabei. Die hatte di Meo wohl mitgenommen. - Also, ich würde sagen, diese Szene ist kein Indiz für ein ausgeglichenes Privatleben.«

Nachdem die Begegnung mit Anneliese Hoffmann beendet war, hätte Marion nicht mehr sagen können, wie das Risotto geschmeckt hatte, geschweige denn, das Gespräch weiter verlaufen war. In ihrem Kopf hatte ein Tornado getobt: Das beschriebene Gebinde war definitiv kein Firmenpräsent von *Betty Barclay* gewesen. Oder eine Anmache von irgendeiner Britta, Bea oder Birgit Baier, Brückner oder Busch. 'Dein Christbaum-*Ständer*' - dahinter steckte eindeutig ein Mann. Doch kein Bernhard Brink, Boris Becker oder Bodo Bach. Oh, nein, sie hatte nicht den leisesten Zweifel: der Absender der floral-erotischen Liebesbotschaft war Babsi Botox gewesen! Nur wieso hatte er den Strauß zum *Harmonie*-Pförtner schicken lassen? Seit dem *Promi Dinner* kannte er doch Gianlucas Privatadresse.

14.10 Uhr. Polizeipräsidium, 3. Stock

»Ich kann ja verstehen, dass einer, der es schafft, sich mit seinem eigenen Skistock aufzuspießen, eine gewisse Affinität hat zu anderen Unglücksraben.« Lauber lehnte mit einem Kaffeebecher in der Hand im Türrahmen zu Tanjas Büro. »Aber muss Zech deshalb gleich den Seelenklempner spielen bei Lutz Thorwald?«

»Das ist aber auch 'n armer Kerl«, hauchte Tanja voll Anteilnahme und legte ein weiteres Blatt des Vernehmungsprotokolls, das Zech erstellt hatte, in den Kopierer. »Hat sich mit Haut und Haaren seinem Babsi verschrieben und muss jetzt verkraften, dass er ihn für immer verloren hat. Und dann diese Angst, dass Babsis Bruder plötzlich auftaucht und ihn aus der Wohnung schmeißt. Mir geht das auch an die Nieren.«

»Aha«, schnaufte Lauber. »Und was sagt Ihre weibliche Intuition zu der Story, die er Zech aufgetischt hat?«

»Dass er schon seinc paar Habseligkeiten eingetütet und im Keller von dem Fitnessstudio, in dem er immer turnt, eingelagert hat? Ja, warum denn nicht?«

»Einschließlich seiner Lederjacke mit dem CS-Abwehrspray in der Tasche, von dem er angeblich nie Gebrauch gemacht hat. Und natürlich ausschließlich des Elektroschockers, den er behauptet, nie besessen zu haben!«

»Äh, na, ja...«

»Und dann macht Zech sich die Mühe, mit Thorwald zu besagtem Fitnessstudio zu fahren. Nur um den Keller verschlossen vorzufinden. Den Schlüssel, so stellt sich raus, hat der Betreiber des Studios. Und der ist aus geschäftlichen Gründen auf dem Weg nach Hamburg. Ich glaub's nicht!«

»Das zeigt doch nur, was für ein Pechvogel dieser Lutz ist.« Tanjas Stimme bebte vor Empathie. »Da will er Kommissar

Zech beweisen, dass er nur ganz harmlose Sachen besitzt. Und dann kommt er nicht dran. Ich find's sehr menschlich von Kommissar Zech, dass er nicht gleich eine Untersuchung beantragt hat, weil er Mitleid gehabt hat.«

»Eieiei, baden wir jetzt in Gefühlsduselei?« grummelte Lauber und löste sich vom Türpfosten, um an seinen Schreibtisch zurück zu kehren. »Sie sind im falschen Programm, Tanja. Das hier ist nicht *Rosamunde Pilcher*. Das hier ist *Tatort*. - Ach, übrigens Ihr... äh«, er zeigte auf eine armselige Topfpflanze, die in der Ecke vor dem Fenster stand, »wie heißt das Gemüse?«

»Das ist ein Ficus«, antwortete Tanja.

»Sieht aus, als wär er in der Mauser, Ihr Filius.«

»Ich räum die runter gefallenen Blätter gleich weg«, versicherte Tanja beflissen.

»Lassen Sie sie meinethalben ruhig liegen«, grunzte Lauber. »Ich wär nur immens begeistert, wenn uns endlich einer in so 'ner Form ein Geständnis hinblättern würde. - Sagen Sie, wollte Rosentreter nicht schon längst hier sein?«

»Herr Rosentreter hat vorhin angerufen. Es geht alles nicht so schnell, wie er gedacht hat. Will Wüstenhagen hat eine Gallenkolik.«

»Gallenkolik?« Lauber musste grinsen. »Na, dann scheint er ja steinreich zu sein. - Und da tut die Rühl so, als wär er abgebrannt.«

15.25 Uhr. Redaktion des Frankfurter Express

Marion haderte mit einer nahezu dramatischen Schreibblockade. Wann hatte sie zuletzt an ihren Nägel gekaut? Im Spätsommer 2003, als sie wegen ihrer damaligen Problembeziehung zu einem brotlosen 'Jungfilmer' knapp über Vierzig ihr Konto horrend überzogen hatte. Dabei war die Bredouille, in der sie jetzt steckte, von gänzlich anderer Qualität. »Scheiße!« zischte sie, knallte genervt ihren Notizblock auf die Schreibtischplatte und stob aus dem Büro, um im Treppenhaus eine Zigarette zu rauchen. Wieso fiel ihr noch nicht mal ein Anfangssatz ein für ihren Artikel über Babsi und Gianluca di Meo?! Weil sie fürchtete, eine Lawine los zu treten, wenn sie auch nur im Ansatz schilderte, was sie beim *Promi-Dinner* gesehen und von Anneliese Hoffmann gehört hatte. Selbst wenn sie Gianluca nur als Objekt homosexueller Begierden schilderte, kam das dennoch einem Outing verdammt nah. Und dazu die Tatsache, dass das Techtelmechtel mit Babsi so kurz vor dessen gewaltsamem Tod stattgefunden hatte... Zum Teufel! Bei Wiwü hatte sie vor Anspielungen nicht zurück gescheut, und Babsis massive Eroberungsversuche bei Frankfurts Fußballstar waren natürlich eine Nachricht. Aber konnte sie verantworten, dass ein Spitzensportler wie Gianluca, der mit dem Travestie-Milieu ganz sicher nichts zu tun hatte, plötzlich damit in Verbindung gebracht wurde? Am meisten jedoch graute ihr davor, dass sie versuchen musste, Gianluca persönlich zu erreichen.

»Mist«, fluchte sie leise vor sich hin. »Ich krieg's im Moment nicht geregelt.«

Sie zog ihr Handy aus der Hosentasche und las noch einmal die Message, die ihr V-Mann im Hotel *Roomers* ihr vorhin gesimst hatte: »Heute 18.00 Uhr kommt Superstar aus USA! Topp Sigrid!!!« Ihr fiel auf, dass sie nie hinterfragt hatte, in welcher Funktion ihr Verbindungsmann im *Roomers* eigentlich arbeitete. Er hatte sich ihr schon vor mehr als zwei Jahren angedient, als Pamela Anderson dort abgestiegen war. Doch er war entweder ein Profilneurotiker oder Lockvogel von *Verstehen Sie Spaß*. Mit Ruhm bekleckert hatte er sich, abgesehen davon, dass er einmal Paris Hiltons Einquartierung zuverlässig vorangekündigt hatte, bislang jedenfalls nicht. Irgendwann mal hatte er behauptet: »Prinz Marcus ist per Anhalter da.« Und vergangenen Herbst hatte er ihr eine SMS geschickt: »Gleich kommen! Miree Mattiö in *Roomers* Bar.

Sinkt angetrunken!« Als sie mit Fotograf Antonio durch die Hotel-Lounge gestürmt und in die Bar gekommen war, hatte sie ihren Augen nicht getraut: Vor einem Häuflein asiatischer Gäste, die nicht wussten, wie ihnen geschah, hatte Babsi, als Liza Minelli verkleidet, herum gezappelt und *Bad Orb, Bad Orb* von den Rodgau Monotones geträllert.

Wer nun wieder dieser ominöse amerikanische Superstar sein sollte? Ich sag Antonio, er soll ohne mich ins *Roomers* gehen, beschloss Marion. Sonst krieg ich heute überhaupt nicht mehr die Kurve.

Zur gleichen Zeit im Polizeipräsidium, 3. Stock

»Ist die Galle Ihr einziges gesundheitliches Problem? Oder sind Sie auch Diabetiker?« Lauber betrachtet das merkwürdig asymetrische Gesicht seines Gegenübers. Da hat sich sein Schönheitschirurg aber bös verschnippelt, dachte er.

»Abgesehen von meiner Gallenblase bin ich kerngesund«, entgegnete Will Wüstenhagen beleidigt. Sein Körper, der schlaff in Laubers Besucherstuhl hing, sprach eine andere Sprache. »Und ich empfinde es als Zumutung - «

»Kommissar Rosentreter und ich machen nur unsere Arbeit«, konterte Lauber. »Und da Sie bei Ihrer ersten Vernehmung am Samstagmorgen für den Zeitraum in der Nacht zuvor, in dem nacheinander zwei Personen ermordet wurden, kein überzeugendes Ali - «

»Ich habe klipp und klar gesagt, dass ich in meiner Wohnung war und ferngesehen habe!«

»Aber sie konnten zwar den Sender nennen, nicht jedoch die Sendung, die Sie gesehen haben.«

»Ich schalte immer auf Durchzug«, erwiderte Wüstenhagen blasiert und befühlte mit seiner beringten Rechten den Sitz seiner Frisur, die aus wenigen, kunstvoll über den Schädel verteilten gelblichen Haaren bestand, »wenn ich nicht selbst darin vorkomme.«

»Dann dürften Sie ihren TV-Konsum ja längst auf ein Minimum reduziert haben«, konnte Lauber sich nicht verkneifen zu sticheln.

»Mir scheint, das trifft eher auf Sie zu«, feuerte Wüstenhagen zurück. »Sonst wüssten Sie, dass ich nach wie vor beinahe täglich bei Kanal Hessen zu sehen bin. Zum Beispiel gestern Abend wieder in Hessens älteste Hüte - schwachsinniger Titel. Der Kanal produziert ja kaum noch Neues. Stattdessen strahlt er unentwegt Sendungen aus, die aus Archivmaterial zusammen geschustert sind. Und als jahrzehntelanges prominentestes Aushängeschild des Senders kommt im Archiv natürlich keiner an mir vorbei. Mir schießt nur jedes Mal die Galle hoch, wenn wieder so ein Honk - «

»Honk?«

»Hauptschüler ohne nennenswerte Kenntnisse - im Abspann meinen Namen falsch geschrieben hat: 'Bill Wütenwagen'.«

Wüstenhagen zupfte ärgerlich an dem malvenfarbenen Seidentuch, das er um seinen Hals drapiert hatte.

»Gut. Das hätten wir jetzt«, versuchte Lauber dieses Thema zu beenden. Im Stillen wunderte er sich, dass Wüstenhagen bisher noch nicht mit seinem Advokaten gedroht hatte. »Und nun schildern Sie mir, bitte detailliert, wo genau Sie am 30.12. zwischen 23.00 Uhr und Mitternacht waren, und was Sie gemacht haben.«

»Warum sollte ich?« Wüstenhagen zuckte bemüht lässig mit den Schultern. »Ich weiß ja gar nicht, was Sie mir vorwerfen. Es ist doch Ihre Aufgabe festzustellen, dass ich nichts zu verbergen habe. Ich bin eine Person des öffentlichen Interesses. Man kennt mich. Wäre ich auf dem Höhepunkt meiner Karriere nicht aus Loyalität bei meinem Haussender geblieben, wäre ich heute eine namhafte Größe im ganzen deutschsprachigen Raum. Wenn Sie sich ein wenig bemühen, finden Sie garantiert Zeugen, die gesehen haben, dass ich kurz nach 22.00 Uhr nach Hause gekommen bin.«

»Herr Wüstenhagen«, langsam verlor Lauber die Geduld. »Sie unterschätzen den Ernst Ihrer Lage. Sie waren ein Idol für Manfred Nattermann und haben ihn seiner Ansicht nach sträflich hintergangen. Er hat Sie dafür gehasst. Trotzdem tauchen Sie auf seiner Party auf, checken nur kurz die Lage und sind sofort wieder weg. Und verweigern jetzt Ihre Mithilfe bei der Rekonstruktion dessen, was Sie danach getan haben.«

»Weil auch ich ein Recht auf Privatleben habe!« blies Wüstenhagen sich auf. »Ich bin ein Mensch von großem Harmoniebedürfnis, und als am Freitagabend in *Rita's World* schon wieder alle über Babsi Botox hergezogen haben, hatte ich spontan das Bedürfnis, noch vor Ende des Jahres die Wogen zwischen ihm und mir zu glätten. Doch als ich auf seiner Party ankam, spürte ich sofort: hier hast du heute keine Chance. Also bin ich NACH HAUSE GEFAHREN!!! Ich sehe nicht ein, weshalb ich das pausenlos wiederholen muss.«

»Weil Sie keinen Beweis dafür erbringen, dass Sie tatsächlich heim gefahren sind. Vielleicht ist Ihnen auf der Party ja auch die Galle hoch geschossen, weil sich dort Hunderte von Leuten um Babsi Botox geschart haben, während kaum einer Sie wahr genommen hat?«

»Blödsinn!« schnaubte Wüstenhagen.

»Anschließend sind Sie in der Gegend herum gefahren und haben von unterwegs später noch mal bei Nattermann angerufen.«

»Das habe ich nicht!«

»Dürfte ich, bitte, mal Ihr Handy sehen?«

Wüstenhagen stieß einen zornigen Laut aus, zog widerstrebend sein Smartphone aus der Innentasche seines Harris

Tweed-Sackos und legte es mit unwirscher Geste auf Laubers Schreibtisch.

»Ihr Zweithandy haben Sie nicht zufällig auch einstecken?«

»Was?«

»Das Pre-Paid-Handy, mit dem Sie Anrufe tätigen, die nicht zurück verfolgt werden können.«

Wüstenhagen starrte Lauber giftig an. »Sie haben eine blühende Fantasie, Herr Kommissar«, fauchte er.

»Kriminaloberkommissar«, entgegnete Lauber trocken. »Soviel Zeit muss sein. - Ah«, er sah auf seine Armbanduhr. »Stichwort Zeit. Ich muss mich jetzt leider entschuldigen.«

Er erhob sich von seinem Stuhl.

»Kommissar Rosentreter wird sich weiter mit Ihnen befassen. Nebenan wartet schon Mischa Kalnikow, und er hat angekündigt, eine lückenlose Aussage zu Freitagnacht zu machen. - Ach, sind Sie nicht mit ihm... äh, intim befreundet?«

16.30 Uhr. Redaktion des Frankfurter Express

Soeren Schröter ließ nicht locker. Eben hatte er Marion erneut das Bild von Rita im Madonnen-Ornat gemailt und dazu eine Einladung:

Lola Fox und Soeren Schröter bitten zum Requiem für unsere geliebte Rita

Es erwartet Sie: ein superkalifragilistikexpialigetisches Gedächtnis-Event mit Zuckerwatte, Liebesperlen und Cocktail »Puderquaste« Am Samstag, dem 7.1.2012 um 19.19 Uhr in »Rita's World«

Oh, no! Mussten die Fechenheimer ihr so kurzfristig noch einen Termin aufs Auge drücken? Als nächstes würden sie wahrscheinlich beantragen, dass in Fechenheim eine Straße nach Rita benannt wurde. Oder ein Denkmal für sie in Auftrag geben. Langsam wuchs Marion alles über den Kopf. Seit sie ihren Job machte, waren die ersten Tage eines neuen Jahres stets Sauregurkenzeit gewesen, und sie hatte sich die Themen mühsam aus den Fingern saugen müssen. Dieses Jahr aber hatte gleich mit einer Überdosis begonnen. Und damit ihr auf keinen Fall langweilig wurde, musste sie morgen Abend auch noch ins Schauspielhaus zur Verleihung des ersten *Purple Wrap Award*, dem neuen Oscar für Verpackungsdesign. Bei der Vorstellung, dass sie dort wieder wie eine Lumpenliese zwischen all den jung-dynamischen Werbeleuten herum stehen würde, kriegte sie die Vollkrise. Es half alles nichts, sie musste zusehen, dass sie bis dahin noch ein passendes Outfit auftrieb. Und ihren schmutzfarbenen Haaransatz musste sie auch noch nachcolorieren. Wenn sie wenigstens endlich ihren Artikel über Babsi und Gianluca in trockenen Tüchern gehabt hätte!

Ist dieser Smog in meinem Hirn das erste Anzeichen für beginnende Altersschwäche? überlegte sie. Vielleicht sollte ich's mal mit Vitaminen probieren. Werd mir heute Abend beim Heimgehen auf dem Kaiser-Markt wenigstens mal 'n paar Apfelsinen kaufen.

Zur gleichen Zeit im Polizeipräsidium, 3. Stock

»Sie sind ein Fuchs.« Rosentreter war beeindruckt. »Wie Sie so schluppdiwupp aus Wüstenhagen raus gekitzelt haben, dass - «

»Das war Eingebung.« Lauber war sichtlich mit sich selbst zufrieden. »Ehrlich gesagt, hab ich gedacht, eh er mir noch was von seiner, den Bach runter gegangenen, Karriere erzählt, muss ich ein bisschen tricksen. Die Geschichte wird aber erst dann rund, wenn Kalnikow sie bestätigt. Ich wüsste zu gern, wo die kleine Kokotte wieder abgetaucht ist. Haben

Lieberknecht und Sie alle Möglichkeiten ausgelotet, ihn aufzutreiben?«

»Wir haben versucht, was wir konnten«, meinte Rosentreter. »Vielleicht können Sie uns Zech noch zur Seite stellen. Dann klappern wir heute Abend zusammen das Bermudadreieck ab. - Ach«, fiel ihm ein, und er fummelte in seiner Jackentasche nach seinem Wohnungsschlüssel, »Sie sind dann ja wahrscheinlich schon vor mir daheim. Ich dreh tagsüber immer die Heizung runter. Einfach wieder hoch drehen. Die Fernbedienung für den Fernseher liegt neben der Programmzeitschrift auf dem Tischchen neben der Couch. Und im Kühlschrank sind noch eine Flasche Bier, zwei Frikadellen und ein Rest Ravioli - «

»Machen Sie sich, um Gottes Willen, keinen Kopf, Rosentreter«, wiegelte Lauber ab. »Ich halte hier die Stellung, bis ich von Ihnen höre.«

19.10 Uhr. Merkez Kebab House, Münchener Straße

Als Marion mit einer grünen Plastiktüte voller Orangen in der Hand ins *Merkez Kebab House* kam, war Lutz schon da. Sie begrüßte ihn, hängte Tüte und Handtasche über die Stuhllehne und wollte sich gerade an seinen Tisch setzen, als unter dem Tisch ein klägliches Fiepen ertönte.

»Das ist Paul«, sagte Lutz. »Kein Bange, er beißt nicht.«

Marion fühlte sich etwas überrumpelt. Vor nicht mal einer Dreiviertelstunde hatte Lutz angerufen: Er könne nicht noch eine Nacht in der Rat-Beil-Straße bleiben. Er hätte Angst, dass jederzeit Babsis Bruder vor der Tür stehen und ihn auf die Straße setzen würde. Ob er bis übers Wochenende bei ihr unterkäme? - Und jetzt saß er hier mit einem Hund.

»Wenn ich das gewusst hätte«, meinte sie ein wenig säuerlich, »hätte ich kein Obst gekauft, sondern Leckerli.«

Sie beugte sich hinunter, um zu gucken, was für einen Vierbeiner Lutz da angeschleppt hatte, und stieß prompt mit dem Kopf gegen die Tischkante.

»Au! - Ach, Gottchen.«

Unterm Tisch saß ein zitternder, strubbeliger, braunweißer Mickerling.

»Der sieht ja aus wie 'ne Mischung aus Krümelmonster und Zahnbürste. Wo hast du den denn her?«

»Von den Nachbarn Horst und Heike Klein. Die hast du am vergangenen schwarzen Freitag kennen gelernt.«

Marion erinnerte sich. »Ja, und wieso hast du jetzt ihren Hund?«

»Den haben sie ihrem Patenkind zu Weihnachten geschenkt. Doch das hat 'ne Hundehaar-Allergie. Deshalb sollte Paul eigentlich ins Tierheim. Doch dann ist ihnen eingefallen, dass ich ja jetzt so allein bin. - Er ist unheimlich lieb.«

Marion schüttelte den Kopf. »Musst du nicht erst mal sehen, wie du für dich selbst sorgst?«

»Ich geh am Montag zur Arbeitsagentur.«

»Oh, Lutz«, stöhnte Marion. »Du bist wirklich ein Spezialfall.« Sie beugte sich erneut hinunter.

»Komm doch her, Paulchen«, lockte sie. »Ich tu dir nix. - Paolino. - Bruder Paulus. - Na, komm schon!«

Paul sah sie mit großen, braunen Knopfaugen an und zitterte.

»Da haben sich ja zwei Desperados gefunden. Mich lässt er abblitzen.«

Vielleicht ist Paul ja auch schwul, dachte sie, und plötzlich fiel ihr ein, dass sie Lutz behutsam darauf vorbereiten sollte, was morgen über Babsi und Gianluca in der Zeitung stand. Nun, der Abend war ja noch lang.

»Ich schlag vor, dass wir hier nur schnell was essen«, sagte sie, »und dann in meine Wohnung rüber gehen. Es ist mir ein bisschen peinlich, aber ich muss noch meine Haare färben.«

»Dafür brauchst du dich vor mir nicht zu genieren.« Lutz klang schon wieder so, als würde er gleich anfangen zu weinen. »Das kenn ich doch von Manni. Hab ihm ja auch immer geholfen beim Waxing, Peeling und Tanning. Und immer alles für ihn besorgt. Von Aloe-Gel bis Zinkpaste.«

Als Lutz seine türkische Pizza gegessen hatte und Marion das, was von ihrem Pide mit Gouda noch übrig gewesen war, nachdem sie Paulchen damit gefüttert hatte, zogen sie mit Lutz' Übernachtungsgepäck, das er in einem Rucksack verstaut hatte, weiter in Marions Wohnung.

Bei Paulchen hatte Marion sich mit ihren paar Happen so erfolgreich eingeschmeichelt, dass er ihr in Erwartung weiterer Verwöhneinheiten schnurstracks ins Badezimmer folgte. Lutz hatte sie gleich beim Betreten der Wohnung gebeten, sich so lange selbst zu beschäftigen, bis sie ihre Färbeprozedur bewältigt hatte.

Während sie noch dabei war, ihren Haaransatz zu bearbeiten, ohne allzu viel zu kleckern, hatte Paulchen schon erschnuppert, dass es im Bad nichts zu fressen gab, und sich wieder getrollt. Da plötzlich ertönte durch die offene Badezimmertür aus dem Wohnzimmer eine Marion vertraute Reibeisenstimme:

»I'm so lonesome tonight
why don't you hold me tight?«

Offenbar hatte Lutz sich über ihre CD-Sammlung her gemacht. Nur wie hatte er denn ausgerechnet diese Scheibe erwischt? Marion unterbrach ihr Gepinsel, trat aus dem Bad und schaute um die Ecke herum ins Wohnzimmer. Auf dem Kelim vor der Stereoanlage hockte Lutz und starrte Löcher in die Wand. Er *will* leiden, dachte sie und machte kehrt.

»I'm so lonesome tonight«, sang Ivo ihr hinterher. Sein kratziges Timbre ging ihr immer noch unter die Haut.

Als sie einige Minuten später die letzten Reste *Vibrierendes Kupfer* auf ihrer Kopfhaut verteilte, erklang aus dem Wohnzimmer:

»Desperately seeking for eternal love«.

Das reicht jetzt! dachte sie und stülpte eine Duschhaube über.

»Lutz«, rief sie und lief ins Zimmer. »Spiel doch, bitte, irgendwas anderes. Das ist ja nicht zum Aushalten!«

Lutz wandte sich ihr mit tränenfeuchten Augen zu. »Er singt mir aus der Seele«, sagte er leise.

»Ja. Das hat er bei mir auch lange genug geschafft.«

Marion ließ ihre Schultern herunter sacken und seufzte: »Bitte, guck mich nicht an! Ich seh aus wie die Witwe Bolte.«

»Du kennst den, der da singt?« fragte Lutz. »Ich hab die Songs noch nie gehört. Sie sind unheimlich schön.«

»Das sind zwei uralte Singles, die ich mal auf CD überspielt hab. Der Sänger hieß damals Roy Heart. Und im richtigen Leben Ivo Fritsche. - So, und jetzt kriegst du erst mal was zu trinken. Ich hab 'n Rioja, kann dir aber auch 'n Orangensaft pressen. Oder wir mixen Beides, dann haben wir Rioja-Orange.«

»Er hat dir mal viel bedeutet, oder?«

»Was?« Marion drehte sich ab und nahm eine der beiden Weinflaschen aus ihrem Ablagekorb. »Das steht hier nicht zur Debatte.«

»Du bist so tough.«

»Ich bin nicht tough. Ich hab nur gelernt, mich von Illusionen zu verabschieden.«

»Illusionen...« Gedankenverloren streichelte Lutz über Paulchens strubbeliges Fell. »Was sind schon Illusionen. Ich hab mich verabschieden müssen vom Mann meines Lebens.«

»Sei mir nicht bös, Lutz, aber ich glaub nicht mehr, dass es den überhaupt gibt, den *Mann des Lebens*«, sagte Marion und ging in die Küche. »Und sobald du einen hast, den du dafür hältst, läufst du prompt Gefahr, dich selbst zu vergessen. Bis du schließlich für ihn nur noch so was bist wie 'ne feste Einrichtung, auf die er nach Lust und Laune zurück greifen kann. Immer dein und allzeit bereit.«

»Er muss dir arg weh getan haben.«

»Lutz!« wehrte sich Marion. »Jetzt hör auf. Ich hab alles Verständnis der Welt dafür, dass du unendlich traurig bist. Aber versuch nicht, auch aus mir 'ne Leidende zu machen.«

Wenn er morgen die Zeitung aufschlägt, dachte sie, während sie in der Küche den Rioja entkorkte, erfährt er, dass *der Mann seines Lebens* ihn allem Anschein nach, ohne mit der Wimper zu zucken, betrogen hat. Das zieht ihm vermutlich restlos den Boden unter den Füßen weg.

»Weißt du«, sagte sie und kam mit Flasche und Gläsern ins Zimmer zurück, »meiner Erfahrung nach bist du völlig verratzt, wenn du aus dem, den du liebst, auch noch so was wie 'n Idol machst. Das kann nur schief gehen.«

»Das versteh ich nicht«, murmelte Lutz.

Marion holte tief Luft. »Ich erzähl dir jetzt was: Ich war '82 im ersten Semester an der Uni in Gießen. Auf 'ner Studentenfête ist Ivo mit seiner Band aufgetreten, und es hat Zoom gemacht. Ich hatte vor ihm schon ein paar Freunde gehabt, aber mit Ivo war's so aufregend wie nie zuvor und unbeschreiblich toll. Ich war vor Verliebtheit gar nicht mehr von dieser Erde und hab fest geglaubt, er ist nicht nur der erste richtige Mann in meinem Leben, sondern *der* Mann schlechthin.«

»Wie bei Manni und mir«, flüsterte Lutz.

»Tja, aber jetzt kommt 's. Ivo war ein fantastischer Sänger. Er war charismatisch. Und er wollte Erfolg.«

»Wie Manni.«

»Nur im Musikbusiness hat er sich erst mal schwer getan. Dafür ging's mit den Mädels umso leichter. Ich war also nicht die Einzige. Hab mir aber eingebildet, ich wär die Beste und

Wichtigste für ihn, und er wüsste das auch. Und wenn er mich versetzt und hängen gelassen hat, hab ich zwar furchtbar gelitten, aber ich hab ihm immer wieder verziehen. Weil er einfach unwiderstehlich für mich war und ich gedacht hab, er ist ein großer Künstler, und es wär egoistisch und spießig, wenn ich ihn ganz für mich allein hätte haben wollen. Dann hat er einen Plattenvertrag bekommen, hat als Roy Heart die zwei Singles, die du eben gehört hast, eingesungen. Durfte in der *Tele-Illustrierten* auftreten, war sogar mal in der *Hitparade.* Ich immer bei Fuß. Hab ihm seine Klamotten hinterher getragen, die er dann nicht angezogen hat, weil er lieber mit seinen versifften Jeans auftreten wollte. Hab aufgepasst, dass er vorm Auftritt nicht schon zu viel getrunken hat, und anschließend stundenlang auf ihn gewartet, bis er sein Bad in der Menge genommen hatte und so knülle war, dass er ohnehin allein nicht mehr nach Hause gekommen wäre. Und hab angefangen zu rauchen. Dann hat er sich mit seiner Plattenfirma verkracht, hat 'ne neue Band, *Ivo & The Icebreakers,* gegründet und ist wieder durch Bürgerhäuser und Festzelte gezogen. Zwischendurch hat er entweder sein Auto gecrasht oder seinen Führerschein verloren. Also hab ich ihn gefahren. Mit Geld konnte er überhaupt nicht umgehen. Ich hatte da schon meinen ersten Job beim *Top Tipp* hier in Frankfurt und hab auch gelegentlich versucht, mich mit 'nem Anderen zu trösten. Aber innerlich war ich immer auf 'm Sprung, obwohl ich oft wochenlang nichts von Ivo gehört und gesehn hab. Dann stand er plötzlich wieder vor der Tür, und ich hab sofort jeden stehn und alles liegen lassen und mir eingeredet, er hat endlich gemerkt, wie sehr er mich braucht und dass er mich genauso liebt wie ich ihn. Ich doofe Nuss hab ihn sogar mal mit 'ner fremden Tussi im Schlepptau bei mir einquartiert. Bin einfach nicht von ihm los gekommen, und es gab Phasen, da hab ich nur noch geheult wie 'n Schlosshund. Weißt du, wie lange das ging? Bis zur Jahrtausendwende. Da hab ich mir gesagt, wenn ich jetzt nicht die Notbremse ziehe, ist es irgendwann zu spät. In der Silvesternacht landen drei Sachen auf dem Müll der Geschichte: deine alte Rostlaube, deine Nikotinsucht - und deine bescheuerte emotionale Abhängigkeit von Ivo. Und ich hab's tatsächlich geschafft. - Na, ja, bis auf das Rauchen.«

Sie schaute sich im Zimmer um. Wo lagen ihre Zigaretten?

»Und jetzt?«

»Du siehst ja, ich lebe.«

»Und er?«

Marion zuckte mit den Achseln. »Vermutlich auch.«

»Mmh.« Lutz drückte Paulchen so fest an sich, dass der kurz aufjaulte. »Also, mit Manni und mir war das ganz anders.«

»Mag sein. Ich wollte dir eigentlich nur sagen: Das Verbrechen an Babsi wird irgendwann aufgeklärt. Und dann musst du aufhören zu denken, er wär dein Leben gewesen. Du hast dein eigenes!«

Lutz sah sie ungläubig an. »Du hast Hornhaut auf der Seele.«

Soll er von mir denken, was er will, dachte Marion und goss ihm ein Glas Wein ein.

»Ich hab's geliebt«, sagte Lutz versonnen, »alles für Manni zu tun. Klar gab's für ihn nichts Wichtigeres als seine Show. Aber danach, wenn wir allein waren, war's einfach nur wunderschön mit ihm. Dann war er mein Bärchen. Wir haben davon geträumt, nach Las Vegas zu fliegen, und er hat mir vorgeführt, wie er die *Gräfin Mariza* spielt oder die *Csárdás-Fürstin*, wenn er erst die ganz großen Hallen füllt.«

Er hatte sein Glas schon fast geleert.

»Wir sind glücklich gewesen. Bis der Krieg mit den Fechenheimern losgebrochen ist, weil die 'n Problem damit hatten, dass Manni viel besser war als sie.«

Oje, das ist Lutz' Legende, dachte Marion. Babsi war viel krawalliger als Rita, wesentlich erfolgreicher war er nicht. Deshalb hatte er von Anfang an ein Problem mit den

Fechenheimern und nicht andersrum. Sie deutete auf die Weinflasche.

»Bedien dich selbst.«

»Von da an hat Manni nur noch unter Hochspannung gestanden, ist bei jeder Kleinigkeit an die Decke gegangen, und ich hab's nicht geschafft, ihn runter zu holen. Er war wie 'ne tickende Zeitbombe und hat Tag und Nacht gegrübelt, wie er den Fechenheimern zeigen kann, wo der Hammer hängt.«

Lutz goss sich ein neues Glas Rioja ein.

»Dass ihm das so wichtig war, hab ich erst gar nicht kapiert. Hab ihn sogar mal angepflaumt, er soll sich doch, wenn er unbedingt von jetzt auf gleich berühmt werden will, fürs *Dschungelcamp* bewerben. Da muss er nur 'ne Woche lang eklige Sachen essen und mit 5.000 Kakerlaken in die Heia, und schon kennt ihn die ganze Nation.«

Er griff erneut nach der Flasche.

Der Wein macht ihn ungewohnt mitteilsam, dachte Marion. Von mir aus kann er ihn allein weg trinken.

»Dann ist er ein paar Mal daheim ganz furchtbar Amok gelaufen. Danach hat er schrecklich geweint.« Lutz' Stimme begann verdächtig zu wackeln. »Und einmal hat er sogar angekündigt, dass er Babsi Botox sterben lassen will, damit er sich ganz neu erfinden kann.«

Er kniff die Augen zusammen. Seine Tränendrüsen hatten schon wieder die Produktion aufgenommen.

»Da kam die Tatsache, dass er so unerwartet beim *Promi Dinner* mitmachen durfte, also wie ein Geschenk des Himmels«, meinte Marion.

»Ein Himmelfahrtskommando war das!« wimmerte Lutz. »Deswegen haben sie ihn doch umgebracht!«

»Lutz!«

»Gleich danach müssen sie ihn massiv bedroht haben. Ich hab's genau gemerkt. Er war ja plötzlich ganz anders.«

»Wie?«

»Hat kaum noch mit mir geredet. Weil er nicht wollte, dass ich da auch noch mit reingezogen werde. Aber er war dauernd heimlich am Telefon.«

»Und was glaubst du, mit wem er...?«

»Mit Soeren Schröter natürlich! Den haben sie zum Stunkmachen doch immer vorgeschickt!«

Oje, ich bin sicher, dachte Marion, am anderen Ende der Leitung war nicht Soeren, sondern Gianluca di Meo. Sie stöhnte und griff an ihre Stirn - und spürte Plastik unter ihren Fingern.

»Ach, du Scheiße!« fiel ihr ein. »Ich muss die Farbe aus meinen Haaren waschen!«

Freitag, 6. Januar, 8.46 Uhr.

Polizeipräsidium, 3. Stock

»So, Freundchen, du revidierst also deine Aussage vom Dienstag?«

Mischa Kalnikow erschien Lauber heute noch schmächtiger als vor drei Tagen. Der kleine Lump sieht aus, als würde er sich zielstrebig zugrunde richten, seit er nicht mehr in Fechenheim in Diensten steht, dachte er. Vielleicht ist ja was dran an der rührseligen Geschichte von Mutti Peperoni und ihrem Herz für Straßenkinder.

»Ich halte also fest«, sagte er. »Nachdem Frau Rühl dich Freitagnacht in der Rat-Beil-Straße raus gesetzt hat, bist du nicht, wie zunächst behauptet, ins Castro-Viertel.Vielmehr hast du Will Wüstenhagen angerufen, weil du ihn noch zu 'ner Kneipentour überreden wolltest. Doch der hatte keine Lust, weil er schon im Bett war. Hat dir aber gesagt, du sollst dir ein Taxi rufen und zu ihm nach Hause kommen. Die Droschke zahlt er. Dann hast du 'ne Weile auf das Taxi gewartet, und warst um etwa 23.45 Uhr am Tiergarten. Dort hast du mit Wüstenhagen die Nacht verbracht. Hab ich das so richtig wiedergegeben?«

»Da«, nickte Mischa müde. Graue Schatten umrandeten seine Rehaugen. Sein Schmollmund war blass und blutleer.

»Kein Wunder«, raunzte Lauber. »Das konnte ich ja auch auswendig. Das hat mir nämlich fast gleichlautend Will Wüstenhagen erzählt. Da habt ihr euch gut abgesprochen, ihr Zwei.«

»Njet. Ja gavarju prawdu. Prawda, verstehn?«

»Prawda ist 'ne Zeitung, du Fliegengewicht, und verstehen tu ich nur Deutsch. Also, bitte!«

»Is gewesen so. Exakt.«

»Mmh. Und warum hast du das nicht gleich gesagt?«

Lauber funkelte Kalnikow zornig an.
»Meinst du, wir haben nichts anderes zu tun, als dich immer wieder in den Katakomben der Stadt zu suchen?«
»Wiwü nicht wollen, dass...«
»Was? - Ach, hat dieser Zickendraht Angst gehabt, mit dir in Verbindung gebracht zu werden? Du meine Güte, soll er sich doch vergnügen, mit wem er will. Das ist nicht strafbar. Aber der Kripo Lügen aufzutischen... Na, macht euch jedenfalls keine Hoffnungen. Ihr Beide seid noch nicht aus dem Schneider, nur weil ihr euch plötzlich gegenseitig ein Alibi gebt. Wüstenhagen haben wir unter Kontrolle, und dich behalten wir bis auf Weiteres in Gewahrsam. So.«
Er schob den *Express*, der aufgeschlagen auf seinem Schreibtisch lag, in Kalnikows Richtung, um Platz für seinen Aktenkoffer zu machen.
»Nun iss erst mal was. Wir haben ja nichts davon, wenn du uns verhungerst, eh wir mit dir durch sind.«
Er entnahm dem Aktenkoffer eine Tupperdose, in die ihm Rosentreter heute früh in aller Eile mehrere Stücke Stollen gepackt hatte.
Mischa starrte auf die beiden Fotos unter der *Express*-Schlagzeile:

Fußballstar Gianluca di Meo
Babsi Botox' letzter Schwarm

Eines davon entstammte dem Badehosen-Shooting vom Sommer 2011. Das zweite Bild zeigte Gianluca lässig an seinen *Mercedes SLS AMG designo mysticweiß 2* gelehnt.
Mischa zeigte darauf:
»Kennen Avto. Kommen in Nacht. Und kennen Mann.«
»Kunststück. Den kennt jeder, der sich für Fußball interessiert«, sagte Lauber. »Und was ist mit seinem Auto?«

»Warrten auf Strraße. Da kommen Avto. Mann machen Stop vor Chaus von Babsi.«

Jetzt wurde Lauber hellhörig.

»Du meinst die Mordnacht? Und du behauptest, da ist di Meo, während du noch aufs Taxi gewartet hast, angefahren gekommen und hat vor dem Haus von Babsi Botox gehalten?«

»Da.«

»Den Fahrer hast du im Dunkeln doch gar nicht richtig erkennen können. Und so 'n *Mercedes* fahren andere auch.«

»Kennen Mann«, beharrte Mischa. »Und kennen Avto.«

»Woher?«

»Parrkplatz Avtobahn.«

»Autobahnparkplatz? Wo?«

»Ja ne znaju... Äh, meschdu... Frrankfurrt... i... Offebach.«

»Frankfurt... Offenbach?« überlegte Lauber, stand von seinem Stuhl auf und drehte sich zur Wand, an der eine Karte der Metropolregion Rhein-Main hing. Er studierte die Karte. Dann war ihm klar:

»Du meinst den Schwulen-Treff an der A5 Langen-Mörfelden. Autobahnkreuzung FFM-Würzburg zwischen Frankfurt und Offenbacher Kreuz?«

Mischa schien nicht ganz sicher zu sein:

»Ja polagaju...«

»Also, die Stichwörter Autobahnparkplatz, Frankfurt und Offenbach treffen eindeutig auf den uns bekannten Cruiser-Punkt zu. Da also bist du auch deinem Dienstleistungsgewerbe nachgegangen? Und jetzt willst mir erzählen, einer deiner Kunden war Gianluca di Meo? Derselbe, der Freitagnacht in der Rat-Beil-Straße vorgefahren ist? Was hat er denn dort gemacht, außer dass er geparkt hat?«

»Nix wissen. Nur sehen andere Mann kommen aus Chaus. Dickes Mann wie Babsi. Gehen zu Avto, dann setzen in Avto.«

»Du hast beobachtet, wie einer, der ausgesehen hat wie Babsi Botox, aus der Haustür gekommen ist und sich zu di Meo ins Auto gesetzt hat? Und dann?«

»Kommen Taxi.«

10.20 Uhr. Zeil

Wie schon oft hatten die Taunuswinde, die mit Karacho über den Willi-Brandt-Platz fegten, Marion kalt erwischt, als sie auf ihrem Weg Richtung Hauptwache die Neue Mainzer Straße überquert hatte. Jetzt hab ich wahrscheinlich wieder 'ne Sturmfrisur, dachte sie und suchte ihr Spiegelbild in der *CABINET*-Schaufensterscheibe. Super! Mit diesem geplatzten Sofakissen auf dem Kopf bin ich perfekt gestylt für meinen Klamottenkauf.

Als sie kurz darauf den Rossmarkt links liegen gelassen hatte und sich der Hauptwache näherte, wunderte sie sich: Mit einem solchen Andrang an Einkaufsbummlern hatte sie um diese Zeit nicht gerechnet.

Vor ihr wogten drei stretchbehoste weibliche Gesäße, die, selbst wenn man sie auf doppelt so viele Untergestelle verteilt hätte, noch immer Adipositas-Alarm ausgelöst hätten. Wär der Shador kein Symbol weiblicher Unterdrückung, dachte sie, man könnte ihn durchaus auch mancher Nicht-Muslimin empfehlen.

Auf der Zeil angekommen, versuchte sie sich vorbei an einem Jesus Christus-PR-Beauftragten, einem außer Rand und Band geratenen Trommler, einer auf dem Pflaster knienden Bettlerin und einem Marktschreier für Gemüsehobel in den Menschenstrom einzufädeln, der sich beiderseits der kahlen Platanen vorwärts schob. Die Äste der Bäume sahen aus wie gichtige Gelenke.

Jemand zupfte an ihrem Ärmel. Sie drehte sich nach links.

»Handlesen, Madame?« fragte eine Sinti.

»Nein, Danke!«

Marion beschloss, den ungeordneten Fußgängerverkehr im Zickzack-Kurs zu durchkreuzen. Dabei streifte sie einen Luftballon-Verkäufer, der trotz der gewaltigen Menge bunter Ballons, die er an sich befestigt hatte, erstaunlicher Weise Bodenhaftung behielt.

»Mei, pass doch auf, du Pumuckl!« grantelte ein behäbiger Passant, dem sie beinahe in den Bauch gelaufen wäre, und jetzt dämmerte ihr: Heute war Dreikönige, und diese Kaufwütigen-Invasion kam aus Bayern!

Sie hatte vorgehabt, als erstes bei *Zara* und/oder *Mango* nach etwas Tragbarem für den heutigen Abend zu suchen, und hoffte inständig, dass sie dort auch fündig wurde. Nach einer umfangreicheren Shopping-Tour stand ihr absolut nicht der Sinn. Zumal sie sich schon wieder verantwortlich fühlte für Lutz. Sie hatte ihm ans Herz gelegt, mit Paul, der heute früh ein Bächlein gemacht hatte an ihrem Garderobenbaum, im Nizza eine größere Runde zu drehen. Außerdem hatte sie ihn gefragt, ob er vielleicht ihre Steckdose im Flur reparieren könne, die sie aus der Wand gerissen hatte, als sie über die Staubsaugerschnur gestolpert war. Will's der Teufel, fiel ihr ein, bedröhnt er sich dabei die ganze Zeit mit *Desperately Seeking for Eternal Love*.

»Desperately Seeking for...« drang an ihr Ohr.

Ich werd langsam gaga, dachte sie.

Da sah sie Ivo. Mit seiner Gitarre in den Händen und einem Kasten zu Füßen, aus dem das Playback ertönte, stand er vor dem Brockhausbrunnen und sang.

Marion stoppte so abrupt, dass eine hinter ihr Gehende auf sie prallte und etwas Unverständliches schimpfte. Einen Moment war Marion wie gelähmt. Dann drehte sie auf dem Absatz um und flüchtete gesenkten Kopfes, so schnell das Gedränge es zuließ, zurück Richtung Hauptwache.

Scheiße, Scheiße, Scheiße! hämmerte es hinter ihrer Stirn, und um ein Haar hätte sie einen Mann mit einem Bauchladen voller Bratwürste über den Haufen gerannt. Gestern Abend denke ich zum ersten Mal seit Jahren wieder an Ivo. Und jetzt steht er plötzlich da. Als Straßensänger.

Weg! Nur weg hier!

Zur gleichen Zeit. A 66, Nordwest-Kreuz Frankfurt

»Etwa von dieser Stelle kam der letzte Anruf, den Manfred Nattermann entgegen genommen hat«, sagte Lauber. Er saß neben Rosentreter im Wagen auf dem Weg nach Bad Soden.

»Das ist aber auch das Einzige, das bis jetzt konkret gegen Gianluca di Meo spricht. Was der kleine Russki uns präsentiert hat, kann auch eine Geschichte aus Tausendundeinernacht sein. Mal eben aus der Lamäng geschüttelt, als er die Schlagzeile und die Fotos gesehen hat. Vielleicht weil er noch eine Rechnung offen hat mit di Meo.«

»Aber wenn er die Begegnung zwischen di Meo und Nattermann in der Mordnacht nur erfunden hat, um den Verdacht auf den Fußballstar zu lenken«, überlegte Rosentreter, »weshalb hat er seine Story dann nicht weiter gesponnen? Zumindest bis zu dem Punkt, an dem di Meo als Tatverdächtiger dagestanden hätte? Wobei ich's selbst dann für Humbug gehalten hätte, dass Nattermann nur eine knappe halbe Stunde, bevor man ihn tot in seinem Schlafzimmer gefunden hat, vor der eigenen Haustür in dessen Auto gesessen haben soll.«

»Nun, ja. Im *Express* steht, die Zwei hätten womöglich eine Affäre gehabt.«

»Das hab ich ganz anders verstanden«, widersprach Rosentreter. »Nattermann war derjenige, der eine Affäre *wollte*. Er war der Jäger, di Meo der Gejagte. Und seit wann fährt der Gejagte seinem Jäger hinterher? Noch dazu ein Spitzenfußballer, der sich homophile Neigungen definitiv nicht leisten kann.«

»Dennoch ist er heute Morgen nicht zum Training erschienen, und nicht mal sein Trainer hat ihn telefonisch erreicht. Und der wollte, nachdem er den Artikel gelesen hatte, di Meo sogar anbieten, eine Pressekonferenz aus dem Boden zu stampfen und eine Gegendarstellung zu erwirken.«

Lauber massierte seinen verspannten Nacken.

»Wir können nur hoffen, dass di Meo daheim ist und wir sachlich und unaufgeregt mit ihm reden können. Ich will nichts falsch machen. Das wirbelt nur Staub auf. Di Meo ist ob seiner Prominenz ein anderes Kaliber als unsere schrillen Kleinkünstler und ihre Gefolgschaft.«

In Bad Soden in der Dachbergstraße angelangt, fanden Lauber und Rosentreter sich vor dem Eingang einer Wohnanlage, die Exklusivität atmete. Da der Name di Meo auf keinem der Klingelschilder stand, entschieden sie sich, bei *GdM* zu läuten. Nach einer Weile hörten sie aus der Gegensprechanlage eine Männerstimme fragen:

»Mama?«

»Herr di Meo?« fragte Lauber zurück.

»Wer sind Sie?«

»Kriminalpolizei. Mein Name ist Lauber. Können wir kurz mit Ihnen sprechen?«

»Das passt jetzt gar nicht!« Die Stimme klang ungehalten. »Ich erwarte meine Mutter.«

»Es dauert nicht lange, Herr di Meo. Bitte, machen Sie auf.«

»Was wollen Sie denn?«

»Das möchten wir ungern auf diesem Wege mit Ihnen besprechen.«

Es kam keine Antwort mehr.

Lauber sah Rosentreter an und blähte die Nüstern. Dann klingelte er erneut und zählte:

»Einundzwanzig, zweiundzwanzig, dreiundzwan - «

Da ertönte der Summer.

»Na, also. Geht doch!«

Lauber drückte die schwere Tür aus Glas und Edelstahl auf.

Der hochgewachsene junge Mann, der Lauber und Rosentreter im dritten Stock die Wohnungstür öffnete, hatte auf den ersten Blick wenig Ähnlichkeit mit dem aus den Medien bekannten Vorzeigesportler. Unrasiert, die schwarzen Haare ungekämmt, stand er da in einem *Adidas*-Trainingsanzug, der ebenso schmuddelig aussah wie sein Träger.

»Verzeihung. Haben wir Sie aus dem Bett geholt?« fragte Lauber. »Darf ich bekannt machen: mein Kollege Rosentreter.«

Er schaute an di Meo vorbei in dessen Loft, in dem überall Kleidungsstücke, Wasserflaschen und Zeitschriften herum lagen, und sein Urteil stand fest: Junggesellen-Schlampladen! Wie penibel ordentlich war es dagegen bei Rosentreter.

»Wir haben nur ein paar Fragen an Sie.«

»Was in der Zeitung steht«, di Meo wirkte fahrig und seltsam geistesabwesend, »stimmt hinten und vorne nicht.«

»Das ist für uns im Moment nachrangig«, sagte Lauber.

»Es sind jetzt schon lauter hämische Kommentare im Netz. Die Fans machen mich fertig.«

Di Meo suchte Halt an der Rückenlehne seiner Couch. Anscheinend war ihm schwindlig. Lauber meinte zu erkennen, dass seine Hände zitterten.

»Regen Sie sich bitte nicht auf. Wir wollen zunächst nur wissen, wo Sie Freitagnacht vergangener Woche waren zwischen 23.00 Uhr und Mitternacht.«

»In der Kameha Suite«, kam es wie auf Knopfdruck.

»In der Frankfurter Taunusanlage, aha. Allein?«

»Nein. Mit meinem Physio... äh... Masseur.«

»Sein Name?«

»Stephan. - Äh, Schaller.«

»Würden Sie uns, bitte, seine Kontaktdaten geben.«

»Ich, äh, weiß jetzt nicht, wo ich sie habe.«

»Kein Problem. Rosentreter, kümmern Sie sich darum bitte.«

Rosentreter zückte sein Handy und schaute sich um, wo er ungestört telefonieren konnte.

»Sie weisen es also von sich, eine Beziehung mit Manfred Nattermann gehabt zu haben?« fragte Lauber.

»Ja, natürlich!« Schweißtropfen perlten an Gianlucas Schläfen hinab.

»Sprich, Sie fühlen sich verleumdet. Tja, dann sollten Sie sich dagegen zur Wehr setzen. Ich bin sicher, Ihre Berater werden Ihnen dabei behilflich sein. Und Nattermann, der das Gegenteil behaupten könnte, lebt ja nicht mehr.«

Dem letzten Satz hatte Lauber besonderen Nachdruck verliehen. Di Meo reagierte nicht darauf.

»Aber es steht alles im Internet«, nuschelte er. «Und da bleibt es für immer und ewig. Geht nie wieder raus.«

Das ist der Pranger des digitalen Zeitalters, dachte Lauber und betrachtete di Meo. Beinahe empfand er Mitgefühl. Der Kerl war noch so jung, aber, wenn alles schief lief, schon am Ende seiner Karriere im Profi-Fußball. Und weshalb? Wegen der Hormone. Was die betrifft, überlegte er, ist das Alter doch eine Gnade. Da juckt's nicht mehr so oft. Sie schwiegen beide.

Rosentreter kam wieder hinzu.

»Ich hatte soeben Frau Schaller am Telefon«, verkündete er. »Ihr Mann, Stephan Schaller, war am Freitag, dem 30.12. den ganzen Abend und die ganze Nacht zu Hause in Bad Vilbel. Sie hatten Besuch, der das bestätigen kann. - Ja, das war's wohl mit Ihrem Alibi, Herr di Meo.«

Lauber sah Rosentreter überrascht an. Dass es so fix gehen würde, hatte er nicht erwartet.

»Das bedeutet, wir müssen Sie bitten, mit ins Präsidium zu kommen, Herr di Meo«, sagte er.

Di Meo stierte auf den Boden und rührte sich nicht.

»Das geht nicht«, sagte er tonlos. »Meine Mama kommt gleich.«

»Hat sie einen Schlüssel?«, fragte Rosentreter.

»Ja...«

»Wir hinterlassen ihr eine Notiz, wo Sie zu finden sind.«

Er zog einen Kuli und eine Visitenkarte aus der Innentasche seines Sakkos.

»So, Herr di Meo.« Lauber ging auf Gianluca zu und nahm ihn am Arm. »Dann wollen wir mal!«

11.45 Uhr. Redaktion des Frankfurter Express

Die Begegnung mit Ivo hatte Marion vollends aus dem Tritt gebracht. Was mochte mit ihm passiert sein, dass er als Barde in der Fußgängerzone gelandet war? Dieser Idiot! Er war ein so großartiger Sänger gewesen. Und ich hab immer gemeint, ich bin's, deren Leben er zerstört, dachte sie. In Wahrheit hat er sich selbst zerstört.

Jetzt musste sie aber erst mal zusehen, dass sie mit ihrem Artikel für morgen zu Potte kam. Sie hatte zwar schon heute früh gewusst, dass sie, wenn die Kripo weiterhin so ergebnislos vor sich hin ermittelte, mit dem, was heute in der Zeitung stand, ihr Pulver verschossen hatte. Und obwohl sie einen Eiertanz vollführt hatte in puncto behutsamer Formulierung, konnte sie im Internet sehen, welchen Sturm sie ausgelöst hatte. Da wollte sie um keinen Preis noch einmal nachtarocken.

Also blieb ihr wohl nichts anderes übrig, als über Heidis Frettchen zu schreiben und die Trauerfeierlichkeiten in Fechenheim. Wenig motiviert ließ sie ihre Augen über die schwarze Tastatur ihres PC wandern und hoffte auf Erhellung.

Von einem Termin kommend, flitzte Fotograf Antonio an ihrem Schreibtisch vorbei. »Hi«, grüßte er. »Mann, siehst du heute heiß aus als Struwwel-Petra!«

13.00 Uhr. Polizeipräsidium, 3. Stock

Seit sie in Bad Soden ins Auto gestiegen waren, hatte di Meo sich mit Schweigen gepanzert. Jetzt gähnte er schon wieder.

Lauber fühlte sich zunehmend provoziert. Wenn dieser Typ demonstrieren will, wie ihn das Ganze hier anödet, dachte er, kann er Onkel Lauber aber kennenlernen!

»Sie nehmen unsere Rechtsbelehrung, dass Sie nichts sagen müssen, was Sie selbst belasten könnte, *sehr* wörtlich«, unternahm er den soundsovielten Anlauf, di Meo zum Sprechen zu bewegen. »Sollen wir uns statt Ihrer mit Ihrem Anwalt unterhalten?«

Di Meo saß auf seinem Stuhl und wippte auf enervierende Art mit den Füßen. Er nickte.

»Na, wenigstens etwas«, schnaufte Lauber. »Haben Sie Ihr Handy dabei, oder kennen Sie die Nummer Ihres Anwalts auswendig?«

Di Meo schüttelte verneinend den Kopf und gähnte.

»Dann wird Frau Klaucke Ihnen behilflich sein. Rosentreter, bitte begleiten Sie Herrn di Meo ins Vorzimmer. Und bringen Sie ihn anschließend in den Verhörraum. Dort kann er warten, bis sein Anwalt da ist.«

Als die Zwei aus seinem Büro waren, nahm Lauber sich noch einmal den *Express* vor und überflog den Artikel über di Meo und Nattermann. Die Beiden hatten sich kennen gelernt bei den Dreharbeiten zum *Perfekten Promi Dinner*, und Nattermann hatte alle Register gezogen, um di Meos Gunst zu erwerben. Wie weit er damit nach Abschalten der Kameras gekommen war, blieb offen. Seine letzte Eroberungs-Offensive hatte zu Weihnachten aus einem Strauß mit Kondomen bestanden sowie einem Grußkärtchen, unterzeichnet mit B. B. Das Präsent war abgegeben worden in der Geschäftsstelle von *Harmonie Frankfurt*, und di Meo hatte bei der Entgegennahme einen Wutanfall gehabt. Der Rest des Zweispalters bestand aus boulevardeskem Schnickschnack.

Laubers Telefon klingelte.

Am anderen Ende war Carla di Meo, die sich zutiefst beunruhigt nach ihrem Sohn erkundigte.

»Machen Sie sich keine Sorgen. Er ist bei uns in guten Händen«, versuchte Lauber sie zu beschwichtigen. »Mehr kann ich augenblicklich nicht sagen. Es könnte allerdings sein, dass wir ihn über Nacht da behalten. Sehen Sie sich in der Lage, Zahnbürste und was zum Anziehen für ihn zusammen zu packen und vorbei zu bringen? Er trägt derzeit nur einen Trainingsanzug. Und, bitte, bringen Sie unbedingt auch sein Handy mit! Das haben wir vorhin in der Eile des Aufbruchs vergessen.«

Lauber erhob sich von seinem Stuhl und ging zur Tür, um Rosentreter, den er noch im Verhörraum wähnte, mitzuteilen, dass di Meos Mutter im Anrollen war.

Da kam Rosentreter ihm bereits entgegen.

»Ich weiß nicht, was er hat«, sagte er, »aber di Meo ist in keinem guten Zustand. Der Kollege Dornfeld, der auf ihn aufpasst, meint auch - «

»Di Meo geht, nachdem sein Alibi geplatzt ist, die Muffe oder vulgo: der Arsch auf Grundeis«, wischte Lauber diese Bemerkung beiseite. »Mit seinem Masseur war das Alibi garantiert abgesprochen, aber er hat halt Pech gehabt, dass dessen Frau am Telefon war, die davon nichts wusste. - Übrigens, di Meos Mutter ist auf dem Weg hierher.«

»Auf seinen Anwalt werden wir wohl 'ne Weile warten müssen. Er stand auf der A3 bei Aschaffenburg im Stau, als wir ihn erreicht haben. - Ich bring di Meo nur rasch einen Kaffee rüber. Er hat was von Durst gesagt. Und dann würde ich gern auf einen Sprung in die Kantine. Kommen Sie mit?«

In der Kantine hatten sie beide ihre gefüllten Paprika erst zur Hälfte verzehrt, als Tanja durchklingelte: Frau di Meo sei jetzt da.

Wenig später saß Lauber einer zierlichen, kaum Fünfzigjährigen gegenüber, die die gleichen tiefblauen Augen hatte wie Gianluca di Meo, und der die Besorgnis um ihren Sohn ins Gesicht geschrieben stand. Tanja hatte sie bereits in ihrer Aufruhr mit Fragen gelöchert. Lauber aber kam ihr zuvor.

»Frau di Meo«, sagte er, »eh ich Ihnen Auskunft über Ihren Sohn erteile, geben Sie mir doch bitte, als erstes sein Handy.«

Carla di Meo sah ihn so verzweifelt an, dass er ihrem Blick ausweichen musste. Dann griff sie in die Sporttasche, die sie dabei hatte:

»Ich hab nicht gewusst, welches. Es lagen zwei in Giannis Wohnung. Ich hab beide mitgebracht.«

Damit legte sie ein *iPhone* und ein weißes *Samsung* Handy auf Laubers Schreibtisch.

An Laubers Hals traten vor Anspannung die Sehnen hervor. Er schaute kurz hinüber zu Rosentreter, der am Aktenregal lehnte.

Dann besah er sich das *iPhone*. Als Provider war auf dem Display eingeblendet: *T-Mobile D*. Er griff nach dem Handy - und spürte, wie sein Blutdruck nach oben schnellte. Dort stand: MTS KGS. Darunter waren sechs kyrillische Buchstaben. Lauber hielt die Luft an, setzte sein Pokerface auf und übergab das Handy an Rosentreter.

»Zeigen Sie das, bitte, sofort unseren Spezialisten«, sagte er. »Mich dünkt, Kirgisistan ist ein Ortsteil von Bad Soden.«

»Ich flehe Sie an«, bat Carla di Meo, »lassen Sie mich doch nicht so im Unklaren! Ich halte das nicht länger aus.«

»Ihr Sohn hat uns ein falsches Alibi gegeben«, antwortete Lauber.

»Alibi?« fragte Carla di Meo entsetzt. »Wofür braucht er denn ein Alibi?!«

»Das ist noch nicht spruchreif«, wehrte Lauber die Frage ab. »Sagen Sie, ist Ihr Sohn liiert? Ich meine, hat er eine Freundin, Lebensgefährtin...?«

»Ach«, Carla di Meos Stimme vibrierte. »Gianni hat sich von klein auf nur für seinen Fußball interessiert. Fußball, immer nur Fußball! Sein Bruder Giuseppe ist zwei Jahre jünger und hat mich schon zur Oma gemacht. Darum mache ich mir ja auch Vorwürfe, dass ich mich nicht mehr so intensiv um Gianni gekümmert habe. Sie können sich vielleicht nicht vorstellen, wie einer Mutter zumute ist, wenn sie weiß: ihr Sohn ist, sobald er allein ist, entsetzlich allein. Es wäre eine solche Beruhigung für mich gewesen, wenn ich gemerkt hätte: da gibt's endlich eine Frau in seinem Leben. Eine Vernünftige, die auch auf ihn aufpasst.«

»Na, er ist ja kein Kind mehr.«

»Aber er hat doch so viel um die Ohren. Sein Beruf ist ein einziger Kampf. Und obendrein muss er auch noch viel disziplinierter sein als alle Anderen, weil - « Carla di Meo erschrak. »Hat er wenigstens seine Medikamente dabei?«

»Medikamente?«

»Die muss er doch regelmäßig nehmen!«

»Wogegen?«

»Diabetes. Gianni ist Diabetiker. Typ 1.«

Lauber starrte sie an. Dann schoss er von seinem Stuhl hoch.

»Kommen Sie mit!«

Er riss die Tür auf und rannte auf den Flur. An der Ecke zum nächsten Gang bog er nach links, bis er den Verhörraum erreicht hatte.

»Warten Sie bitte hier«, sagte er zu Carla di Meo. Dann trat er etwas atemlos, aber energischen Schrittes ein.

Vor der Glasscheibe saß Dornfeld und las in einer zerfledderten Taschenbuchausgabe von *Aufzug zum Bankrott*. Im Raum hinter der Scheibe hing di Meo halb auf dem Stuhl, halb über dem Tisch und zitterte krampfartig.

»Sind Sie mit Blindheit geschlagen, Dornfeld!« brüllte Lauber. »Sehen Sie das nicht?!«

Dornfeld zuckte mit den Achseln. »Kommissar Rosentreter hat mir gesagt, Sie hätten gesagt, er simuliert.«

»Alarmieren Sie sofort den Polizeiarzt!« schrie Lauber ihn an. »Frau di Meo«, rief er nach draußen. »Kommen Sie, bitte. Ihr Sohn braucht Hilfe!«

14.15 Uhr. Redaktion des Frankfurter Express

»Lutz, ich kann jetzt nicht lange mit dir telefonieren«, sagte Marion. --- »Ja, ich bin auch alles andere als tiefenentspannt. Ich zerfiesel mir hier das Hirn, wie ich ein altersschwaches Frettchen, drei spätberufene Möchtegern-Betreiberinnen einer Kultstätte für den deutschen Schlager und zwei Nachlassverwalter, die per Pilgerreise beim Papst eine Heiligsprechung erwirken wollen, unter einen Deckel bekomme. --- Das tut mir unendlich Leid für dich, Lutz, wirklich. Ich hab's dir ja schon gestern Abend sagen wollen. Aber dann hab ich gedacht, vielleicht hab ich Glück, und du kriegst den *Express* nicht in die Finger. --- Nein. Ich hab das nicht erfunden. Und schon gar nicht, um Babsi posthum eins rein zu würgen. --- Versuch einfach, eine Stinkwut auf ihn zu haben. Dann musst du nicht mehr so schrecklich trauern. --- Ich erklär mir das so: Er hat geglaubt, das *Promi Dinner* wird sein Durchbruch, und dabei hat er sich verliebt in die Idee, dass er, wenn's so weit ist, auch noch mit 'nem berühmten Lover aufwarten kann. Der Adonis der *Commerzbank Arena* war für ihn so was wie 'ne Trophäe. Das gibt's schließlich auch bei Heteros: Mann macht plötzlich 'n Karrieresprung und tauscht umgehend seine Frau aus gegen eine neue, attraktivere, mit der er mehr angeben kann. --- Ich weiß, wie hart das für dich ist, Lutz, aber, bitte, nicht jetzt. Ich kann nicht. Doch ich versprech dir, ich mach, so schnell es geht. Und sitz, um Himmelswillen, nicht in der Wohnung rum und grübele. Schnapp dir Paulchen, und geh mit ihm an die Luft.«

14.40 Uhr. Polizeikommissariat, Verhörraum

In Begleitung des Polizeiarztes kam Gianluca di Meo aus dem Sanitätsraum.

»So, jetzt geht's schon wieder«, sagte Dr. Iranpour zu Lauber und Rosentreter, die erschienen waren, um den Wiederhergestellten in Empfang zu nehmen. Sie schauten beide etwas betreten. »Herr di Meo hat mir erzählt, dass er seine Diabetes normaler Weise bestens im Griff hat. Nur heute...«

»Wir bedauern es sehr, dass - «, begann Rosentreter.

»Nur wieso haben Sie uns denn nichts gesagt?« fiel Lauber ihm ins Wort.

»Weil ich nie darüber rede«, sagte di Meo.

»Dann wünsche ich Ihnen erst mal alles Gute«, verabschiedete sich Dr. Iranpour. »Toi-Toi-Toi für den Klassenerhalt! Mein Sohn ist ein großer Fan von Ihnen. Und nicht vergessen: Trinken, Trinken, Trinken!«

»Tja«, sagte Lauber. »Möchten Sie jetzt noch auf Ihren Anwalt warten, oder meinen Sie nicht, Sie könnten vielleicht doch mit mir...«

»Reden«, ergänzte di Meo leise. »Ich bin unschuldig.«

»Das will ich Ihnen gerne glauben. Aber dafür müssten Sie mir ein bisschen was erzählen. Kommen Sie. - Ach, Rosentreter«, fiel ihm ein. »Sagen Sie doch bitte Herrn di Meos Mutter Bescheid, dass er wieder okay ist. Sie kann heim fahren. Und organisieren Sie mehrere Flaschen Wasser aus der Kantine. Von mir aus gleich 'n ganzen Kasten.«

»Beim Aussteigen hat er mir noch 'Feigling!' entgegen geschleudert«, stammelte di Meo. »Dann ist er wieder ins Haus. Ich wollte doch nur, dass er mich in Frieden lässt. Ich hab ihn nicht umgebracht!«

»Gianni! - Tschuldigung, Herr di Meo«, bremste Lauber ihn in beruhigendem Ton. »Jetzt mal langsam. Wir fangen gleich ganz von vorn an.«

Kurz darauf hatten sie im Verhörraum Platz genommen.

Lauber war kein Freund dieser Örtlichkeit, und gerade jetzt wäre es ihm lieb gewesen, wenn es darin nicht ausgesehen hätte wie in einem Kühlhaus.

»Bevor Sie gemeinsam vor der Kamera standen«, begann er. »Hatten Sie Manfred Nattermann bzw. Babsi Botox noch nie gesehen?«

»Doch, ein, zwei Mal in der Zeitung. Als er mir dann aber das erste Mal... äh, so leibhaftig..., kam er mir vor wie ein Alien.«

»Es war also keine Sympathie auf den ersten Blick?«

»Nein. - Trotzdem aber so was wie...«

»Faszination?«

Gianluca nickte. »Die Dreherei hat ja vier Tage gedauert, und jeden Abend hat er noch einen Zahn zugelegt. Er hat so viel Fantasie gehabt, so viel Energie. War wie aufgeputscht und teilweise irre komisch. Und es war ihm völlig egal, was die Anderen von ihm denken.«

»Sie haben aber gemerkt, dass er nicht zuletzt so aufgedreht hat, um Sie... wie soll ich sagen...ähm, anzugraben?«

»Ja...«

»Und was haben Sie dabei empfunden?«

»Alles Mögliche: erst war's mir peinlich. Dann hab ich Angst gehabt, dass er zu weit geht. Und eigentlich hab ich die ganze Zeit nur gedacht, lass um Gottes Willen niemanden merken, dass...«

»...Sie nicht ganz unempfänglich waren für sein, äh... Gebagger?«

»Ich hätte den Dreh platzen lassen können. Aber wer weiß, was dann erst los gewesen wäre? Ich musste da irgendwie durch. Und es war ja auch spannend. Ich hab so was noch nie erlebt. Am zweiten Abend hat er mich zur Begrüßung so stürmisch umarmt, dass mir ganz anders geworden ist. Später hab ich gemerkt, dass er mir dabei seine Telefonnummer zugesteckt hat.«

»Und Sie haben ihn angerufen?«

»Nein. Aber als alles vorbei war, am letzten Abend, hab ich ihm meine Nummer gegeben. Ich hatte das Gefühl, ich muss ihn noch mal kennen lernen ohne seine Maskerade, das ganze Getue und all die Leute drumherum.«

»Und die Nummer, die Sie ihm gegeben haben, war die des Handys mit der kirgisischen SIM-Card. Wie kommt man denn an so was?«

Gianluca stutzte.

»Wir haben Ihre beiden Mobiltelefone inzwischen unter die Lupe genommen«, erklärte Lauber.

»Die SIM-Card hab ich von einem Mitspieler.« Gianluca senkte den Blick und setzte leise hinzu: »Ich... wollte, dass mein *iPhone* sauber bleibt.«

»Was heißt das? - Ah, ich verstehe. Das Handy war reserviert für Ihre inoffiziellen Kontakte. Die, von denen niemand erfahren durfte.«

»Das waren aber nicht so viele. Bis...«, druckste Gianluca.

»Bis Nattermann ständig angerufen hat. Und Sie haben sich verabredet?«

»Ja.«

»Wo?«

»In Babsis Wohnung.«

»Die hat er doch mit seinem Freund geteilt.«

»Den hat er vorher weg geschickt. Ich glaube, er sollte im *Transania* die Beleuchtungsanlage aus- und wieder einbauen.«

»Und dann sind Sie also bei ihm daheim zu Besuch gewesen.«

»Ja.«

»Und?«

»Es war... Als erstes musste ich wieder über ihn lachen. Ohne seine Plateauschuhe war er ja ein ziemlich Kurzer, aber er steht vor mir und sagt: »Schau mir in die Augen, Kleiner.«

Dann hat er mich an der Hand genommen und ins Wohnzimmer gezogen. Da lag auf dem Boden ein Herz aus Teelichtern. Er gibt mir ein Feuerzeug und sagt: »Come on, Baby, light my fire.«

»Aha. Und dann wurde es romantisch.«

»Mmh, schon... Er war auf einmal komplett anders als in seinen verrückten Klamotten. Irgendwie rührend und mehr so wie ein drolliger Teddybär. Verschmust und sogar fast ein bisschen schüchtern. Ich hab ihn gemocht. Aber irgendwann musste ich gehen - und da sagt er plötzlich, er liebt mich und will ohne mich nicht mehr leben. Ich hab einen Schreck gekriegt! Hab ihm gesagt, dass das nicht geht. Ich kann keinen festen Freund haben. Aber er hat das überhaupt nicht verstanden. Wir wären ein galaktisches Glamour-Paar, hat er geschwärmt. Ein unschlagbarer Hingucker, wenn wir zusammen in der Öffentlichkeit auftreten würden. Es wär ihm auch egal, wenn's heißen würde 'Der Schöne und das Biest'. Wir würden die Medienlandschaft rocken. Ich hab versucht, ihm zu verstehen zu geben, dass das mit mir nicht möglich ist, weil ich Fußballer bin. Da hat er sich plötzlich furchtbar aufgeregt: Ich müsste raus aus meiner Zwangsjacke und mich zu meiner Veranlagung bekennen. Ich wär total verklemmt und würde noch ersticken an meiner Heimlichtuerei. - Da bin ich nur noch geflüchtet.«

Rosentreter kam in den Raum, den Arm voller Mineralwasserflaschen.

»Entschuldigung«, sagte er. »Ich will nicht stören. Soll ich gleich wieder...?«

»Nein, nein. Bleiben Sie, bitte«, sagte Lauber. »Herr di Meo hat mir gerade erzählt, wie er und Nattermann einander näher gekommen sind. - Tja, und danach?« wandte er sich wieder Gianluca zu.«

»Bin ich nicht mehr ans Telefon gegangen, wenn er angerufen hat. Also hat er gesimst. Hat mich eingeladen ins

Transania und ins *Harvey's*. Wollte mit mir ins *English Theatre* in *Tommy* gehn. - Am 18. Dezember war dann unser letztes Spiel 2011 in der *Commerzbank Arena*. Kurz davor schickt er eine SMS: Für dich soll's rote Rosen regnen. Bin im Stadion. - Ich bin eingelaufen, aber ich war wie von Sinnen. Hab kaum den Ball gesehn, keinen Anspielpartner, keinen Gegner. Hab nur noch geschaut: wo sitzt er? Wann und wie versucht er, auf den Rasen zu kommen? Als Rosenkavalier oder als Rosenresli? Ihm war ja alles zuzutrauen! In der 32. Minute musste ich vom Platz und hab bis zum Ende des Spiels auf der Bank gesessen, ganz steif vor Panik. Am nächsten Tag hat mich die Presse in der Luft zerrissen. Gianluca de Sastro haben sie mich genannt.«

Er schlug die Hände vors Gesicht.

»Ich hätte mich übers Spielfeld bewegt wie ein Wackeldackel.«

»Trinken Sie erst mal was«, sagte Rosentreter und goss ihm ein Glas Wasser ein.

»War Nattermann denn im Stadion?« fragte Lauber.

»Nein. Er hat nur geblufft.«

»Oh, wie fies«, knirschte Rosentreter. »Haben Sie ihn zur Rede gestellt?«

Gianluca schüttelte den Kopf.

»Ich bin bis über Weihnachten abgetaucht bei meiner Familie in Stuttgart. Erst nach den Feiertagen bin ich zurück gekommen. Mit meiner Mama. Die wollte sich vorm Jahresende noch mal um meine Wohnung kümmern.«

»So«, meinte Lauber. »Und dann passierte die Sache mit dem Blumenstrauß. Wieso sind Sie zur *Harmonie* gefahren, um ihn abzuholen? Nach der Erfahrung, die Sie schon gemacht hatten, hätten Sie doch misstrauisch sein müssen.«

»Er hatte sich seit dem 18. Dezember nicht mehr gemeldet, und ich hab geglaubt, er hätte eingesehen, dass das mit mir nichts wird. Außerdem sind ja oft Geschenke für mich beim

Pförtner abgegeben worden, und beim Stichwort Blumen hab ich gedacht, da freut sich meine Mama. Aber dann übergibt mir der Pförtner - und grinst dabei auch noch dreckig - dieses Monstrum von Strauß mit der Karte dran, die für jeden lesbar war.«

»Da sind Sie ausgerastet?«

»Ich hab sofort gewusst: dieser *Gruß* dient nur dazu, dass alle im Verein sich die Mäuler über mich zerreißen sollen!«

Gianluca wirkte erschöpft.

»Sollen wir eine Pause machen?« fragte Lauber.

»Jetzt kommt ja nicht mehr viel.« Gianluca schluckte. »Ab da war mir klar, dass er nichts begreift, wenn ich nur schweige und nicht reagiere. Ich musste ein endgültiges Gespräch mit ihm führen. Aber nicht so lange meine Mama da war. Am Mittwoch hat er eine SMS geschickt mit der Einladung zu seinem B-Day. Am Freitagabend ist meine Mama mit dem Zug zurück nach Stuttgart. Zu dem Zeitpunkt hat er schon gefeiert, also konnte ich wieder nicht mit ihm reden. Gegen elf in der Nacht hab ich's nicht mehr ausgehalten, hab mich ins Auto gesetzt und bin Richtung Frankfurt gefahren. Von unterwegs hab ich ihn angerufen, ich würde kommen. Aber nur bis zu seiner Haustür. Er kam dann raus und hat sich zu mir ins Auto gesetzt. Hat sich kindisch gefreut, dass ich da war. Und hat nichts kapiert. Eine Stimme in mir hat permanent geflüstert: Bleib ruhig! Reg dich nicht auf! Wie immer hab ich eine Spritze in der Mittelkonsole gehabt, falls sich mein Blutzucker verabschiedet. Ich hab ihm meine Situation geschildert und ihn angebettelt, mir doch nicht alles kaputt zu machen. Er hat geantwortet:

»Du machst dich ja selbst kaputt mit deiner Drückebergerei. Du kannst nicht dein Lebtag lügen. Sei glücklich, dass ich dir den Teppich ausrolle, damit du dich outen kannst.«

Und dann hat er gesagt:

»Wenn du deine Chance nicht ergreifst, mach ich's für dich. Da oben in meiner Wohnung sind grad mehr als zweihundert Leute. Gleich nehm ich die Parade ab und werde verkünden, dass wir einen Neuen im Club haben: Gayluca di Meo!«

Ich hab nur noch geschrien: »Lass mich in Frieden! Verschwinde aus meinem Leben!«

Er hat sich kurz von mir abgewandt und nach dem Türgriff getastet - da ist mir die Spritze eingefallen. Ich hab sie genommen und zugestochen. Er hat sich erst erschrocken mit der rechten Hand an den Hals gefasst und dann mit der Linken nach mir ausgeholt, ist dann aber gleich drauf aus dem Auto gesprungen und hat nur noch gezischt:

»Jämmerlicher Feigling!«

Und ist ins Haus gelaufen.«

Gianluca sah erst Lauber dann Rosentreter mit seinen großen, blauen Augen an.

»Er hat gelebt.«

Lauber holte tief Luft. »Es war Ihnen aber schon bewusst, welche Wirkung eine Insulininjektion bei einem Nicht-Diabetiker hat?«

»Im dem Moment nicht. Glauben Sie mir, mein einziger Gedanke war: Er soll Ruhe geben!«

»Wollen Sie mir erzählen, Sie hätten gehofft, es wird schon nichts Ernstes passiert sein?«

»Ich weiß es nicht mehr. Ich war so aufgewühlt. Bin erst planlos in der Gegend herum gefahren und hab mich dann die nächsten zwei Tage und Nächte daheim verkrochen. Bis am Montag in der Zeitung gestanden hat, dass er tot ist. Da ist alles über mir zusammen gebrochen. Dann hat auch noch Frau Rühl vom *Express* angerufen, und ich hab gedacht, jetzt ist es aus. Jetzt haben sie dich! Daraufhin hab ich Stephan, meinen Masseur, angelogen, ich hätte ein Problem mit einem eifersüchtigen Ehemann und bräuchte für Freitagnacht ein

Alibi.« Mit kraftloser Stimme fügte er hinzu: »Ich bin kein Mörder.«

»Das sehe ich, ehrlich gesagt, auch so, Gianni«, sagte Lauber nachdenklich. »Aber ich bin kein Richter.«

16.16 Uhr. Redaktion des Frankfurter Express

Boah! Marion hatte ihr Pensum gestemmt! Als Zeilenfüller war ihr sogar noch eine kleine Telefon-Umfrage eingefallen: Sind die guten Vorsätze für 2012 schon wieder Schall und Rauch?

Sissi Blum hatte sich vorgenommen, zwei Kilo abzuspecken und jetzt schon zweieinhalb geschafft. Rena Ravel hatte im Neuen Jahr mal was anderes kaufen wollen als Leo-Look, war aber schon wieder rückfällig geworden. Und Hauke Wendland hatte ihr stolz mitgeteilt, er wäre seit Silvester noch kein einziges Mal fremd gegangen.

Marion fuhr ihren PC runter, nahm ihre Jacke und ihre Tasche und wollte gerade gehen. Jetzt konnte sie sich, bis sie kurz vor 19.00 Uhr ins Schauspielhaus musste, Lutz zuwenden, der inzwischen noch zwei Mal angerufen hatte. Außerdem wollte sie gucken, ob das kleine Schwarze, das in ihrem Kleiderschrank hing, vielleicht doch noch passte. Und an ihren Haaren herum fönen, bis sie nach Frisur aussahen.

»Hey!« rief Polizeireporter Pit von seinem Schreibtisch am anderen Ende des Redaktionsbüros herüber. »Was glaubst du, was grad gekommen ist?!«

Mit einem Fax in der Hand kam er herbei gerannt.

»Lies mal!«

Marion starrte auf die Meldung:

> Mord an Manfred Nattermann ist aufgeklärt. Täter Gianluca d. M. hat ein umfassendes Geständnis abgelegt. Termin für eine Pressekonferenz wird noch bekannt gegeben.

Sie ließ Jacke und Tasche zu Boden fallen und sank auf ihren Schreibtischstuhl.

16.30 Uhr. Polizeipräsidium, 3. Stock

»Ich muss aufpassen, dass ich kein sentimentaler, alter Sack werde«, brummte Lauber. »Di Meos Beichte hat mich nicht kalt gelassen. Zwischendrin hab ich mich ein paar Mal ertappt, wie ich gedacht hab, er könnte mein Sohn sein. - Nein, stimmt nicht. Einen so schönen hätt ich nicht hingekriegt. Tja...«

»Ich wüsste gern«, meinte Rosentreter nachdenklich, »wie die Schilderung des Konflikts sich angehört hätte, wenn sie Nattermann zum Besten gegeben hätte. Wenn sie mich fragen, war Nattermann/Botox ein überdrehter Windmacher, der Sturm geerntet hat. Jedenfalls sind Wüstenhagen und Kalnikow damit aus der Schusslinie.«

»Genau. Veranlassen Sie bitte, dass der kleine Flitsch nach Hause darf - was auch immer er darunter versteht.«

»Ich meine mich zu erinnern, dass seine befristete Aufenthaltsgenehmigung in Kürze ausläuft.«

»Na«, seufzte Lauber, »wahrscheinlich sehen wir ihn trotzdem bald wieder.«

Er massierte sein Genick, das sich inzwischen noch knotiger anfühlte als heute früh.

»Wenn der Fall Kurt Schuster sich nun genauso schnell klären sollte, veranstalte ich mit meinen eingerosteten Knochen 'n Freudentanz.«

»Was Fechenheim betrifft«, überlegte Rosentreter, »haben wir nach wie vor nur Schröter und Hold auf der Liste. Es sei denn, es kommt überraschend noch ein geheimnisumwitterter Killer aus der Deckung.«

»Bzw. aus dem *Express*. Ich sag's ja höchst ungern, aber im Grunde sind wir dieser Marion Rühl Dank schuldig. Auf di

Meo wären wir ohne sie nicht so rasch gekommen. Vielleicht sollten wir sie mal zu 'nem Getränk einladen.«

»Wenn's sein muss«, murmelte Rosentreter.

»Aber jetzt leiten wir erst mal den Heimflug ein. Wissen Sie zufällig, was es heute Abend im Fernsehen gibt?«

Rosentreter verneinte.

»Ich hätte zur Abwechslung Lust auf 'n richtigen Männerfilm. Meinethalben können auch 'n paar Frauen mitspielen. - Aber nur echte!«

17.55 Uhr. Münchener Straße

»So, Tandoori-Masala, Mango- und Auberginen-Chutney und Red Chillies Papads hab ich«, sagte Chris zu Dennis und schaute auf seinen Einkaufszettel. »Jetzt muss ich nur noch Hühnerbrust, Zitrone und Joghurt kaufen. Dann gibt's morgen ein lecker Tandoori Chicken.« Aus *MADAN Cash & Carry* kommend, traten sie auf die Münchner.

»Guck mal«, stupste Dennis Chris an, »wer da grad wie 'n aufgeschrecktes Huhn über die Straße rennt. Das ist doch Marion Rühl!«

»Mensch, vielleicht weiß sie was Neues über Babsi«, meinte Chris. »Hallo, hallo!« rief er zu Marion hinüber und winkte.

Marion brannten die Schuhsohlen. Alles, woran sie heute stundenlang herum getextet hatte, war mit der Pressemeldung der Kripo binnen Sekunden zu Worthülsen-Salat geworden, und sie hatte mit Pits Unterstützung nochmal ganz von vorn anfangen müssen.

Wie sie, mit Lutz, dem personifizierten Feuchtgebiet, im Genick, nun noch rechtzeitig beim *Purple Wrap Award* sein sollte, war ihr schleierhaft.

Und jetzt kamen ihr auch noch Dennis und Chris dazwischen! Sie winkte zurück und hoffte, damit der Nettigkeit genüge getan zu haben.

Doch die Beiden waren schon auf sie zu gelaufen.

»Du, grüß dich!« sagte Chris. »Ganz schnelle Frage: wir haben jetzt Babsis Funeral-Show bis ins letzte Detail durch konzipiert. Nur wissen wir immer noch nicht, wann er zur Beerdigung frei gegeben wird. Hast du 'ne Ahnung?«

»Das kann sogar schon passiert sein«, antwortete Marion ungeduldig. »Ich weiß es nicht.«

»Aha... Es wollen nämlich Hunderte von Leuten mitfeiern. Wir haben's auf *Facebook* bekannt gegeben. Du kannst darüber übrigens 'n geilen Artikel machen! Wir sind jetzt nur, nachdem was du heute geschrieben hast, 'n bisschen konfus. Meinste Babsis letzter Schwarm, dieser Starkicker, will auch kommen? Das wird dann nämlich schwierig mit Lutz.«

»Gianluca di Meo kommt bestimmt nicht. Schaut einfach morgen in die Zeitung«, wimmelte Marion die Zwei ab und sah zu, dass sie, ohne die zwangsläufig folgende Frage »Was?! Und wer war's?« zu beantworten, davon kam.

Das erste, was ihr auffiel, als sie ihre Wohnungstür aufgeschlossen hatte, war die leere Weinflasche auf dem Tisch. Lutz hatte seine Erschütterung über Babsis Treulosigkeit also in Rioja ertränkt.

Dann sah sie ihn, den Kopf zwischen den Knien, mit dem Rücken zum Heizkörper auf dem Boden kauern. Er tat keinen Mucks.

Paul kam mit wedelndem Schwänzchen auf sie zu gelaufen, pflanzte sich vor ihr auf und schaute sie an mit einem Blick, der alles Elend dieser Welt zu spiegeln schien.

»Ich hab leider nix für dich, du kleiner Fresssack«, sagte sie und streichelte über sein Punker-Köpfchen. »Es sei denn«, sie sah das Lebkuchenherz an ihrer Stehlampe hängen, »du akzeptierst das als Hundekuchen.«

Mit einem Handgriff hatte sie das Herz abgeknüpft, schälte

das inzwischen knochenharte Ding aus seiner Cellophanhülle und legt es vor Paulchen auf den Boden. Der schnupperte erst daran. Dann versuchte er hinein zu beißen.

»Ein Kauknochen ist nix dagegen, gell?«

Sie wandte sich Lutz zu und hockte sich neben ihn.

»Hi«, sagte sie leise. »Nimm's mir nicht krumm, dass es so spät geworden ist.«

»Jetzt kannst du gleich die Polizei rufen«, brabbelte er mit bleierner Zunge.

»Wieso? Weil du meinen letzten Wein weg getrunken hast? Komm«, sie half ihm aufzustehen und bugsierte ihn hinüber zur Couch. »Da legst du dich jetzt hin und schläfst deinen Rausch aus. Ich muss mich rasch restaurieren, dann flitz ich rüber ins Schauspielhaus. Preisverleihungen ziehen sich zwar meist wie Kaugummi. Aber vielleicht kann ich mich ja irgendwann abseilen. Und dann bin ich ganz für dich da, okay?«

»Ich hab doch nur gewollt, dass mit Manni alles wieder so wird, wie's mal war«, bruddelte Lutz.

Doch Marion war bereits im Schlafzimmer, zog ihren dunkelblauen Hosenanzug aus dem Schrank und stieg hinein. Der musste unter den gegebenen Umständen als Gala-Dress ausreichen. Sie sauste ins Bad, klatschte einen Batzen Gel auf ihre Haare und klebte sie am Kopf fest wie ein bekannter Verteidigungsminister a. D. Jetzt noch ein bisschen Wimperntusche, Rouge und Lippenstift, dann war sie startklar.

Gerade wollte sie im Flur in ihren Webpelz schlüpfen, da hörte sie Lutz sagen:

»Wenn ich geahnt hätte, dass Manni mich nicht mehr will, wär ich doch nie auf Rita losgegangen.«

»Was?!«

»Und plötzlich hat sie dagelegen. Und war tot.«

Marion ließ den Mantel fallen, stieg über Paulchen, der sich noch immer an dem Lebkuchenherz zu schaffen machte, und baute sich vor Lutz auf.

»Lutz!« fauchte sie. »Red nicht so einen Schwachsinn. Du bist völlig wirr im Hirn!«

»Genauso war's aber.«

Marion ging vor Lutz in die Knie.

»Du machst mich wahnsinnig«, stöhnte sie. »Was fantasierst du dir da zurecht! Ich hab eben auf der Straße Chris und Dennis getroffen. Es kann sein, dass sie dich anrufen. Wenn du auch denen diesen Quatsch erzählst, glauben sie's am Ende noch!«

»Aber es stimmt.«

»Bist du nur besoffen, oder hast du dir auch sonst noch was rein gepfiffen?!« Marion flatterten die Nerven. »Du warst vergangenen Freitag den ganzen Abend in eurer Wohnung. Du *kannst* nicht in Fechenheim gewesen sein!«

»Doch.«

»Rita ist umgebracht worden, kurz nachdem ich von *Rita's World* weggefahren war. Und als ich im Nordend angekommen bin, warst du in der Wohnung. Also, wann, bitte, willst du 'auf Rita losgegangen' sein!?«

»Ich war nicht da, als du kamst.«

Jetzt begann Marion, an ihrem eigenen Verstand zu zweifeln. Wenn sie ehrlich war, hatte Lutz sie - wie die meisten Bekannten Babsis - bis vor einer Woche überhaupt nicht interessiert. Er war zwar immer irgendwo in Babsis Nähe gewesen, aber wahrgenommen hatte man ihn nicht. Folglich hatte es sie auch, als sie am vergangenen Freitag zur Party gekommen war, nicht gekümmert, wo er gesteckt hatte. Gesehen hatte sie ihn tatsächlich erst etwa zwei Minuten vor Mitternacht. Aber hatte er sich das, was er da plötzlich behauptete, nicht vielleicht nur zusammen gesponnen, damit ihm endlich auch einmal Aufmerksamkeit zuteil wurde?

Sie schaute auf ihre Armbanduhr: 19.14 Uhr. Mist! Die Veranstaltung im Schauspielhaus hatte längst begonnen.

»Lutz, ich muss«, sagte sie und im selben Moment war ihr bewusst, dass sie jetzt nicht mehr gehen würde. Sie brachte sich wieder in die Senkrechte, stieg erneut über Paulchen, ging zu ihrer Tasche und holte ihr Handy raus.

»Hab Magen-Darm-Grippe. Kann P-W-A nicht machen. Sorry, Marion«, tippte sie ein und sandte die SMS an Antonio. Dann zündete sie sich eine Zigarette an.

»Ich koch dir jetzt erst mal 'n Kaffee.«

Während sie in der Küche rauchte und gleichzeitig Kaffeepulver in den Filter ihrer Kaffeemaschine löffelte, spürte sie auf einmal, dass ihr Gleichgewichtssinn sie im Stich zu lassen drohte. Sie stützte sich an der Spüle ab und merkte: Das war alles zu viel auf einmal. Sie hatte die Sache mit Gianluca und Babsi noch nicht verdaut, und jetzt war auch noch Lutz im Begriff, ihr etwas zu erzählen, was sie lieber nie erfahren hätte.

Als der Kaffee fertig war, brachte sie Lutz einen Becher und setzte sich stumm in ihren Korbsessel.

»Du glaubst mir nicht?« fragte Lutz nach einer Weile und nippte an Marions rabenschwarzem Gebräu. «Du denkst wirklich, ich spinne.«

»Ich will's mir nicht vorstellen.«

»Sie haben bei Manni alles zertrümmert, was ich so geliebt hab. Ich musste mit ihnen reden.«

»Du?!«

»Das ganze Jahr Blitz und Donner. Das hält keiner aus.«

»Das wolltest du Rita und Lola sagen?«

»Nein. Sie sollten von mir aus weiter ihr Ding machen, aber sie sollten Manni in Frieden lassen. Weil er sonst durchknallt. Du weißt doch, Manni war genial, und sie waren's nicht. Aber das hätte ich ihnen nie ins Gesicht gesagt. Ich hab nur an sie appellieren wollen, dass der Klügere nachgibt.«

»Und wann hast du dir das vorgenommen?«

»Am Freitagabend. Die Bude war schon wieder voll mit Leuten, und Manni hat so getan, als wär alles wie sonst. Zwei Mal war ich bei ihm in der Küche, und er hat mich nicht mal angeguckt. Trotzdem hab ich gefühlt: das war Fukushima kurz vorm Tsunami. Da hab ich mich davon geschlichen.«

»Wann?«

»Ich weiß nicht mehr. So um halb elf.«

Marions Handy piepste in ihrer Tasche.

»Sekunde.« Sie stand auf, um das Handy zu holen.

»Gute Besserung!« hatte Antonio gesimst. Kein Vorwurf, dass sie so kurzfristig den Job geschmissen hatte. Es ging also auch ohne sie.

Sie rang sich durch, den Faden wieder aufzunehmen.

»Und dann bist du zu *Rita's World* gefahren, um mit Rita, Lola und Soeren zu reden? Du konntest doch gar nicht wissen, ob du sie dort allein antreffen würdest.«

»Das war mir egal. Was ich sagen wollte, hätte die ganze Welt hören können: Gießt nicht immer mehr Öl ins Feuer. Manni beißt, kratzt und tritt und spuckt halt, wenn man ihn reizt bis aufs Blut!«

Lutz starrte in seinen Kaffeebecher, als stünde darin zu lesen, was sich dann ereignet hatte.

»Auf dem Parkplatz vor *Rita's World* hab ich grad aus dem Auto steigen wollen, da ist mir eingefallen: Sie sind da drin mindestens zu dritt, und ich bin allein. Deshalb hab ich den Elektroschocker eingesteckt. Für den Fall, dass ich mich verteidigen muss. In dem Moment kommt ein alter Mann aus der Tür, und ich hab erst gar nicht gemerkt, dass es Rita war. Dann aber bin ich ihr hinterher gelaufen.«

»Hat sie dich erkannt?«

»Nein. Ich hab ihr gesagt, ich bin Lutz, der Freund von Babsi. Sie hat mich angebellt: »Bleib mir fort! Von dem Hundesohn will ich heut Nacht nix mehr hören!« und ist weiter gegangen. Ich hab sie aufgehalten, und dann ging's so hin und her, und sie hat immer nur gesagt: »Wenn der Fettsack Frieden will, soll er selbst kommen. Aber dazu ist er ja zu feige. Und dich benutzt er doch nur!«

Sie hat mich eiskalt stehen lassen, und ich hab nur noch gedacht: So redest du nicht über meinen Manni! - hab den Taser in meiner Jackentasche gespürt, hab ihn raus geholt und sie damit im Nacken erwischt. Ich wollte ihr nur klar machen: So nicht. Merk dir das, verdammt noch mal! - Da hör ich auf einmal im Wegdrehen, dass sie hinter meinem Rücken auf den Boden fällt. Ich hab gleich versucht, ihr aufzuhelfen, aber sie hat sich nicht mehr geregt. Ich hab sie geschüttelt, hab schon um Hilfe rufen wollen, als mir plötzlich durch den Kopf geschossen ist: das geht nicht. Dann haben sie mich ja, und ich muss doch zurück zu Manni, weil er um Mitternacht Geburtstag hat! Ich war so durcheinander, hab Rita nur noch schnell verstecken wollen, so als wär nichts passiert. Also hab ich sie hinters Haus getragen.«

Lutz begann herzzerreißend zu heulen.

»Ich hab ja nicht wissen können, dass ich für Manni nicht mehr gut genug war.« Kläglich schluchzend setzte er hinzu: »Ich bin so 'n Vollversager. Fahr von daheim weg und bau 'ne Riesenscheiße in Fechenheim. Und daheim bringen sie derweil Manni um.«

»Wenn du mit 'sie' Lola und Soeren meinst«, murmelte Marion. »Von den Beiden war's keiner.«

»Ruf jetzt endlich die Polizei an«, wimmerte Lutz. »Sie sollen kommen und mich einlochen.«

Marion widerstand dem Impuls, ihn trösten zu wollen. Ihr war, als hätte sie selbst einen Stromschlag abgekriegt.

Paulchen hatte inzwischen sein Geknabber unterbrochen, saß mit schräg gelegtem Kopf vor seinem in sich zusammen gesunkenen Herrchen und winselte leise.

»Hab ja eh keine Wohnung mehr«, stammelte Lutz und streichelte Paulchen. »Nur für dich tut's mir Leid, Kleiner. Nun musst du doch ins Tierheim.«

Jetzt erwachte Marion aus ihrer temporären Schocklähmung. Sie schnellte aus ihrem Korbsessel hoch.

»Dieses Elektrodings... Was hast du damit gemacht, nachdem...?«

»Hab's wieder mit ins Auto genommen.«

»Und wo ist es jetzt?!«

»Unterm Sitz, glaub ich...«

Marion spürte, wie ihr das Blut in den Kopf schoss.

»Ich werd verrückt. Wo steht dein Wagen?«

»Irgendwo in der Moselstraße.«

»Du gehst jetzt sofort runter und holst das Scheißteil aus deiner Karre! Steck's ein und schmeiß es irgendwo im Bahnhofsviertel in 'ne Mülltonne! Aber pass auf, dass dich keiner beobachtet!«

Lutz sah sie mit tränenunterlaufenen Augen an und machte keine Anstalten.

»Oh, please!« drängte Marion. »Wenn du glaubst, du kannst dir die Wohnungssuche sparen, hast du dich geschnitten. Nun geh schon!«

Lutz stand von der Couch auf, tat ein paar Schritte Richtung Wohnungstür und machte gleich wieder Stopp.

»Aber du rufst doch die Bullen?« fragte er ungläubig.

»Nein.«

»Wieso nicht?«

»Frag nicht. Los jetzt!«

An der Garderobe zog Lutz seinen military-grünen Parka an.

»Hast du den Autoschlüssel?« fragte Marion.

»Ja …«, antwortete Lutz zerstreut. »Aber du schreibst es?«

»Nein. Ich schreib auch nicht drüber. Ich verpfeif dich nicht, ich schwör's!«

Lutz sah sie noch einmal verwirrt an und öffnete die Wohnungstür, um zu gehen. Im letzten Moment kriegte Marion Paulchen zu fassen, der ihm folgen wollte.

»Hiergeblieben, Freundchen! Lutz kommt gleich wieder. Er muss nur was erledigen. - Toi-Toi-Toi!« rief sie Lutz erschöpft hinterher. Dann fiel die Tür ins Schloss.

Ihr war, als wäre sie zur Ader gelassen worden. Gedankenleer kraulte sie Paul hinter seinen Knickohren. Der drehte sich umgehend auf die Seite und spreizte sein rechtes Hinterbein ab, um ihr zu zeigen, an welchen Weichteilen er für ihre Zuwendung besonders empfänglich war. Sie strich über seinen rosafarbenen Bauch.

»Mach bloß, dass du so schnell wie möglich ein richtiger Hund wirst, du Genusswurz«, sagte sie leise. »Lutz braucht dringend einen, der auf ihn aufpasst.«

Was aber stell ich mit ihm an, wenn er wieder zurück kommt? fragte sie sich, ließ von Paulchen ab und ging zum Couchtisch, um Lutz' Kaffeebecher abzuräumen.

Von der Münchner dröhnte eine Kakophonie aus Hupen, Reifenquietschen und schrillem Straßenbahngebimmel herauf. Ui, da hat's gekracht, dachte sie, und wandte sich zum Fenster.

Drei Stockwerke unter sich sah sie, dass ein Wagen der Linie 12 via Endstation Fechenheim und ein entgegen kommender Geländewagen einander ins Gehege gekommen waren. Der Fahrer des Autos, der Straßenbahnschaffner und zwei hinzu geeilte Passanten beugten sich eben über etwas, das auf den Schienen lag. Im Scheinwerferlicht erkannte sie, dass dieses Etwas ein Mensch war.

Sie riss das Fenster auf, und es war nicht die Abendkälte, die sie schlagartig frösteln ließ: Der da unten lag, trug einen military-grünen Parka. Aus einiger Entfernung näherte sich ein Martinshorn.

Hinter ihrem Rücken fiepte Paulchen.

Ich bedanke mich:

für ihr kreatives Mitdenken bei Angelika Baier, für die Krimis das literarische Hauptnahrungsmittel sind, bei Sabine Börchers, die mir mit ihrem journalistischen Knowhow behilflich war, und ganz besonders beim Wäännää, seines Zeichens konstruktiver Kritikaster.